Klarant Verlag

Bärbel Muschiol wurde 1986 in Weilheim, Oberbayern, geboren. Glücklich verheiratet lebt und arbeitet sie mit ihrem Mann und ihren zwei Kindern, heute noch immer im tiefsten Bayern. Im Genre Erotik und in der Belletristik hat sich die Autorin mittlerweile einen festen Platz in den Bestsellerlisten geschaffen.

Bärbel Muschiol

Keep Calm and Spank Me

Roman

Klarant Verlag

Klarant Verlag, www.klarant.de
ISBN: 978-3-95573-675-0
1. Auflage, 2017
Umschlagabbildung: Klarant Verlag unter Verwendung von shutterstock Bildern.

Printed in the EU.

Besuchen Sie uns im Internet: www.klarant.de

1. Kapitel

Klara

Zufrieden stehe ich auf der Straße und beobachte die beiden Handwerker dabei, wie sie das Schild, auf dem sich der Name meiner Patisserie befindet, über der Eingangstüre befestigen. Das *Klara's* ist mein wahr gewordener Traum – meine eigene Patisserie. Es ist also nicht wirklich verwunderlich, dass ich ihr meinen eigenen Namen gegeben habe.

Der Innenbereich des *Klara's* ist so eingerichtet, dass es an das Frankreich des 18. Jahrhunderts erinnert. Ich habe keine Kosten gescheut und alles mit viel Liebe eingerichtet. Die Lage ist absolut perfekt, also zumindest so perfekt, wie ich es mir leisten kann. Am liebsten wäre ich natürlich in einen Laden direkt in der Berliner Innenstadt gezogen, aber die Mieten dort sind abartig hoch. Jetzt befindet sich meine Patisserie in einer schönen Seitenstraße, gut zwanzig Minuten von der Stadtmitte entfernt. Auf dem breiten Gehweg habe ich drei Metalltische mit passenden Stühlen aufgestellt, in roten Vasen befinden sich weiße Rosen. In den Auslagen warten kleine Törtchen, Pralinen und Cupcakes darauf, vernascht zu werden. Es könnte eigentlich alles so schön sein – eigentlich....

Denn statt mich über meinen Erfolg freuen zu können, ärgere ich mich ununterbrochen über meinen neuen Nachbarn. Damals, als ich vor gut einem halben Jahr den Laden, in dem sich früher eine Bäckerei befunden hat, angemietet habe, stand auch das Haus daneben leer.

Mittlerweile hat es einen Mieter gefunden und dieser Mieter macht mir das Leben zur Hölle. *Verflixt!* Hätte ich damals gewusst, dass direkt neben meiner Patisserie eine Autowerkstatt eröffnen wird, dann hätte ich niemals diese Räume angemietet.

Jetzt höre ich statt Vogelgezwitscher lautes Gehämmer, unentwegtes Gebohre und derbes Gefluche.

Doch die Werkstatt an sich ist nicht mein einziges Problem, viel schlimmer ist der Besitzer dieses Schuppens.

Rex, gute zwei Meter groß, schwarze Haare, schlumpfblaue Augen und einen Körper, der mit normalen Worten nur schlecht beschrieben werden kann...

Dieser ungehobelte Kerl ist Sex auf zwei Beinen.

Bei allem was recht ist, dieser Körper gehört verboten.

Wann immer ich Rex gegenüberstehe, fällt es mir verdammt schwer, ihm in die Augen zu sehen. Die Tatsache, dass er zumeist ohne Shirt arbeitet und die perfekt definierten Hügel seines Sixpacks vor Schweiß glänzen, hilft mir auch nicht gerade dabei, meine sieben Sinne beisammenzuhalten.

Die vielen Tätowierungen, die seinen Brustkorb und seine Arme zieren, sind wunderschön, richtige Kunstwerke. Auf seiner rechten Brust befinden sich zwei Hände, deren Handflächen sich berühren. Sie sehen so aus als würden sie beten oder flehen, auf seiner linken Brusthälfte befindet sich das Superman-Logo. Dieses Tattoo passt perfekt zu seinem aufgeblasenen Ego.

An seiner rechten Schulter hat er sich das Wort *Passion* in einer schnörkeligen Schrift auf seiner Haut verewigen lassen, links hingegen steht *Dedication*, was, soviel ich weiß, *Hingabe* bedeutet.

Seine breiten Schultern verjüngen sich zu einer schmalen Taille, sein Arsch ist knackig und seine Beine lang.

Es trägt so gut wie immer völlig zerschlissene und abgewetzte Jeans. Die schwarze Lederkutte, die er oft trägt, verrät mir, dass er zu irgendeiner Motorradvereinigung gehört. Obwohl seine Fingernägel perfekt manikürt sind, sind seine Hände so gut wie immer mit Motoröl verschmiert.

Dieser Mann strahlt pure Maskulinität und eine heroische Kraft aus...

Er ist frech, ungehobelt und hat überhaupt keine Manieren. Am Anfang dachte ich wirklich, dass es möglich ist, ihn höflich darum zu bitten, zukünftig etwas weniger Lärm zu machen. Aber das war ein Irrtum. Typisch Frau habe ich es als Nächstes mit Bestechung versucht. Perfekt geschminkt und mit einem großen Teller voller Leckereien bewaffnet, habe ich mich erneut in die Höhle des Löwen getraut. Gebracht hat es nichts.

Rex und seine Motorrad fahrenden Freunde haben sich zwar wie ausgehungerte Aasgeier über die Pralinen, die Kuchen und Cupcakes hergemacht, aber Rücksicht nehmen sie dennoch nicht auf mich.

Egoistische Idioten...

Selbst jetzt, und es ist gerade mal 10:30 Uhr, stehen drei dicke schwarze Harleys auf dem Gehweg direkt neben meinen schön dekorierten Tischchen. Wie soll es mir gelingen den Charme des alten Paris nach Berlin zu bringen, wenn ununterbrochen lautes Gefluche und Gebollere durch die Straße hallen?

Tief durchatmend warte ich darauf, dass die beiden Handwerker, die endlich das pastellfarbene Metallschild aufgehängt haben, wieder von der Leiter steigen.

Nachdem ich die Rechnung plus etwas Trinkgeld bar bezahlt habe, bleibe ich noch einen Moment stehen und überlege mir, ob ich mit meiner Schaufensterdekoration zufrieden bin. Ist es arg verkehrt, mir zu wünschen, dass ein Komet vom Himmel fällt und die Werkstatt neben meiner Patisserie dem Erdboden gleich macht?

Wahrscheinlich schon. Ich will gar nicht wissen, wie sich das auf mein Karmakonto auswirkt...

Meine beste Freundin Marie hat mir eines dieser coolen Blechschilder geschenkt, auf dem in großen pinken Lettern *KEEP CALM AND RELAX* steht. Bis jetzt ist es mir nicht gelungen, diesen Rat zu befolgen. Ein Schild mit dem Spruch *KEEP CALM AND KILL YOUR NEIGHBOR* hätte mir bedeutend besser gefallen.

Noch bevor ich mich wieder auf den Weg in die Backstube machen kann, kommt auch schon besagtes Exemplar von einem Mann aus seiner Werkstatt. Wie üblich trägt er nur eine abgewetzte Jeans und schwarze Schuhe. Sein Oberkörper ist, wie sollte es auch anders sein, nackt. *Argghhhh....* Ich versuche wirklich alles, um nicht auf seine perfekten Muskeln zu starren, aber ich scheitere – mal wieder. Vielleicht liegt es daran, dass ich schon zu lange Single bin, oder dass ich seit über acht Monaten keinen Sex mehr hatte, aber in der Nähe dieses Rüpels beginnt es zwischen meinen Beinen wie verrückt zu prickeln. Wie kann es sein, dass mich ein Mann, den ich nicht mal besonders sympathisch finde, mit seiner bloßen Anwesenheit so erregt? Einerseits würde ich ihm am liebsten lauthals an den Kopf werfen, dass er ein unhöflicher Idiot ist, andererseits will ich ihn anspringen und von oben bis unten ablecken. Ohne dass ich etwas dagegen tun kann, erweckt Rex meine innere Schlampe aus ihrem Schneewittchenschlaf. Wenn er nicht gerade der Kerl wäre, der mir das Leben zur Hölle macht, würde ich der Versuchung vielleicht nachgeben und ihn in mein Bett locken, so aber? Keine Chance! Lieber verbringe ich mein restliches Leben allein mit meinem rosanen Glitzer-Dildo, als dass ich für einen Typen wie Rex die Beine spreize.

„Hey Sweety..."

Herrgott, wie sehr ich es hasse, wenn er mich so nennt.

„Zum einhundertsten Mal: mein Name ist Klara."

Unbeeindruckt reibt er mit dem fleckigen Stofffetzen, den er in der Hand hält, über seine schmutzigen Finger, ehe er ihn in die hintere Hosentasche steckt.

Jetzt sieht er aus wie Bruce Springsteen auf dem Cover seiner Albums *Born in the USA*.

„Ach komm schon, Sweety, sei nicht immer so borstig."

Borstig? Ich und borstig? Schweine sind borstig. Dem werde ich es zeigen....

Aufgebracht schnappe ich nach Luft, doch bevor ich ihn in seine Schranken weisen kann, zündet er sich eine Kippe an und betrachtet das gerade eben erst montierte Schild.

„Schick, schick, aus deiner Bäckerei wird noch 'was."

Das Blut in meinen Adern beginnt zu kochen, jetzt im Augenblick will ich ihn nicht ablecken, sondern abmurksen.

„Das ist keine Bäckerei, sondern eine Patisserie. Aber ein Holzkopf wie du wird den Unterscheid wohl nie lernen."

Von meiner schlechten Laune völlig unbeeindruckt stellt er sich direkt neben mich und sieht mir tief in die Augen. Sein herber Geruch nach Schweiß, Motoröl und Mann steigt mir in die Nase, verwirrt meine Sinne.

Herrgott... warum muss dieser Idiot auch so gut riechen?

„Das muss ich auch gar nicht, Sweety, du kennst ja auch nicht den Unterschied zwischen einem Zwei- und einem Viertakter."

Meine Finger zu Fäusten ballend stemme ich mir die Hände in die Hüften, seine blauen Augen gleiten an mir nach unten und tackern sich an meinen Brüsten fest. Im Normalfall würde ich mich jetzt darüber aufregen, weil er mir auf die Titten starrt. Doch bei ihm halte ich lieber meine Klappe. Schließlich starre ich ihn auch immer an, als wäre er die letzte Flasche Wasser mitten in der Wüste.

Das laute Grollen eines sich nähernden Motorrads hallt durch die Straße, irgendwann mal werde ich von diesem Lärm noch taub.

Ein Typ in komplett schwarzer Ledermontur und einer Kutte, die der von Rex verdammt ähnlich sieht, zieht sich einen ebenfalls schwarzen Helm vom Kopf und zerzaust sich mit den Händen die schulterlangen blonden Haare.

Ganz machomäßig zwinkert er mir zu und steigt von seinem Bike.

„Wenn das nicht die zickige Zuckerpuppe von nebenan ist. Ich habe schon viel von dir gehört, Kleines."

Wieder zwinkert er mir zu, ob das ein Tick ist?

Vielleicht stehen ja manche Frauen auf fremde Männer, die ununterbrochen zwinkern und einem dämliche Kosenamen geben. Ich hingegen mag das ganz und gar nicht.

Während Rex seinen Kumpel per Handschlag begrüßt, beschließe ich, dass ich heute genug von diesem Testosterongelaber habe. Ohne die beiden eines letzten Blickes zu würdigen, lasse ich sie stehen.

Ich höre, wie mein Name fällt, doch trotz aller Neugierde verlangsame ich meine Schritte nicht.

„Ach, und Zuckerpuppe - bring uns doch später ein bisschen 'was von deinem Zeug rüber. Ich habe heute einen Bärenhunger."

Hat der gerade meine kostbaren, selbstgemachten Leckereien als Zeug bezeichnet?

Seit Wochen, ach was, seit Monaten regen mich diese Typen auf, seit Monaten gelingt es mir, meine Contenance zu behalten, aber jetzt ist Schluss.

Irgendwann ist der Zeitpunkt gekommen, an dem eine Frau tun muss, was sie eben tun muss. Und zwar, sich auf das Niveau ihrer Gegner einlassen.

An der geöffneten Türe meiner Patisserie angekommen, drehe ich mich zu Rex und dem blonden Trottel mit der Zwinkerstörung um und halte meinen Mittelfinger nach oben.

Der Blonde lacht laut auf, Rex hingegen sieht mich nur eindringlich an.

Seine Augen wirken wie flüssige Lava, seine Brustmuskulatur zuckt.

Ob ich es zu weit getrieben habe?

Keine Ahnung. Jetzt wissen diese Machos zumindest, was ich von ihrem dämlichen Gerede halte – nämlich nichts.

Hinter dem Verkaufstresen angekommen checke ich mit einem prüfenden Blick die Kuchen in der Auslage, ehe ich mich an das neue Pralinenrezept mache, das ich von einer Kollegin aus München erhalten habe. Gerade als ich mich zur Küche umdrehen will, streife ich das dämliche ‚*KEEP CALM AND RELAX*'-Schild. Es mag ja sein, dass Marie es gut gemeint hat, aber Relaxen funktioniert nicht mit diesen Bikern nebenan. Ganz davon abgesehen muss ich bei dem Wort *relax* immer an Rex denken. Dieser arrogante Sexgott hat sich in meinen Verstand eingebrannt. Scheiße! Letzte Nacht hat er mich sogar bis in meine Träume verfolgt. Als ich heute Morgen aufgewacht bin, hat mein Kitzler vor Erregung gepocht, meine Brustwarzen waren steif und geschwollen und meine Atmung kam beschleunigt.

Da ich es diesem Widerling nicht gönne, zum Objekt meiner Begierde zu werden, habe ich mich für eine eiskalte Dusche anstatt für eine Nummer mit meinem Vibrator entschieden. Es wäre ja auch noch schöner, wenn ich diesem Macho erlauben würde, zu meiner Plastikorgasmusorgienfantasie zu werden.

Bis jetzt stelle ich mir immer Jax Teller aus der Serie *Sons of Anarchie* oder Khal Drogo aus *Games of Thrones* vor. Ich werde nicht zulassen, dass Rex sich mit zu meinen Traummännern gesellt. Oh Gott, alleine die Vorstellung, dass er mir vielleicht anmerken könnte, dass ich von ihm geträumt habe, lässt mich erschaudern. Fest entschlossen, mich nicht länger von meinem unmöglichen Nachbarn ablenken zu lassen, suche ich alle Zutaten zusammen und stelle das Radio an.

Um diese Uhrzeit ist es noch relativ ruhig. Die meisten meiner Kunden kommen erst so gegen Mittag, falls doch jetzt schon jemand kommt, wird mir das das kleine Glöckchen, das ich über der Türe angebracht habe, sofort verraten.

Wie immer, wenn ich damit beginne, die Zutaten abzumessen und zu wiegen, breitet sich eine tiefe Ruhe in mir aus. Zwei Stunden später kann ich endlich die gefüllten Trüffel-Hohlkugeln aus Schweizer Schokolade kühl stellen.

Gerade als ich die Kühlschranktüre wieder schließe, ertönt das Glöckchen.

Endlich Kundschaft. Da ich meine kompletten Ersparnisse in die Patisserie gesteckt habe, bin ich auf die Einnahmen angewiesen.

Meine Lippen zu einem freundlichen Lächeln verziehend, trete ich durch die weiße Schwingtüre.

Anstatt der mit Freude erwarteten Kundschaft steht Rex mitten in meinem Laden.

Als er mich kommen sieht, bewegen sich seine Lippen, doch ich kann ihn nicht verstehen, weil draußen auf der Straße erneut eine Handvoll Motorräder entlangfahren.

Das gibt es doch nicht, hier muss doch irgendwo ein Nest von denen sein....

Erst als die Biker die Motoren abgestellt haben, höre ich, wie er mich mit knurrender Stimme fragt, ob ich noch ganz klar bei Verstand bin. Er hält ein Schreiben in der Hand und ich erkenne am Briefkopf, dass sich endlich das Ordnungsamt bei ihm gemeldet hat. Nachdem er letzte Woche erneut meine Bitte um etwas mehr Rücksicht lachend ignoriert hat, habe ich ihn bei der Stadt angezeigt und mich über ihn beschwert. Anscheinend beginnt meine Anzeige jetzt endlich etwas zu bewirken.

„Verdammt, Weib. Was zur Hölle hast du dir nur dabei gedacht?"
Den Brief zusammenknüllend kommt er auf mich zu. Panisch sehe ich mich nach einer Waffe um, mit der ich mich Notfall gegen ihn verteidigen kann, zu meinem Unglück befindet sich nur das dumme Blechschild *KEEP CALM AND RELAX* in meiner Reichweite.

So langsam habe ich das Gefühl, dass mich das Schicksal mit Absicht leiden lässt....

Wie in Gottes Namen soll mich Maries dämliches Geschenk vor einem knapp zwei Meter großen, muskelbepackten und vor Wut zitternden Rocker beschützen?

„Das ist die Quittung für dein rücksichtsloses Verhalten!"

Rex sieht mich mit vor Zorn funkelnden Augen an.

„Quittung? What a Fuck, Sweety! Was soll das? Wir sind doch keine Kinder mehr. Wir rennen nicht mehr zum Lehrer und verpetzen den anderen, wenn er zu laut ist.“

Achtlos wirft er den Papierball auf den Boden.

Er kommt mit zwei großen Schritten direkt auf mich zu und packt mich an den Schultern.

„Ach Sweety. Vielleicht sollte ich dir mal zeigen, wie gut unsere Nachbarschaft sein könnte, wenn du nicht immer so viel zicken würdest.“

Von seiner plötzlichen Nähe überwältigt starre ich ihn reglos an. So muss sich eine Maus fühlen, die einer Königskobra in die Augen sieht. Anstatt ihm auszuweichen, lehne ich mich unmerklich zu ihm vor und inhaliere seinen unverkennbaren Geruch.

„Fuck Sweety....“

Mit diesen nicht wirklich romantischen letzten Worten beugt er sich zu mir herab und presst seinen Mund grob auf den meinen. Für einen Augenblick bin ich wie erstarrt, die Gedanken in meinem Kopf überschlagen sich, ehe sie sich domestiziert in Luft auflösen.

Tief in meinem Inneren weiß ich, dass ich Rex von mir stoßen und ihm eine knallen sollte, doch anstatt mich gegen ihn zu wehren, öffne ich leise seufzend meine Lippen und gewähre seiner rauen Zunge Einlass.

Das ist eine wirklich gaaaanz idiotische Idee...

Mein Unterbewusstsein schimpft leise, es weiß, dass es verloren hat. Spätestens als Rex damit beginnt, mich erbarmungslos zu küssen, ändert es seine Meinung und ruft heiser nach mehr. Seine Zunge tanzt mit der meinen, geschickt fordert er mich auf, nicht einfach nur den Kuss wie eine passive Zuschauerin über mich ergehen zu lassen, sondern mich daran zu beteiligen. Wie von selbst schlinge ich meine Arme um seinen Nacken, presse meine Brüste gegen seinen harten Oberkörper und gebe mich ihm hin.

Oh verflixt, es fühlt sich verdammt gut an, endlich mal wieder so richtig geküsst zu werden. Rex wühlt sich durch meinen Mund, knabbert an meiner Unterlippe und stiehlt mir den Atem. Mein verräterischer Körper reagiert sofort, mein Slip ist bereits genauso feucht wie meine vor Sehnsucht zuckende Muschi.

Auch wenn mein Vibrator noch so gute Dienste leistet, nichts fühlt sich besser an, als in den starken Armen eines Mannes zu liegen und beinahe besinnungslos geküsst zu werden. Dieser Kerl bringt mich um den Verstand, er lässt mich vergessen, dass ich ihn doch eigentlich hasse.

Wimmernd vertiefe ich den Kuss, Rex reagiert sofort. Er hebt mich mit Leichtigkeit hoch und setzt mich auf die Arbeitsplatte direkt neben der Kasse.

Instinktiv schlinge ich ihm meine Beine um die Taille und nehme ihn so gefangen. Aus seiner Kehle löst sich ein wildes Brummen. Er schiebt seine große Hand unter meine Bluse und umfasst meine rechte Brust. Geschickt klappt er den dünnen Spitzenstoff meines BHs nach unten und reibt mit seiner rauen Daumenkuppe über den harten Nippel. Stöhnend biege ich den Rücken durch, komme ihm so noch näher....

Er löst seine Lippen von den meinen, ich fange sie wieder ein und schiebe ihm meine Zunge in den Hals. Ich habe keine Ahnung, wie weit wir noch gegangen wären, wenn nicht das helle Läuten der Türglocke ertönt wäre. Das Bimmeln wirkt wie ein Eimer eiskaltes Wasser. In der einen Sekunde verschlinge ich Rex, in der nächsten unterbreche ich unseren Kuss und stoße ihn mit aller Kraft von mir.

„Scheiße! Mist! Verdammt! Verflixt! Was zur Hölle tun wir da?"

Im Gegensatz zu mir bleibt Rex ganz cool

„Wir arbeiten an unserem nachbarschaftlichen Verhältnis."

Ich blinzle ihn noch etwas verwirrt an.

„So nennt man das also?"

Er zuckt mit den Schultern, seine Mundwinkel heben sich amüsiert.

„Na ja, Sweety, man könnte auch sagen, dass du dabei warst, mich mitten in deiner Bäckerei zu verführen."

„Patisserie!"

„Macht keinen großen Unterschied."

Nervös zupfe ich meinen BH und meine Bluse zurecht, ehe ich vom Tresen rutsche und mich meiner Kundschaft zuwende.

Oh weia, ist das peinlich...

„Guten Tag, Frau Strunz."

Die ältere Dame, ich schätze sie auf Mitte siebzig, sieht mich wohlwollend an. In ihren Augen blitzt es belustigt. Sie ist seit dem ersten Tag eine feste Stammkundin geworden. Ich kann nur hoffen, dass ich sie mit der Nummer hier nicht verschreckt habe.

Rex zwinkert mir frech zu, verpasst meinem Po einen leichten Klaps und verlässt den Verkaufsraum. An der Türe bleibt er ein letztes Mal kurz stehen und grinst Frau Strunz und mich frech an. „Schönen Tag, die Damen."

Nach einer leichten Verbeugung verschwindet er endgültig aus dem *Klara's*.

Wer hätte gedacht, dass dieser Rüpel tatsächlich so etwas wie einen Hauch von Manieren besitzt?

Peinlich berührt atme ich tief durch und streiche mir über den Rock.

„Frau Strunz... ich, ähm, es tut mir leid, dass Sie..."

Mit einer bestimmenden Handbewegung bringt sie mich zum Schweigen.

„Keine Sorge, Kindchen, ich war auch mal jung. Bei einem Mann wie dem hätte ich auch nicht nein gesagt. Solche Kerle darf man sich nicht entgehen lassen, die versprechen Abenteuer."

Sie lächelt mich verschwörerisch an, und shoppt sich einmal quer durch das Pralinen- und Macarons-Sortiment. Nachdem ich ihr die Türe aufgehalten und mich ein weiteres Mal entschuldigt habe, bin ich endlich allein.

Puuuhhhh....

Wie zur Hölle konnte ich nur so dumm sein und mich ausgerechnet dem Idioten von nebenan an den Hals werfen?

Die Tatsache, dass er küsst wie der Teufel höchstpersönlich, rechtfertigt noch lange nicht mein absolut unentschuldbares Verhalten.

Dieses Tête-à-Tête hat bestimmt nicht dabei geholfen, unsere Probleme beizulegen. Im Gegenteil, dieser Kerl denkt jetzt bestimmt, dass er sich noch mehr Frechheiten herausnehmen kann. Aber da hat er sich getäuscht, dieser Kuss war der erste und gleichzeitig auch der letzte.

Jawohl... ich werde nicht mehr schwach werden und mich von meinen Hormonen nicht überwältigen lassen. Abenteuer hin oder her – dieser Mann ist nicht der Richtige für mich. *Verdammich!* Ich hätte doch das dämliche Blechschild nehmen und es Rex über den Kopf ziehen sollen, anstatt mich in seine Arme zu werfen.

Erregt und wütend schiebe ich mir einen Karamell-Happen in den Mund und schwöre mir, ab jetzt konsequenter zu sein.

2. Kapitel

Rex

Holy Fuck!

Mein eigentlicher Plan war es, der kleinen Hexe von nebenan endgültig zu zeigen, wo es langgeht. Aber anstatt sie ordentlich rundzumachen, habe ich sie gepackt und geküsst.

Selbst jetzt, eine Stunde später, liegt noch immer ihr süßer Geschmack auf meinen Lippen, der Geruch von Karamell, Vanille und Zimt, der sie immer umgibt, hat meinen Hunger geweckt. Das Dumme ist nur, dass sich mein Hunger nicht auf irgendwelche mit buntem Zuckerguss überzogene Mini-Küchlein bezieht, sondern auf die Frau, die diese Dinger herstellt.

Im Gegensatz zu den meisten Tussis, mit denen ich meine Zeit verbringe, wirft sich mir diese widerspenstige Zuckerbäckerin nicht an den Hals. Seit unserer ersten Begegnung nutzt sie jede Gelegenheit, um einen Streit vom Zaun zu brechen.

Diese Puppe hat immer noch nicht verstanden, dass es nun mal Lärm macht, Autos und Motorräder zu reparieren. Nach dem kurzen Besuch von ein paar Freunden bleiben nur mein Clubbruder Nick und ich zurück. Er, sieht mich wissend an. Anscheinend ist es offensichtlich, dass mir diese Zicke unter die Haut geht. Am Anfang waren die meisten meiner Kumpels ganz versessen darauf, ihr Glück bei Klara zu versuchen, erst als ich ihnen unmissverständlich klargemacht habe, dass diese Frau tabu ist, spekulieren sie nicht mehr andauernd darauf, ob sie im Bett genauso wild und emotional ist, wie sie sich immer gibt. Nach dem Kuss bin ich mir allerdings zu 100% sicher, dass sich das Fräulein-das-ist-keine-Bäckerei im Bett in eine unberechenbare Wildkatze verwandelt.

Äußerlich reizt Klara meinen Jagdinstinkt. Ich schätze sie auf knapp einen Meter sechzig. Ihre Figur ist rund und fraulich, genauso wie ich es bevorzuge – volle Titten, runder Arsch. Mit Weibern, die nur aus Haut und Knochen bestehen, kann ich nichts anfangen. Klaras volle Lippen, ihre langen Haare, die nur darauf warten, dass ich meine Faust in ihnen vergrabe, und das feste Fleisch ihrer prallen Titten - im Grunde ist diese Zuckerbäckerin absolut perfekt. Das Problem ist nur, dass diese Frau nur Ärger bedeutet. Ihr permanentes Gezicke ist nicht auszuhalten.

Als Mitglied des MC Dark Devils, dem größten Motorcycle-Club des Landes, wird es mir nie langweilig. Die Welt, für die ich mich entschieden habe, ist hart, rau und tödlich und dennoch liebe ich den MC mehr als mein Leben.

Nach einem langen Tag in der Werkstatt und den meist blutigen Aufträgen, die ich für den Club erledige, brauche ich nachts einfach nur eine willige Frau, die ihre Klappe hält und ohne irgendwelche Extrawünsche vor mir auf die Knie geht, damit ich mir meine schwarze Seele aus dem Leib ficken kann...

Heilige Scheiße!

Alleine der Gedanke daran, mich bis zum Anschlag in Klaras enger Pussy zu vergraben, lässt mich hart werden. Es sollte mir eigentlich nicht so schwerfallen, diese Frau aus meinem Kopf zu bekommen. Nur konnte ich Herausforderungen noch nie widerstehen und Klara ist die personifizierte Herausforderung.

„Fuck, Bro, die Zuckerpuppe hat es dir angetan."

Ich sehe zu Nick.

„Was redest du für eine Scheiße, Alter?"

Er gibt ein lautes Grunzen von sich.

„Ich habe dich jetzt dreimal gebeten mir den 10er-Schraubenschlüssel zu reichen und du hast kein einziges Mal reagiert."

Ohne auf sein Gelaber einzugehen reiche ich ihm den Schlüssel und kümmere mich wieder um die Harley vor mir.

Leise lachend schüttelt Nick den Kopf und macht sich wieder an die Arbeit.

„Lass uns später ins *Reds* gehen, ich brauche dringend eine nasse Pussy."

„Die Pussy, nach der du dich sehnst, wirst du nicht im Stripclub finden, Bro."

Genervt von seinen Sprüchen zünde ich mir eine Kippe an und werfe Nick die leere Zigarettenschachtel an den Kopf.

„Ach, halt's Maul, Alter. Ich werde mir heute als erstes einen schnellen Ritt gönnen und mir dann geschmeidig einen blasen lassen. Komm mit oder lass es, mir egal."

„Wenn es um Pussys geht, bin ich immer dabei."

Während sich meine Hände routiniert um den Ölschlauch kümmern, hallen in meinem Kopf Nicks Worte nach. *Bullshit!* Er hat recht. Die Pussy, die ich wirklich will, finde ich in keinem Muschischuppen, sondern in einer verdammten Zuckerbäckerei.

Aber so scharf Klara auch sein mag, sie hat mich, verdammt noch mal, beim Ordnungsamt angezeigt. Wer zur Hölle macht denn so was?

Entweder ist sie so naiv und denkt, dass sie damit wirklich etwas bewirken kann, oder sie will mich bis aufs Blut reizen. Wenn sie ein Kerl wäre, hätte ich ihr für diese Aktion die Scheiße aus dem Leib geprügelt, so aber ... *fuck...*

Die meisten Menschen, die meine Kutte sehen, vermeiden es tunlichst, sich mit mir anzulegen. Der MC der Dark Devils hat einen gewissen Ruf. Personen, die uns ans Bein pinkeln, passieren schlimme Dinge.

Klara hingegen juckt das alles nicht, sie spricht aus, was ihr auf dem Herzen liegt, so sehr mich das auch nervt, ihre Sturheit imponiert mir.

Die nächsten Stunden konzentriere ich mich voll auf meine Arbeit. Erst als Nick fluchend aufsteht und beschließt, dass für heute Schluss ist, bemerke ich, wie spät es schon geworden ist.

„Es wird Zeit für einen ausgiebigen Blowjob."

„Dem kann ich nur zustimmen, Bro."

Nick fasst sich zwischen die Beine und reibt über seinen Schwanz.

„Die letzte Woche habe ich keinen einzigen Schuss abgefeuert, meine Eier sind blau."

Das Licht ausschaltend ziehe ich das Tor zur Werkstatt zu und sperre es ab.

Ich kann durchaus nachvollziehen, wie Nick sich gerade fühlt: Seit der äußerst aufschlussreichen Begegnung mit Klara habe ich einen verdammten Harten.

Zur Hölle! Ein paar Stunden im *Reds* haben noch immer dabei geholfen, mich auf andere Gedanken zu bringen.

Dieser und viele weitere Nachtclubs gehören dem MC. Die Dark Devils mischen in vielen Bereichen mit. Wobei unsere einträglichsten Einnahmequellen immer noch Muschis und Waffen sind.

Im *Klara's* nebenan ist bis auf die Schaufensterbeleuchtung alles dunkel, die kleine Zicke hat schon vor Stunden Feierabend gemacht.

Ob sie bereits im Bett liegt?

Bis jetzt ist mir kein Ring an ihrem Finger aufgefallen, doch nur weil sie nicht verheiratet ist, bedeutet das noch lange nicht, dass sie keinen Freund hat.

Die Vorstellung, dass sie nicht alleine ist und ein anderer Typ sie gerade fickt, gefällt mir ganz und gar nicht.

Entschlossen, die anstehenden Stunden keinen Gedanken mehr an diese Frau zu verschwenden, ziehe ich mir den Helm über den Kopf und schwinge mich auf mein Bike.

Das gedämpfte rote Licht taucht das Interieur in diffuse Schatten. Der unverkennbare Geruch weiblicher Lust hängt in der Luft, die trägen Bässe der Musik hallen durch den großen Raum. An den vielen silbernen Stangen räkeln sich halb nackte Nutten, während an den beiden Bars der Alkohol nur so in Strömen fließt. In den verschiedenen Sitzecken lassen es sich ein paar meiner Clubbrüder bereits gut gehen. Ganz hinten rechts im Eck entdecke ich Tom, den Präsidenten der Dark Devils. Auf seinem

Schoss sitzt eine kleine Rothaarige. Er nuckelt gierig an ihrem Nippel, während ihre Hand sich in seiner geöffneten Hose zu schaffen macht. Als er mich und Nick entdeckt, löst er seinen Mund von der Bitch und winkt uns zu sich.

„Das riecht nach Arbeit."

„Aye, Bro."

Nick setzt sich gegenüber von Tom auf die Bank, ich bleibe stehen.

„Männer", Tom nickt uns zu. „Rex, das Haus neben deiner Werkstatt, meines Wissens befindet sich darin eine Bäckerei", in Gedanken höre ich Klara wutschnaubend *Patisserie* rufen, „gehört einem gewissen Michael Brunner."

Ich weiß jetzt schon, dass mir diese Sache alles andere als gefallen wird.

„Dieser Michael hat es sich in den letzten Monaten in einem unserer Casinos verdammt gut gehen lassen, er hat viel gezockt und viel verloren. Beim letzten Pokerturnier hat er nicht nur seinen Wagen, sondern auch sein Haus gesetzt, er hat beides an den MC verloren."

Noch bevor Tom es ausspricht, weiß ich, was er von mir erwartet.

„Bis jetzt hatte ich Dog und Sven auf die Sache angesetzt, aber die beiden sind gescheitert. Brunner hat auch die letzte Frist verstreichen lassen, jetzt wird es Zeit, dass du dich um die Sache kümmerst. Mach diesem Wichser klar, was es bedeutet, bei den Dark Devils Schulden zu haben!"

Dog ist ein guter Devil, in meinen Augen ist er jedoch zu umgänglich. Sven, einer unserer neuesten Anwärter, muss ebenfalls noch lernen, dass Blut die einzige Sprache ist, die auf der Straße verstanden wird. Jeder Mann, der ein Dark Devil werden möchte, muss sich mindestens ein Jahr lang als sogenannter Anwärter beweisen. Wenn er das Maul hält und seine Arbeit gut macht, hat er die Chance, anschließend als Member, als festes Mitglied, im MC aufgenommen zu werden. Wenn nicht, wird er mit einem Arschtritt vom Gelände gejagt.

Dieser Brunner muss ein ganz schöner Idiot sein, wenn er glaubt, dass er sich vor dem MC verstecken kann. In den vergangenen Jahren haben viele versucht, den Dark Devils zu schaden oder uns zu verarschen. Jeder von ihnen hat seine Lektion auf die harte Tour gelernt. Als Sergeant-at-Arms des Clubs ist es meine Aufgabe, unserem Präsidenten den Rücken zu stärken und mich um Arschlöcher wie Brunner zu kümmern. Ich komme immer dann ins Spiel, wenn alle Warnungen erfolgslos bleiben.

Nick nennt mich spaßeshalber immer den Vollstrecker – so falsch liegt er damit gar nicht.

„Nimm dir so viele Männer, wie du brauchst, aber ich will, dass die Sache in spätestens vierzehn Tagen geklärt ist, der MC im Grundbuch eingetragen ist und der Porsche des Arschlochs auf unserem Hof steht. Unsere Clubanwälte wissen schon Bescheid, der Vertrag ist bereits aufgesetzt.“

Das wird übel. Auch wenn ich es versuchen werde, aber es wird mir nicht gelingen, Klara völlig aus der Sache rauszuhalten. *Fuck!* Diese Zicke wird ausflippen, wenn sie erfährt, wer ihr neuer Vermieter ist.

„Ich nehme Nick und Sven. Es wird Zeit, dass dem Anwärter endlich Haare am Sack wachsen.“

Tom gibt ein raues Lachen von sich.

„Dem kann ich nur zustimmen, Rex.“

Die Tussi auf seinem Schoß versucht aufzustehen, Tom drückt sie zwischen seinen Knien auf den Boden.

„Komm morgen in mein Büro, dann gebe ich dir alle Informationen, die du brauchst. Für heute ist Schluss mit dem Geschäftlichen...“

Mit einer Handbewegung gibt er uns zu verstehen, dass wir ihn jetzt in Ruhe lassen sollen. Noch bevor Nick und ich uns an einen der freien Tische gesetzt haben, beginnt die vor unserem Präsidenten kniende Bitch damit, seinen Schwanz in den Mund zu nehmen.

Mandy, eine der Bedienungen, nimmt unsere Bestellung auf. Zehn Minuten später serviert sie uns eine perfekt temperierte Flasche Jacky und zwei Gläser.

„Das wird deiner Zuckerpuppe aber ganz und gar nicht gefallen.“

„Diese Zicke gehört nicht mir.“

Nick sieht mich prüfend über den Rand seines halb vollen Glases an.

„Ach nein? Dann stört es dich ja nicht, wenn ich mein Glück bei ihr versuche. Ich finde diese Kuchenbäckerin trotz ihrer großen Klappe ziemlich heiß.“

Obwohl mir klar ist, dass er mich nur reizen will, beginnt mein Blut zu kochen.

„Wenn du sie anrührst, bist du ein toter Mann.“

Wir liefern uns ein Blickduell, nach einer guten Minute wendet Nick seinen Blick ergeben ab.“

Für eine Weile schweigen wir, beobachten das Geschehen um uns herum.

„Du weißt, dass es so nicht läuft, Bro. Entweder ist sie Freiwild oder sie ist dein Eigentum – reservieren ist nicht.“

Holy Fuck!

Nick scheint nicht zu kapieren, dass ich in den Club gekommen bin, um dieses Weib zu vergessen und nicht, um mir anhören zu müssen, wie verflucht scharf sie ist.

„Ich reserviere sie nicht, ich sage dir nur, dass du sie nicht anrühren wirst, wenn dir dein Leben lieb ist. Das ist etwas komplett anderes!"

Genervt exe ich den Whiskey und lasse Nick am Tisch zurück.

Ich komme genau zwei Schritte weit, als ich eine schwarzhaarige Schönheit entdecke. Unsere Blicke treffen sich. Die Tatsache, dass sie bereits in den Armen eines anderen Mannes liegt, interessiert mich nicht. Entschlossen gehe ich auf sie zu, packe sie an den Schultern und ziehe sie zu mir. Der Typ, der sich bereits ausgemalt hat, wie die Kleine wohl beim Orgasmus klingt, springt auf und will gerade etwas sagen, als seine Augen erschrocken über meine Kutte gleiten. Provozierend hebe ich eine Augenbraue nach oben und warte auf seine Reaktion.

Bei meiner Harley, ich hatte noch nie was gegen eine anständige Prügelei...

Nach Luft schnappend presst der Trottel mit hochrotem Kopf die Lippen aufeinander und setzt sich wieder hin.

Zufrieden packe ich mir das Mädchen und ziehe sie hinter mir her Richtung Privaträume. Ich bin fast schon enttäuscht, dass er so schnell klein beigegeben hat.

Ich habe Glück, von den neun Zimmern ist tatsächlich noch eines frei. Nachdem wir den Raum betreten haben, verriegle ich die Tür.

„Zieh dich aus."

Falls sie mit etwas mehr Romantik gerechnet hat – ihr Problem.

Unter dem mitternachtsblauen Top und dem kurzen Rock kommen rote Spitzendessous zum Vorschein.

Als sie nur noch im String vor mir steht, sieht sie mich prüfend an.

„Alles!"

Ohne unseren Blickkontakt zu unterbrechen, streift sie sich den Stofffetzen ab.

„Nett."

Auf dem Hügel ihrer glattrasierten Scham prangt ein pinkes Schmetterlingstattoo.

Mit schwingenden Hüften geht sie zu dem großen Bett, legt sich auf den Rücken und spreizt ihre Beine.

Der Anblick ihrer rosanen Pussy lässt meinen Schwanz sofort hart werden.

Sie räkelt sich auf dem goldenen Satinlaken und streicht lasziv über ihre vollen Brüste.

Ohne wertvolle Zeit zu verlieren, streife ich mir meine Kutte ab und hänge sie über den neben der Türe stehenden Stuhl. Den Rest meiner Kleidung werfe ich achtlos auf den Boden.

Ich knie mich zwischen ihre gespreizten Beine und drücke sie mit meinem Gewicht tief in die Matratze. Ungeduldig lasse ich meinen Penis durch die feuchten Falten ihrer Möse gleiten. *Fuck!* Das fühlt sich verdammt gut an.

In solchen Momenten bin ich fast gewillt, an Gottes Existenz zu glauben.

Die Bitch stöhnt laut, reibt sich hemmungslos an meiner Länge.

Begierig lasse ich meine Finger über ihre weiche Haut gleiten, necke ihre geschwollenen Brustwarzen und zwicke zu.

Sich auf die Lippe beißend schließt sie ihre Augen und drückt willig ihren Rücken durch.

Am liebsten würde ich sie packen und sie so lange ficken, bis sich eine angenehme Leere in meinem Kopf ausbreitet, doch ich beherrsche mich. Ich gehe auf die Knie, umfasse ihre Hüfte und drehe sie mit einer kraftvollen Bewegung auf den Bauch.

Von dem plötzlichen Positionswechsel überrascht, versucht sie sich mit den Armen abzustützen, doch das erlaube ich nicht, ich will sie unter mir liegen haben.

Ihre Gegenwehr erlischt in der Sekunde, in der ich mit zwei Fingern tief in sie stoße.

Heiß und feucht umschließt mich ihre zuckende Pussy.

Der moschusartige Geruch ihrer Lust breitet sich im Raum aus.

Sie krümmt sich leicht, als ich über ihren G-Punkt streiche und noch tiefer in sie eindringe.

Ihre prallen Arschbacken und ihre langen, rabenschwarzen Haare, die sich über ihrem Rücken verteilen, sind ein absolut geiler Anblick.

Obwohl ich regelmäßig im *Reds* bin, habe ich dieses Mädchen bisher nicht gesehen.

„Wie heißt du?“

„Cherry.“

Mir ist klar, dass das nicht ihr richtiger Name ist, aber das spielt keine Rolle.

Wenn sie gut fickt, werde ich sie mir zukünftig noch öfter genehmigen und wenn nicht, werde ich ihr Gesicht noch vor dem Morgengrauen vergessen haben.

Besitzergreifend streiche ich mit meinen Fingern über ihren Rücken, umschließe mit meiner Hand ihr Genick und drücke sie so tiefer auf die Matratze.

Völlig schutzlos liegt sie unter mir, wartet darauf, was ich als Nächstes mit ihr anstellen werde.

Nicht in der Lage mich weiterhin zu kontrollieren, verliere ich den Kampf um meine Selbstbeherrschung.

„Beweg dich nicht vom Fleck Cherry, oder du wirst es büßen.“

Schnell steige ich aus dem Bett, fische das Kondom aus meiner Hosentasche und rolle es über mein Glied. Nicht mal eine Minute später bringe ich mich wieder hinter der kleinen Nutte in Position. Gierig nach ihrem Geschmack beiße ich ihr in die rechte Schulter und versenke mich mit einem rücksichtslosen Stoß bis zum Anschlag in ihren engen Pussy. Ihr lauter Schrei hallt durch den Raum. Ich lasse ihr keine Zeit, um sich an meine Größe zu gewöhnen, sondern ficke sie gnadenlos. Bei jedem meiner harten Stöße ruckt ihr Körper weiter nach oben. Cherry versucht, sich aufzurichten, ich presse sie zurück aufs Bett und verpasse ihrem Po drei harte Schläge.

Ihr erschrockener Schrei verrät mir, dass sie nicht damit gerechnet hat.

Als sie sich widerwillig aufbäumen will, schlage ich erneut zu.

Keuchend ergibt sie sich und reckt mir ihren rot leuchtenden Arsch entgegen.

„Braves Mädchen."

Erneut schiebe ich mich tief in sie, reibe mit meinem Daumen über ihre Rosette und lasse meinem Verlangen freien Lauf.

Aus Cherrys kirschroten Lippen löst sich ein ersticktes Schluchzen, während sie sich mit den Händen am Bettgestell festkrallt.

„Was willst du, Baby?"

Ihr gestöhntes „Mehr" lässt mich erschaudern.

Ich ziehe mich fast komplett aus ihr zurück.

Erneut lasse ich sie meine Handfläche spüren, ihr lauter Schrei hallt durch das Zimmer.

Meine Hoden ziehen sich schmerzhaft zusammen, meine Atmung stockt, während die Frau unter mir heftig zu zittern anfängt.

Ihre Muschi zurrt sich so fest um meinen Schwanz zusammen, dass es fast schon schmerzt. Hilflos, verschwitzt und lustvoll schreiend verliert sich Cherry in ihrem Orgasmus.

Tiefer und tiefer - härter und härter stoße ich mich in ihren zuckenden Körper.

Zufrieden spüre ich, wie sie erneut unter mir zu zittern beginnt. Als sie ein zweites Mal kommt, schließe ich meine Augen und spritze mein Sperma in das Kondom.

Holy Fuck! Das war genau das, was ich gebraucht habe....

Laut keuchend löse ich meine Finger von ihrem Nacken, stütze mich auf dem Bett ab und schiebe mich ein letztes Mal bis zum letzten Zentimeter in sie.

Cherry wimmert leise, ihre Augen sind geschlossen.

Mit meiner restlichen Kraft ziehe ich mich aus ihr zurück und setze mich an den Bettrand. Fluchend reibe ich mir über die Stirn. Am liebsten würde ich Cherry die Schuld daran geben, dass Klara noch immer meine

Gedanken beherrscht, aber die kleine Bitch kann nichts dafür. Es ist meine verdammte Schuld. Ich hätte diese Zuckerzicke nicht küssen dürfen, jetzt wo ich sie gekostet habe, will ich mehr von ihr. Verflucht, ich will einfach alles.

Doch jetzt, wo Tom mich auf ihren Vermieter angesetzt hat, werde ich mich von meiner Zicke fernhalten. Sie zu vögeln würde diese ganze Sache nur noch mehr verkomplizieren und ich hasse Komplikationen wie die Pest.

Ohne auf Cherry zu achten, ziehe ich mich an und streife mir die Kutte über. Anschließend ziehe ich mein Portmonee aus der Innentasche und lege Cherry einen Hundert-Euro-Schein auf den Bauch.

„Danke, Süße."

Mit diesen Worten verlasse ich den Raum und das *Reds*. Wenige Minuten später befinde ich mich bereits auf der Straße. Ohne den Verkehrsregeln besondere Beachtung zu schenken, mache ich mich auf den Heimweg.

Vielleicht helfen mir ja ein paar Stunden Schlaf dabei, einen klaren Kopf zu bekommen.

3. Kapitel

Klara

Die vergangenen Stunden waren die absolute Hölle.

Dank Rex war meine Libido so aufgeheizt, dass ich ums Verrecken keine Ruhe gefunden habe – an Schlaf war einfach nicht zu denken. Um kurz nach Mitternacht habe ich schlussendlich aufgegeben und meinen besten Freund aus der obersten Nachttischschublade geholt.

Meinen Vorsatz, nicht an Rex zu denken, während ich mit meinem pinken Häschen-Vibrator meinen G-Punkt stimuliere, ist grandios gescheitert.

Doch wer denkt, dass ich jetzt endlich meinen verdienten Orgasmus bekommen habe, hat falsch gedacht.

Bei allen Heilligen... ich war wirklich so kurz davor... so furchtbar kurz....

Wenn die Batterien nur eine Zehntelsekunde länger gehalten hätten, dann wäre das der fantastischste Höhepunkt des Jahres geworden, doch sie haben nicht gehalten.

Gerade als sich meine Atmung beschleunigt und sich mein Unterleib erwartungsvoll angespannt hat, ist den Batterien der Saft ausgegangen.

Verschwitzt, zitternd und den Tränen nahe, habe ich versucht, es auf die altmodische Art - mit den Fingern - zu Ende zu bringen, aber das hat leider nicht funktioniert. Meine anspruchsvolle Pussy braucht einfach das rotierende Ende des Vibrators und das perfekt eingestellte Vibrieren, um in die Gänge zu kommen.

Wütend, verzweifelt und am Rand des Wahnsinns, habe ich beschlossen, für meine Befriedigung zu kämpfen.

Mit blankliegenden Nerven, barfuß in den Turnschuhen und einem Vogelnest auf dem Kopf, bin ich kurzerhand in meinen rosa karierten Schlafanzug geschlüpft und habe mich auf den Weg zu der in der Nähe liegenden Tankstelle gemacht. Während des zehnminütigen Fußmarschs habe ich den allseits beliebten *Aldi* zum Teufel gewünscht. Es ist zwar schön und gut, wenn man für diese billigen Batterien nur 1,99 Euro zahlen muss. Aber was hilft einem der Schnäppchenpreis, wenn diese Dinger nicht mal drei Höhepunkte lang halten?

An der Tankstelle angekommen, beschließe ich, mir mal etwas zu gönnen.

Fest entschlossen, so eine Pleite zukünftig zu verhindern, schnappe ich mir kurzerhand vier Großpackungen von den Duracell Ultra Power Batterien.

Dank dem Kleingedruckten auf der Packungsrückseite weiß ich jetzt auch, dass die Batterien der Ultra Power Serie die langlebigsten

Alkaline-Batterien von Duracell sind. Sie enthalten bis zu 80% mehr Power im Vergleich zum Einsteigermodell Duracell SIMPLY.

In meiner Fantasie sehe ich schon meinen Vibrator wie das berühmte Duracellhäschen durch meine Wohnung hüpfen.

Den dämlich grinsenden Typen an der Kasse ignorierend bleche ich vierzig Euro und stecke meinen Mitternachtseinkauf ein.

Entschlossen herauszufinden, ob diese Dinger ihren Preis wert sind, bringe ich den Heimweg doppelt so schnell hinter mich wie den Hinweg.

Endlich wieder in meiner Wohnung angekommen, ziehe ich mich in Windeseile aus und lege mich zurück ins Bett. Mit vor Vorfreude zitternden Fingern wechsle ich die Batterien und schalte den Vibrator an.

Oh verdammt! Die Ohren des Häschens vibrieren so heftig wie noch nie.

Prüfend halte ich die rotierende Spitze auf meinen Handrücken – das ist fast zu krass.

Tief durchatmend lehne ich mich gegen das gepolsterte Kopfende des Bettes und spreize meine Beine – na dann mal los.

Konzentriert und fest entschlossen, mich endlich in ein zitterndes Etwas zu verwandeln, lasse ich vor meinem inneren Auge das Bild von Rex' nacktem Oberkörper entstehen. Nur zu gerne erinnere ich mich an unseren leidenschaftlichen Kuss, seinen markanten Geruch und seinen göttlichen Geschmack. Mein Körper springt sofort auf das erotische Kopfkino an - jetzt ist der passende Zeitpunkt, um meinen Duracell-Häschen-Vibrator ins Spiel zu bringen.

Mit dem rotierenden Knubbel reibe ich ein paar Mal über meinen Kitzler, ehe ich ihn zwischen meinen Schamlippen nach unten gleiten lasse. Stück für Stück schiebe ich ihn in mich, so tief, dass die vibrierenden Hasenohren direkt auf meinen Kitzler treffen.

Die Berührung ist wie ein Schock. Dank der Duracell-Ultra-Power ist die Stimulation unheimlich intensiv. Mein erster Instinkt ist, dem Hasen auszuweichen, doch ich widerstehe dem Impuls. Meine Belohnung: pure Ekstase.

Dank dem wild gewordenen Duracellhasen zwischen meinen Beinen werden meine inneren Scheidenwände aufs Göttlichste massiert, die vibrierenden Ohren reiben über meine Perle und entlocken mir einen lauten Schrei. Es dauert keine Minute und ich bin an genau dem Punkt angekommen, an dem mich die Aldi-Batterien haben hängen lassen.

Stöhnend schnappe ich nach Luft, vor meinen geschlossenen Augen sehe ich Rex' vor Schweiß glänzenden Oberkörper. Jeder Muskel in meinem Unterleib spannt sich an, meine Zehen krümmen sich, in meinem Bauch beginnt es wie wild zu prickeln.

Mit der freien Hand reibe ich über meine Brustwarzen, zwicke leicht in einen der aufgerichteten Nippel.

Ohhhh mein Goottttt!

Ich stelle die Vibration auf eine stärkere Stufe und verliere mich in meiner Lust.

Krampfend und zitternd genieße ich die Kontraktionen in meinem Inneren.

Meine Nervenbahnen stehen in Flammen...

Das war kein billiger Discounterorgasmus, sondern eine Duracellexplosion.

Erschöpft und verschwitzt ziehe ich den Vibrator aus mir heraus und lege ihn beiseite. Zufrieden seufzend ziehe ich die Decke über mich und drehe mich auf die Seite.

Das Fantasiebild von Rex' Sixpack löst sich flirrend auf und ich sinke in einen traumlosen Schlaf. Mein Unterbewusstsein meldet sich zu Wort, es wispert mir zu, dass ich mir diesen Rocker aus dem Kopf schlagen soll. Ich würde sagen, dafür ist es längst zu spät....

Im *Klara's* ist heute die Hölle los. Vielleicht liegt es daran, dass Freitag ist und sich jeder mit leckeren Naschereien für das Wochenende eindecken will, aber ich komme vor lauter Verkaufen kaum noch hinterher, die Theke aufzufüllen.

Die Kasse klingelt nur so, zum ersten Mal seit der Eröffnung könnte es mir gelingen, mein Konto ins Plus zu bekommen – endlich schwarze Zahlen.

Glücklich vor mich hinpfeifend lasse ich gerade zwei Espresso aus der Maschine und packe zwei Schokotörtchen auf ein kleines Tablett, doch noch bevor ich die Bestellung zu den draußen am Tisch sitzenden Gästen tragen kann, bollern mal wieder drei dicke Motorräder auf der Straße entlang. Kaum dass die Rocker die Motoren ausgeschaltet haben, dringen ihre derben Flüche und das laute Gelächter der Idioten zu mir herüber.

Gerade als ich das Tablett auf dem kleinen Tischchen abstellen will, sehe ich Rex auf mich zukommen.

Oh verdammt...

Schnell serviere ich den Espresso und die Küchlein, und gehe ihm entgegen. Das Letzte, was ich jetzt gebrauchen kann, ist, dass sich meine Gäste von diesem Rüpel belästigt fühlen.

Ausnahmsweise ist er mal nicht halb nackt, ein schwarz-rotes Karoshirt verdeckt seine tätowierte Brust, meine Augen huschen über die vielen Aufnäher seiner Kutte.

„Hey Sweety.“ Er grinst mich selbstsicher an, sein eindringlicher Blick fühlt sich an wie eine visuelle Liebkosung. Mir ist klar, dass er nicht wissen kann, dass ich letzte Nacht an ihn gedacht habe, während mich mein Duracellvibrator in den siebten Himmel vibriert hat, dennoch schießt mir das Blut in die Wangen.

„Hallo Nachbar.“

Anscheinend hat er mit einer weniger freundlichen Begrüßung gerechnet, denn er sieht mich abwartend an.

„Sag, was du willst und dann verschwinde wieder in deine Werkstatt, ich habe heute keinen Nerv für unnütze Diskussionen.“

Rex kneift die Augen zusammen, gerade als ich denke, dass er mich aufziehen will, gibt er nur ein undefinierbares Murmeln von sich.

„Hör mal, Sweety. Ich habe deinen Vermieter angerufen...“

Wie bitte?

Das meint er nicht ernst!

„Du ziehst meinen Vermieter in unseren Streit mit rein? Spinnst du? Im Gegensatz zu dir bin ich auf die Einnahmen der Patisserie angewiesen. Ich kann es mir nicht leisten das *Klara's* zu verlieren. Da stecken meine gesamten Ersparnisse drin.“

Rex sieht mich überrascht an.

„Wohoooo Zuckerpuppe. Mach langsam.“

„Langsam? Du bist ein richtiges Arschloch! Das ist deine Rache, weil ich dich beim Ordnungsamt angezeigt habe. Stimmt's? Du scheinst einfach nicht zu kapieren, dass mein Leben nicht nur aus Spaß besteht.“

So viel zu meinem Vorsatz, heute nicht mit ihm streiten zu wollen. Dieser Mann reizt mich bis aufs Blut.

„Reg dich ab, Mädchen! Ich habe deinen Vermieter angerufen, weil ich etwas mit ihm klären muss. Ich hätte dir das gar nicht erzählen müssen. Aber ich wollte dich darauf vorbereiten, dass du ab nächster Woche einen neuen Vermieter haben wirst.“

Perplex sehe ich ihn an. Habe ich ihn gerade richtig verstanden?

„Wie meinst du das? Was soll das alles?“

„Genaueres musst du nicht wissen.“

Jetzt verstehe ich langsam gar nichts mehr.

Erst teilt er mir mit, dass ich einen neuen Vermieter bekommen werde und dann muss ich nicht mehr wissen?

„Natürlich muss ich das!“

Ohne dass ich es verhindern kann, wird meine Stimme immer lauter.

„Hätte ich gewusst, dass du so eine Dramaqueen bist, hätte ich meine Fresse gehalten und dich nächste Woche einfach vor vollendete Tatsachen gestellt. *Fuck!* Ich hätte mir ja denken können, dass du alles wieder verkomplizierst, Sweety.“

Dramaqueen? Ich verkompliziere alles?

Meine Handfläche beginnt zu prickeln, meine Beherrschung löst sich in Luft auf. Ohne lange darüber nachzudenken, hole ich aus und verpasse dem arroganten Scheißkerl eine laut klatschende Ohrfeige.

Ein bedrohliches Knurren löst sich aus seiner Kehle.

Seine Augen blitzen kurz auf, seine Hände ballen sich zu Fäusten.

In der einen Sekunde stehe ich noch vor ihm, in der nächsten hat er mich gepackt und an seinen muskulösen Körper gezogen.

Ich bin im Arsch....

„Scheiße Baby! Du hast mich geschlagen!"

Warum müssen Männer immer das Offensichtliche aussprechen?

Fest entschlossen, meine sieben Sinne bei mir zu behalten, ignoriere ich, wie mein Körper auf den seinen reagiert. Rex' Geruch steigt mir in die Nase, seine kraftvollen Hände umschlingen meine Oberarme. Seine Lippen befinden sich so nah vor mir, dass ich mich nur auf die Zehenspitzen stellen müsste, um ihn zu küssen. Ich widerstehe dem Drang, mich ihm wie ein naives Schulmädchen an den Hals zu werfen und suche seinen Blick.

An seinem markanten Kiefer beginnt ein Muskel unheilvoll zu zucken.

„Was zum Teufel soll ich nur mit dir anstellen, Weib?"

Küss mich - nimm mich - fick mich...

„Keep calm, Rocker. Ich bin mit Sicherheit nicht die erste Frau, die deinem rauen Charme widersteht. Dein Ego wird es verkraften."

Er gibt ein lautes Schnauben von sich.

„Mein Ego ist das Letzte, worum du dir Sorgen machen solltest, Zuckerpuppe."

Ich kann nicht umhin, die Provokation, die in seiner Stimme mitschwingt, zu überhören.

„Ach, und worüber sollte ich mir dann Sorgen machen?"

„Um deinen Arsch, Baby! Um deinen Arsch!"

Da ich keine Ahnung habe, was er damit meint, versuche ich, mich aus seinem festen Griff zu lösen – ich habe keine Chance.

„Oh nein, Sweety. So leicht entkommst du mir nicht. Ich bin noch lange nicht fertig mit dir."

Eine Sekunde später hänge ich kopfüber über seiner Schulter, panisch kralle ich meine Finger in dem rauen Leder seiner Kutte fest und strample so fest ich kann.

„Lass mich sofort runter, du Idiot!"

Rex ignoriert mein Geschimpfe und trägt mich hinter das Haus.

Ich will gar nicht wissen, was sich meine Kundschaft gerade von mir denkt – mit Sicherheit nichts Positives.

„Verdammt Rex! Ich muss zurück in die Patisserie!"

Erst als wir nicht mehr in Sichtweite der Straße sind, stellt er mich wieder auf die Füße. Doch anstatt mich freizugeben, presst er mich mit dem Rücken gegen die kalte Hauswand. Ein unangenehmer Schauer rieselt über meine Arme.

„Du hörst mir jetzt gut zu, Sweety. In der nächsten Zeit stehen ein paar Veränderungen an. Und bis zu einem gewissen Grad liegt es an dir und deinem Verhalten, wie die sich auf dich und deine Bäckerei auswirken."

Sein strenger Tonfall erschreckt mich.

„Was für Veränderungen?"

„Wie gesagt, du wirst einen neuen Vermieter bekommen."

„Und wer wird das sein?"

„Mein MC."

Ich atme tief durch, irgendwie verstehe ich nur Bahnhof.

„Was ist ein MC? Ich bezweifle, dass du gerade von McDonald's sprichst."

Anscheinend habe ich Rex mit meiner Unwissenheit überrascht, denn er sieht mich gerade fassungslos an.

„MC ist die Abkürzung für Motorcycle-Club."

Je mehr er mir zu erklären versucht, desto weniger verstehe ich. Das macht doch alles überhaupt keinen Sinn.

„Na und? Was hat ein Motorcycle-Club mit meiner Patisserie zu tun?"

Er reibt sich mit der Hand über die Stirn und beißt seine Zähne so fest aufeinander, dass es knackst.

„Zum Teufel, Weib. Hast du zu viel Puderzucker geschnupft, oder was ist los?"

Ich hebe protestierend die Hand. Gerade als ich etwas sagen will, schüttelt er den Kopf und sieht mich so finster an, dass ich kein Wort über die Lippen bringe.

„Die Einzelheiten gehen dich nichts an. Alles, was du wissen musst, ist, dass du zukünftig nicht mehr zum Ordnungsamt rennen solltest, wenn du deinen Laden behalten willst. Der Club hat es nicht so gerne, wenn kleine Mädchen Ärger machen. Mein Präsident hat nicht so viel Geduld mit Zicken."

Mit diesen Worten dreht er sich um und lässt mich einfach stehen.

Ich rufe ihm zornig und nicht gewillt, ihm das letzte Wort zu lassen, hinterher, dass ich kein kleines Mädchen bin. Aber er tut so, als würde er mich nicht hören.

Was für ein eingebildetes Arschloch!

Tief luftholend versuche ich, mich wieder etwas zu beruhigen, es gelingt mir nicht. Dieser Mann besitzt die Gabe, mich innerhalb von drei Sekunden völlig durcheinanderzubringen.

Auch wenn ich jetzt weiß, was MC bedeutet, habe ich keine Ahnung, von was für einem Präsidenten Rex da gerade gesprochen hat.

So langsam habe ich das Gefühl, dass dieser Mann in einer völlig anderen Welt lebt.

Das nächste Mal, als ich Rex an diesem Tag sehe, ist es kurz nach fünf. Er steht groß und bedrohlich neben meinem Vermieter und nimmt diesem die Autoschlüssel und eine Handvoll Unterlagen ab.

Der schwarze Porsche, der am Straßenrand steht, hat ab jetzt ganz offensichtlich einen neuen Besitzer. Aber warum?

Neugierig gehe ich noch einen Schritt näher ans Fenster, leider kann ich nicht hören, was die beiden sagen. Rex' Lippen verziehen sich zu einem zufriedenen Grinsen, der Gesichtsausdruck meines Vermieters hingegen wirkt ängstlich.

So langsam beschleicht mich ein Verdacht.

Was, wenn Rex' MC den armen Herrn Brunner bedroht? Werde ich etwa gerade Zeugin einer Straftat?

Für einen Augenblick spiele ich mit dem Gedanken, die Polizei zu rufen, verwerfe aber diese Idee schnell wieder. Auch wenn ich es mir nur ungern eingestehe, aber Rex' Warnung hat mich eingeschüchtert.

Noch bevor ich mich hinter einem der Vorhänge verstecken kann, dreht sich Rex zu mir um. Unsere Blicke treffen sich, seine Augenbrauen ziehen sich finster zusammen.

Also eines muss ich diesem Rocker wirklich lassen, das „böse dreinblicken“ hat er wirklich perfektioniert. Anstatt bei mir vorbeizuschauen und mal *Hallo* zu sagen, hat sich Herr Brunner einfach wieder aus dem Staub gemacht. Nachdem ich mir die letzten zwei Stunden immer wieder den Kopf darüber zerbrochen habe, bin ich zu dem Entschluss gekommen, dass die Probleme meines Vermieters nicht zu meinen Problemen werden müssen. Herr Brunner ist ein erwachsener Mann, der nicht von mir gerettet werden muss. Falls er mir Rex' MC Ärger hat, ist das nicht meine Sache. Um 19:00 Uhr ist es dann endlich so weit – Feierabend.

Nachdem ich alle Tische abgewischt, die Blumen gegossen und die frisch zubereiteten Pralinen zum Aushärten in die Kühlung gestellt habe, schalte ich das große Licht aus, so dass nur noch die Schaufenster beleuchtet sind, und sperre die Türe hinter mir zu.

So sehr ich das *Klara's* auch liebe, es ist eine Menge Arbeit, sich um alles alleine zu kümmern.

Erschöpft gehe ich zu meiner vor dem Haus parkenden Vespa, ziehe mir den Helm über den Kopf und starte den Motor, wobei es eher bei einem Versuch bleibt, denn meine geliebte Maus, wie ich meinen Roller gerne nenne, bleibt stumm.

Verflixte Scheiße!
Ihr leise gut zuredend versuche ich erneut, sie zum Leben zu erwecken – nichts passiert.
Oh Mist... Ich höre mein Konto verzweifelt aufschreien. Eine Reparatur kann ich mir im Moment einfach nichts leisten.
Gerade als ich mein Handy zücken und den ADAC anrufen will, entdecke ich Rex mit ein paar anderen Kutten tragenden Männern vor dem Eingang seiner Werkstatt.
Unter anderen Umständen wäre es vielleicht ein Segen, eine Werkstatt direkt neben meiner Patisserie zu haben, aber eben nur unter andern Umständen. Ich werde ganz bestimmt nicht den Teufel höchstpersönlich um Hilfe bitten. Lieber gehe ich zwei Stunden lang zu Fuß nachhause. Ich ziehe mir den Helm vom Kopf und rufe die gelben Engel an. Natürlich lande ich in einer Warteschleife. Das Gedudel der Wartemusik verursacht mir Kopfschmerzen.
Nach einer kleinen Ewigkeit höre ich endlich eine Frauenstimme am anderen Ende der Leitung.
„Frau Hinz?"
„Ja, ich bin *noch* da." Das *noch* betone ich ganz besonders.
„Ich habe gerade gesehen, dass Sie mit Ihrer Beitragszahlung seit drei Monaten überfällig sind, Ihre Mitgliedschaft wurde daher gekündigt."
„Wie bitte?"
„Ich wünsche Ihnen einen schönen Abend, Frau Hinz. Aber ich muss mich jetzt wieder um die beitragszahlenden Mitglieder kümmern."
Mit diesen Worten wirft sie mich aus der Leitung. Sprachlos starre ich auf das Display meines Handys. So ein blödes Miststück!
Bilde ich es mir nur ein oder zeigt mir das Schicksal gerade den Mittelfinger?
Für gewöhnlich bin ich ein Mensch, der seine Rechnungen immer sofort begleicht. Ich kann mir also nicht wirklich erklären, warum ich ausgerechnet den ADAC-Beitrag nicht bezahlt haben soll.
Wahrscheinlich habe ich es in dem ganzen Trubel ums *Klara's* einfach vergessen.
Erschöpft schließe ich für einen Moment die Augen und hoffe auf ein Wunder.
Ein Wunder passiert leider nicht, eher eine Katastrophe. Rex kommt in Begleitung von zwei seiner Kumpels auf mich zu. Unter ihnen ist natürlich, wie sollte es auch anders sein, der blonde Trottel mit der Zwinkerstörung.
Aus tiefstem Herzen wünsche ich mir jetzt ein großes schwarzes Loch, das sich direkt vor den drei Männern, die mit großen Schritten auf mich zukommen, auftut und sie einfach verschlingt. Aber natürlich warte ich

auf das schwarze Loch genauso vergebens wie auf meine Glückssträhne oder den Typen vom ADAC.

„Hi, Zuckerpuppe“, Blondie ist mal wieder am Zwinkern, „alles grün bei dir?“

Grün? Dieser Mann hat noch weniger Gehirnzellen, als ich dachte.

Rex mustert mich prüfend.

„Springt dein Roller nicht an?“

Blöde Frage. Wenn er anspringen würde, wäre ich schon längst nicht mehr in der Reichweite dieser Kerle.

Ohne auf seine Frage einzugehen, klemme ich mir meinen Helm unter den Arm, schiebe den Roller auf die Seite und stecke den Schlüssel zurück in die Handtasche.

Da ich mir ein Taxi nicht leisten kann, bin ich jetzt auf die öffentlichen Verkehrsmittel angewiesen.

Der dritte Kerl, der ebenfalls eine schwarze Lederkutte mit einem großen Dark Devils Schriftzug auf dem Rücken trägt, dreht sich lachend zu Blondie um.

„Shit Nick, die Tussi ist deinem Charme gegenüber ganz offensichtlich resistent.“

„Charme? Dass ich nicht lache!“

Der Kopf von Nick, wie der Rocker ganz offensichtlich heißt, ruckt in meine Richtung. Jetzt zwinkert er nicht mehr, er wirkt ziemlich wütend.

Mit einem großen Schritt überwindet er die Distanz zwischen uns und baut sich breitschultrig vor mir auf.

„Hast du was gesagt, Puppe?“

„Ich heiße Klara! Nicht Puppe.“

„Dein Name ist mir scheißegal, Mädel.“

„Gut, dann hast du mich zukünftig nicht mehr anzusprechen. Verstanden!“

Seine Nasenflügel blähen sich, auf seiner Stirn zeichnet sich gut sichtbar eine Ader ab.

„Der Tag, an dem ich mir von einer zickigen B....“

Weiter kommt er nicht. Rex bringt Nick mit einem Blick zum Schweigen.

Ganz offensichtlich ist mein Nachbar so etwas wie der Obermacho.

„Hört mal. Ich habe heute wirklich keine Kraft mehr für das, was auch immer ihr von mir wollt. Also sucht euch jemand anderen und lasst mich jetzt einfach in Ruhe. OK?“

Entschlossen, diese Idioten hinter mir zu lassen, mache ich mich auf den Weg zur nächsten Bushaltestelle. Ich komme genau drei Meter weit, als Rex mich eingeholt hat.

„Hör auf zu zicken, Sweety.“

„Nenn mich nicht Sweety!“
Aus seiner Kehle löst sich ein genervtes Brummen.
„Zur Hölle, Weib! Musst du eigentlich immer so verdammt störrisch sein?“
„Ich bin nicht störrisch, Esel sind störrisch.“
Rex lacht laut auf.
„Du bist ein wirklich hübscher Esel, Baby.“
Abrupt bleibe ich stehen.
„Hast du mich gerade einen Esel genannt?“
Seine Mundwinkle zucken amüsiert. Lacht er mich etwa gerade aus?
„Nein, das warst du selber, Sweety.“
Wieder dieses ‚Sweety‘ er wird wohl niemals lernen, dass ich Klara heiße!
„Hör mal Rex, das, was ich da vorhin gesagt habe, war mein absoluter Ernst. Ich habe für das“, mit meiner Hand zeige ich von mir auf ihn und wieder zu mir zurück, „heute einfach keinen Nerv mehr. Also lass mich jetzt bitte in Ruhe zur nächsten Bushaltestelle gehen.“
Gerade als ich denke, dass er es endlich kapiert hat, schnappt er sich meinen Arm und schlingt seine langen Finger um mein rechtes Handgelenk.
„Nein, das werde ich nicht. Du gehst jetzt mit mir zurück und dann werde ich mir deinen Roller ansehen. Je nachdem, was defekt ist, repariere ich es entweder sofort oder ich bestelle das Ersatzteil und bringe dich anschließend nachhause.“
Erschöpft bleibe ich stehen und stelle ihm die Frage, auf deren Antwort ich mehr als gespannt bin.
„Warum kannst du mich nicht einfach in Ruhe lassen, Rex?“
Jetzt stoppt auch er, wendet sich mir zu und streicht mir eine verirrte Haarsträhne aus dem Gesicht. Obwohl mir dieser Mann tierisch auf die Nerven geht und mich bis zu einem gewissen Grad sogar einschüchtert, reicht diese unschuldige Geste aus, um einen Schwarm Schmetterlinge in meinem Magen entstehen zu lassen.
Diese enorme sexuelle Anziehungskraft, die zwischen uns herrscht, macht das alles noch viel komplizierter, als es eh schon ist.
Nervös lecke ich mir die Lippen, sein Blick legt sich auf meinen Mund, seine Pupillen weiten sich. Entschlossen, Rex auch weiterhin scheiße zu finden, rufe ich mir jeden unserer vielen Streits in Erinnerung – und das waren verdammt viele.
Das Dumme ist nur, dass ich ihn jetzt in diesem Augenblick alles andere als scheiße finde. Jede Zelle meines Körpers sehnt sich nach seinen Berührungen. Meine Lippen prickeln erwartungsvoll, sie hoffen auf einen Kuss und zwischen meinen Beinen pocht es verlangend. Ganz

offensichtlich hat meine Pussy langsam keine Lust mehr, sich immer nur mit Plastik zufriedengeben zu müssen.

Gerade als ich nicht mehr mit einer Antwort rechne, löst Rex seinen Blick von meinen Lippen und sieht mir tief in die Augen.

„Glaube mir, Baby. Diese Frage stelle ich mir jetzt seit sechs verdammten Monaten und seit sechs verdammten Monaten ist die Antwort immer dieselbe – weil ich dich will. Ich will deinen zickigen Mund küssen, deine zumeist von Zuckerguss klebrigen Hände berühren und was ich am meisten will, ist, dich so lange zu ficken, bis es mir gelungen ist, dich zum Schweigen zu bringen. Du bist die komplizierteste, anstrengendste und nervigste Frau, die mir je begegnet ist und dennoch bekomme ich dich einfach nicht aus meinem Kopf."

Wow! War das jetzt romantisch oder unverschämt?

Sprachlos sehe ich ihn an. Was soll ich mit dieser Aussage anfangen?

Als ich nicht reagiere, übernimmt Rex die Initiative.

Seine muskulösen Arme um mich schlingend zieht er mich fest an seinen Brustkorb.

Ich spüre seinen kraftvollen Herzschlag, unser Atem vermischt sich, sein Geruch steigt mir in die Nase. Ihm tief in seine blauen Augen sehend, werfe ich meine Zurückhaltung über Bord und ignoriere die warnende Stimme meines Unterbewusstseins.

Wem zur Hölle soll ich eigentlich noch länger etwas vormachen?

Mir? Ihm?

Es hat keinen Sinn, mein Verlangen nach diesem Mann noch länger zu verleugnen.

Sehnsüchtig schlinge ich ihm meine Arme um den Nacken und vergrabe meine Finger in seinen Haaren.

„Das ist ein gewaltiger Fehler..."

Mit diesen Worten presse ich ihm meine Lippen auf die seinen und tackere mich regelrecht an ihm fest.

Wenn ich schon untergehe, dann soll es sich zumindest rentieren!

4. Kapitel

Rex

Ihre Lippen kleben auf den meinen. Ihr süßer Duft steigt mir in die Nase – mein Schwanz presst sich hart gegen den unnachgiebigen Stoff meiner Hose.

Holy Fuck!

In dieser Sekunde weiß ich, wie sich Adam damals im Paradies gefühlt haben muss - Klara ist mein verbotener Apfel!

Nicht gewillt ihr auch nur einen Zungenschlag länger die Kontrolle zu überlassen, duelliere ich mich mit ihr, unterwerfe sie und übernehme die Führung.

Es gibt Momente im Leben eines Mannes, in denen es nicht um Richtig oder Falsch geht – nicht um Gut oder Böse , sondern nur darum, wie verflucht tief man sich in der Frau, die man mehr als alles andere begehrt, vergraben will.

Und ganz genau jetzt, in diesem Augenblick, will ich nichts sehnlicher, als die kleine Zicke, die meinen wilden Kuss so gierig erwidert.

Die Welt, in der ich lebe, ist knallhart und gefährlich - in meinem Leben gibt es keinen Platz für Gefühle, Zuckerperlen und Naschkram.

Überwältigt von der Ausweglosigkeit dieses Augenblicks, sauge ich ihren köstlichen Geschmack tief in mich auf.

Unser Kuss wird immer hemmungsloser und es kostet mich unheimlich viel Kraft, dass ich sie nicht genau hier, mitten auf dem verdammten Gehweg, flachlege. Er dauert eine kleine Ewigkeit, die Zeit steht still. Ich wühle mich ein letztes Mal durch ihren Mund, ehe ich meine Lippen von den ihren löse.

Ihre weiche Haut und der dunkle Kranz ihrer langen schwarzen Wimpern, in Kombination mit ihren langen weichen Haaren, lassen mich schwach werden.

Meine inneren Dämonen knurren laut, fletschen ihre Zähne und brüllen nach mehr.

Ein Teil von mir will sie küssen, beißen, zeichnen und sichtbar als mein Eigentum markieren. Aber ich widerstehe dem Drang, so weit darf ich nicht gehen.

Langsam lasse ich meine Hände über ihren Körper gleiten. Diese Frau ist wie für mich geschaffen.

Wenn ich nicht bald in sie eindringe, wenn ich sie nicht bald ficke, verliere ich noch den Verstand. Das vergangene halbe Jahr hat meine Selbstbeherrschung mürbe werden lassen. Mein dunkles Knurren vermischt sich mit ihrem sehnsüchtigen Seufzen. Erneut nehme ich mir ihren Mund.

Besitzergreifend vergrabe ich meine Finger in ihren Haaren, ziehe ihren Kopf zurück und spüre das Erbeben ihres Körpers.
Sie gehört, verdammt noch mal, nur mir...
Völlig egal, wie zickig dieses Mädchen auch sein mag, sie gehört ab jetzt mir.
Selbst das Wissen, dass sie mein Leben extrem verkomplizieren wird, schreckt mich nicht. *Zur Hölle!*
Diese Frau schenkt mir einen Kuss und ich verliere vollkommen die Kontrolle über meine Gefühle. Immer bestimmender dringe ich mit meiner Zunge in ihren Mund ein, presse meine Lippen auf die ihren und ziehe sie noch fester an mich.
Es ist mir völlig egal, wie sehr sich Klara auch sträuben wird, aber ich werde heute Nacht in ihren perfekten Körper eindringen – koste es, was es wolle.
Unsere Zähne schlagen krachend aufeinander, ihre Atmung stockt. Der Moment zieht sich in die Länge und ich ficke sie mit meiner Zunge, sauge ihren Atem in mich ein, markiere sie.
Meine Hände legen sich auf ihren runden Po und pressen ihren Unterleib gegen meinen harten Schwanz. Jetzt, wo sie spürt, wie sehr ich sie will, stöhnt sie leise.
Keiner von uns kann das, was da gerade zwischen uns passiert ist, ignorieren.
Erst als sie sich von mir löst, beende ich unseren Kuss.
Mit einem schüchternen Lächeln sieht sie zu mir herauf.
„Das war unerwartet..."
„Falsch, Baby! Das war längst überfällig."
Schweigend sehen wir uns an, Die Sonne verschwindet hinter einer schwarzen Gewitterwolke.
„Komm schon, Sweety, ich bring dich nachhause. Deine Vespa sehe ich mir morgen an."
„Und wenn du mich dann nachhause gebracht hast, was passiert dann?"
Das erwartungsvolle Funkeln in ihren Augen verrät mir genau, dass sie weiß, was dann passiert.
„Dann werde ich dich so hart rannehmen, dass dir Hören und Sehen vergeht."
Klara gibt ein leises Glucksen von sich.
„Hören und Sehen also? So, so ..."
Als ich wieder an meiner Werkstatt ankomme, hantiert Nick bereits an seiner Harley herum.
Max, der im wahren Leben eigentlich Hugo heißt, sitzt auf der Motorhaube des alten Fords und nippt an einem Bier.

„Hey, Jungs. Für mich ist Schluss für heute. Wenn ihr fertig seid, sperrt ab.“

Nick sieht an mir vorbei zu Klara. Gerade als er etwas sagen will, schüttle ich warnend den Kopf. Max sieht mich wissend an.

„Kein Thema, Rex. Wir werden uns auch bald verpissen.“

Klara versucht, ihre Hand aus der meinen zu befreien, aber ich gebe sie nicht frei. Wenn sie glaubt, dass sie mich so küssen und dann abblitzen lassen kann, hat sie sich getäuscht.

Heute Nacht werde ich nicht irgendeine Bitch aus dem *Reds* ficken – heute Nacht werde ich mich nicht mit einer Alternative zufriedengeben, sondern mir das Objekt meiner Begierde packen.

Erst als ich Klara zu meiner Harley geführt habe, lasse ich sie los.

Bestimmend umfasse ich ihr Kinn und sehe ihr in die Augen.

„Jetzt gibt es kein Entkommen mehr, Rotkäppchen.“

Sie sieht mich amüsiert an.

„Wenn ich Rotkäppchen bin, wer bist dann du? Der böse Wolf?“

„Der hungrige Wolf.“

Ich nehme Klara den Helm ab, setze ihn ihr auf den Kopf und stülpe mir anschließend meinen über.

Routiniert schwinge ich mich auf meine Harley und warte geduldig, dass Klara hinter mir auf dem Sozius Platz nimmt. Sie zögert - für einen Moment bin ich mir sicher, dass sie sich umdreht und die Flucht ergreift. Mit einem „Ach, was soll's, ich lebe nur einmal!“, überwindet sie dann schlussendlich doch noch ihre Scheu.

„Schling deine Arme um meinen Bauch und halte dich fest.“

„Keine Sorge, Rex, du hast es hier mit einer geübten Rollerfahrerin zu tun.“

Echt jetzt?

„Fuck, Sweety. Hast du gerade wirklich deine Vespa mit meinem Bike verglichen?“

Ungläubig gebe ich Gas und fahre auf die Straße.

Es dauert keine fünf Minuten, bis Klara mit Sicherheit verstanden hat, dass eine Harley kein verdammter Roller ist. Ihre Arme hat sie wie einen Schraubstock um meine Taille geschlungen, ich würde meine rechte Hand darauf verwetten, dass sie bei jeder Kurve ihre Augen schließt.

Ich gebe ein letztes Mal richtig Gas, sie schmiegt sich noch etwas fester an mich.

Erst als wir vor dem Hochhaus, in dem sich meine Wohnung befindet, ankommen, lockert sie ihre Hände etwas.

Kaum dass ich den Motor abgestellt habe, verpasst sie mir einen Faustschlag gegen die Schulter.

„Scheiße Rex! Stehst du auf Nekrophilie oder warum hast du alles getan, um mir einen Herzinfarkt zu bescheren?“
Habe ich schon erwähnt, dass mir ihr ewiges Gezicke immer weniger auf den Sack geht?
Nein? Gut. Denn so ist es auch nicht...
„Reg dich ab, Sweety. Ich bin ein verdammt guter Fahrer. Glaube mir, ich würde nie deine Sicherheit aufs Spiel setzen.“
Wir steigen ab, ich lege ihr einen Arm um die Schultern und ziehe sie zu mir.
Sie grinst mich frech an. „Safety first also? Interessant! Gilt das für alle Lebenslagen?“
Lachend presse ich ihr einen Kuss auf die Stirn, ehe ich sie loslasse. Bevor ich die Eingangstüre aufsperre, verpasse ich ihrem Arsch einen Klaps.
Quietschend dreht sie sich zu mir um und sieht mich vorwurfsvoll an.
„Wieso zum Teufel haust du mir immer auf den Po?“
So eine dämliche Frage kann auch nur Klara stellen.
„Weil dein Arsch geradezu nach einem ordentlichen Spanking schreit.“
„Spanking? Was meinst du damit?“
„Baby, wenn du das nicht weißt, dann werde ich dir das heute Nacht wohl zeigen müssen.“
Den Aufzug ignorierend führe ich sie in den zweiten Stock.
Dass ich sie nicht wie vereinbart zu ihr gefahren, sondern mit zu mir genommen habe, scheint sie ganz offensichtlich nicht zu stören, zumindest hat sie noch nicht angefangen zu motzen.
Ich sperre die Türe meiner Wohnung auf und warte, dass Klara den Flur betritt.
„Das ist sie dann also, die Höhle des Löwen.“
Ihr Blick bleibt an den gut zwei Dutzend Fotos hängen, die sich an der rechten Wand befinden. Allesamt Schwarz-Weiß-Aufnahmen von verschiedenen Motorrädern.
„Sind die Bilder von dir?“
Ich nicke.
„Du hast ein Auge fürs Detail.“
„Das ist das Netteste, was du jemals zu mir gesagt hast.“
Sie zieht pikiert die Augenbrauen nach oben.
„Jetzt stellst du mich aber als ziemliche Zicke hin.“
„Oh nein. Das hast du selber getan.“
Kampflustig verschränkt sie die Arme vor der Brust.
„Du findest also, dass ich eine Zicke bin? Aber flachlegen willst du mich trotzdem.“

„Yeah, Baby, ich kann es kaum erwarten, dich zu ficken."

Das Glitzern in ihren Augen verrät mir, dass sie schon wieder kurz davor ist, einen ihrer typischen Motzanfälle zu bekommen – das werde ich zu verhindern wissen.

Mit einem Tritt schließe ich die Wohnungstüre, gehe auf Klara zu und hebe sie hoch. Sie schafft es gerade noch ein überraschtes Quietschen von sich zu geben, ehe ich meinen Mund auf den ihren presse.

Hungrig wühle ich mich durch ihren Mund, vergrabe meine Faust in ihren Haaren und trage sie mit großen Schritten direkt in mein Schlafzimmer.

Erst als sie völlig atemlos ist, lasse ich sie aufs Bett fallen. Ohne meinen Blick von ihr zu lösen, beginne ich damit mich auszuziehen. Ihre Augen kleben regelrecht an meinem Oberkörper. Ganz offensichtlich gefällt ihr, was sie sieht.

„Passion und Dedication - Leidenschaft und Hingabe... - bist du ein leidenschaftlicher, hingebungsvoller Mann, Rex?"

Ich streife meine Schuhe von den Füßen und steige anschließend aus meiner Jeans und den Boxershorts.

„Diese Frage wirst du dir in wenigen Stunden selbst beantworten können."

„Stunden?"

Sie sieht mich mit großen Augen an.

„Aye, Stunden."

Seit sechs verdammten Monaten treibt mich dieses Frauenzimmer jetzt schon in den Wahnsinn. Entweder wollte ich Klara besinnungslos vögeln oder sie endgültig zum Schweigen bringen. Jetzt, wo ich sie also endlich in meinem Bett habe, werde ich mir Zeit lassen – viel Zeit. Und mit ein bisschen Glück ist nach dieser Nacht mein Hunger nach ihr endlich gestillt und ich kann diese Zicke aus meinem Kopf verbannen.

Ich ermahne mich zur Geduld und zwinge mich selbst dazu, ihr die Klamotten nicht vom Leib zu reißen, sondern sie langsam auszuziehen.

Der spitzenbesetzte Stoff ihrer pinken Dessous überlässt nicht viel meiner Vorstellungskraft.

Holy Shit! In den vergangenen Jahren habe ich unzählige Frauen gefickt, aber diese Zicke hier ist mit Abstand das verführerischste Wesen, das mir jemals begegnet ist.

Erkundend streiche ich mit meinen Fingern über ihren Arm bis zu ihrem Schlüsselbein. Um Klara zu verdeutlichen, dass ich nicht gewillt bin, ihr die Kontrolle zu überlassen, umfasse ich mit meinen Fingern ihren schlanken Hals. Ich spüre die dünnen Knochen und genieße das Gefühl ihrer warmen Haut unter meinen Fingern.

Es wäre so leicht sie zu verletzen, doch ich werde ihr nichts antun.

Bei Gott, ich werde dieses Mädchen beschützen. Vor mir, vor dem MC und dessen Ärger mit ihrem Vermieter. Ich werde nicht zulassen, dass sie zwischen die Fronten gerät.

Wie ich das Tom erklären soll, weiß ich allerdings noch nicht. Mein Präsident nimmt im Normalfall keine Rücksicht auf Zivilisten.

So wie ich das sehe, habe ich nur eine Möglichkeit, um Klara zu schützen, ich erkläre sie zu meinem Eigentum.

Fuck! Fuck! Fuck!

Bis jetzt habe ich es tunlichst vermieden, eine Frau vor dem Club für mich zu beanspruchen. Und es gab weiß Gott genügend Tussis, die einfach alles dafür getan hätten. Klara hingegen ist anstrengend, zickig und alles andere als fügsam. Und obwohl ich bis jetzt nichts weiter getan habe, als sie zu küssen, weiß ich jetzt schon, dass es mir nicht gelingen wird, sie mir aus dem Kopf zu bumsen. Diese kleine Zuckerbäckerin mit ihrem weichen runden Körper und ihrer frechen Klappe geht mir unter die Haut.

5. Kapitel

Klara

Rex' Berührungen hinterlassen eine glühende Spur auf meiner Schulter.

Seine Finger streicheln mich nicht nur, sie erkunden mich, brandmarken mich.

Tief in meinem Inneren weiß ich jetzt schon, dass mich dieser unverschämte Rocker für die restliche Männerwelt verderben wird.

Wie um alles in der Welt soll es mir gelingen, keine Gefühle für diesen Rüpel zu entwickeln, wenn alleine sein eindringlicher Blick ausreicht, um mein Herz zum Stolpern zu bringen?

Meine Lippen prickeln erwartungsvoll und meine Sinne spielen verrückt. Wer hätte gedacht, dass ausgerechnet Rex so zärtlich sein kann?

Der Drang, ihn zu berühren, wird beinahe übermächtig. Zögernd strecke ich meine Hand nach ihm aus, fahre mit meinen Fingerspitzen die Konturen seiner Tätowierungen nach.

Warme Haut, festes Fleisch und harte Muskeln, dieser Rocker ist ein wahres Kraftpacket.

Ich lasse meinen Blick an den Tälern und Hügeln seines Wachbrettbauches nach unten gleiten bis hinab zu seiner beeindruckenden Erektion.

Ich schwöre beim heiligen Duracell-Hasen, Rex ist besser gebaut als mein Lieblingsvibrator. Sein Penis ist dick, lang und leicht gebogen. Rötliche Adern schlängeln sich an der Unterseite bis nach oben zur Eichel. Die Muskeln in seinen Oberschenkeln zucken ungeduldig, ganz offensichtlich kann er es kaum erwarten, das Vorspiel hinter sich zu lassen. Zwischen meinen Beinen pocht es verlangend, Rex streift die Träger meines BHs nach unten, ich biege meine Wirbelsäule durch, so dass er seine Hände unter meinen Rücken schieben und die drei kleinen Häkchen öffnen kann. Einen Herzschlag später bin ich bis auf meinen String nackt.

Aus Rex' Kehle löst sich ein dunkles Knurren, das Blau seiner Augen verdunkelt sich.

Ich unterdrücke den Drang, meinen Bauch mit den Händen zu bedecken und bleibe wie erstarrt liegen. Meine Vorliebe für Törtchen, Pralinen und Co. ist meiner Figur deutlich anzusehen.

Rex scheint meine Unsicherheit zu spüren, denn er beugt sich zu mir herab, haucht mir einen sanften Kuss auf die Nasenspitze und raunt mir leise zu, wie wunderschön er mich findet. Die Tatsache, dass sich sein Glied hart und fordernd gegen die Innenseite meines Oberschenkels presst, verrät mir, dass er jedes Wort ernst meint.

Nervös sauge ich meine Unterlippe zwischen die Zähne und knabbere auf ihr herum.

Mit einem wütenden, einem abweisenden und einem arroganten Rex kann ich mittlerweile ganz gut umgehen. Aber mit diesem einfühlsamen, leidenschaftlichen und zärtlichen Rex bin ich beinahe überfordert.

Dieser Rocker besteht aus einhundert verschiedenen Facetten.

Sein Mund verzieht sich zu einem wölfischen Grinsen. Mit seinen großen Händen umfasst er meine Brüste, knetet das empfindsame Fleisch und reibt mit seinen rauen Fingerkuppen über die geschwollenen Nippel.

Verflixt, fühlt sich das gut an....

So toll mein Hasenvibrator mit den neuen Batterien auch sein mag, gegen einen echten Kerl im Bett kann selbst er nicht mithalten.

Wenn Rex mit dem Gerät zwischen seinen Beinen umgehen kann – Halleluja.

Neugierig, wie er sich wohl anfühlt, strecke ich meine Hand nach Rex' Schwanz aus und umfasse das samtweiche Fleisch.

In dem Moment, in dem ich meinen Griff festige, spannt sich jeder Muskel in Rex' göttlichem Körper an.

„Fuck Sweety, du bist mein Untergang."

Oh ja, es fühlt sich verdammt gut an, so eine Macht über diesen Mann zu haben. Es mag sein, dass ich keine Konfektionsgröße 36 trage, aber dennoch schaffe ich es, *Rex the Rocker* in die Knie zu zwingen.

Wie berauscht liebkose ich den kleinen Schlitz an seiner prallen Eichel, fahre an der empfindlichen Unterseite entlang und entlocke ihm so ein lautes Stöhnen.

Massierend lasse ich meine Finger an seinem Penis auf und ab gleiten, knurrend legt er seine Hand auf meine und zeigt mir so, wie fest ich zudrücken kann.

Rex scheint auf die etwas härtere Gangart zu stehen.

Ich komme seiner stummen Aufforderung nach und pumpe jeden harten Zentimeter. Hungrig lecke ich über seine harte Brustwarze und beiße vorsichtig zu.

Mit jeder Sekunde, die vergeht, verliere ich immer mehr meiner Scheu. Mit meiner linken Hand umfasse ich seinen breiten Nacken, ziehe ihn so zu mir herab und presse meinen Mund auf seinen. Unsere Zungen umschlingen sich gierig, dieser Kuss gleicht einem Duell, das schlussendlich Rex für sich entscheidet.

Cremige Perlen bilden sich auf der Spitze seines Glieds, ich verteile sie mit meinem Daumen. Ohne lang darüber nachzudenken, ziehe ich meine Hand nach oben und lecke die salzige Flüssigkeit von meiner Fingerspitze.

Rex beobachtet mich wie gebannt, seine Nasenflügel blähen sich, er wirkt, als würde er gleich die Kontrolle verlieren.
„Scheiße, Baby, was wird das?"
„Ist das nicht offensichtlich? Ich koste dich."
In der einen Sekunde liege ich noch auf dem Rücken, in der nächsten sitze ich rittlings auf ihm. Mein Rocker hat mich mühelos umpositioniert.
„Tu dir keinen Zwang an, Süße, koste so viel du willst."
Seine Stimme klingt rau und heiser, ich erschaudere wohlig.
Mit meinen Händen über seinen beeindruckenden Brustkorb streichend rutsche ich an ihm nach unten und knie mich zwischen seine gespreizten Beine. Mit den Lippen umfasse ich seinen Penis, suche seinen Blick und stelle fest, dass er mich genau beobachtet. Entschlossen, ihm den Blowjob seines Lebens zu verpassen, züngle ich sanft über die Spitze, lasse ihn meinen heißen Atem spüren und lutsche anschließend an ihm wie an einem verdammten Chupa-Chups-Lolly.
Der kehlige Laut, den er von sich gibt, lässt mich grinsen.
„Oh Jesus...."
Rex vergräbt seine Hände in meinen Haaren, er hält mich für einen Moment in Position, ehe er mich immer tiefer auf seinen Schwanz schiebt.
Mehr als bereit, ihn komplett in den Mund zu nehmen, atme ich tief ein, entspanne meine Kiefermuskulatur und sauge ihn regelrecht in mich ein. Der letzte Mann, mit dem ich Sex hatte, war nicht annähernd so gut gebaut wie dieser Rocker. Ich glaube, ich hatte überhaupt noch nie einen Mann mit so einem prachtvollen Penis.
Rex' Länge bringt mich an meine Grenzen, als er bemerkt, dass ich stocke, streicht er mir sanft über den Hinterkopf.
„Entspann dich, Zuckerpuppe, die letzten Zentimeter schaffst du auch noch."
Am liebsten würde ich ihm sagen, dass er erst mal versuchen soll, sein Ding so tief in den Mund zu nehmen, aber das geht nicht, warum muss ich ja wohl nicht erst erklären.
Nachdem er mir eine kurze Pause gegönnt hat, beginnt er wieder damit, meinen Kopf nach unten zu pressen. Gegen den Würgereiz ankämpfend kneife ich die Augen zusammen.
Tränen sammeln sich hinter meinen geschlossenen Lidern. Gerade als ich mir sicher bin, dass Rex einsieht, dass ich an meine Grenzen gekommen bin, stößt er mit seiner Hüfte nach oben.
„Schluck, Baby!"
Ihm hilflos ausgeliefert tue ich was er sagt. Offensichtlich weiß Rex,

wovon er redet, denn durch die Schluckbewegung rutscht sein Penis noch tiefer in meinen Hals.

Respekt, Klara, das ist dein erster Deep Throat...

Das Kompliment meines Unterbewusstseins ignorierend, versuche ich frischen Sauerstoff durch die Nase zu saugen – vergebens.

Meine Nase stößt gegen die weiche Haut an seinem Bauch, meine Pussy zuckt erwartungsvoll, sie kann es kaum erwarten, ihn endlich in sich zu spüren.

„Saug an ihm."

Wieder komme ich Rex' Befehl nach, er stößt noch etwas fester in meinen Mund.

Ohne seine Hände von meinem Hinterkopf zu nehmen, stützt er sich auf die Ellenbogen auf und beobachtet mich.

"Verdammt, Sweety! Wenn du wüsstest, wie geil du gerade aussiehst. Seit ich dich das erste Mal gesehen habe, will ich deinen frechen Mund ficken."

Mich genau beobachtend beginnt er damit, sich ein Stück aus mir herauszuziehen, ehe er wieder tief in meine Kehle eindringt.

Rex beginnt damit, meine Lippen, meine Zunge und meinen Hals zu vögeln.

Er verfällt in einen schnellen, gnadenlosen Rhythmus. Mich mit meinen Handflächen auf seinen Oberschenkeln abstützend, lasse ich zu, dass er meinen Kopf immer wieder seinem nach oben stoßenden Unterleib entgegenpresst.

Mir ist klar, dass er mich gerade benutzt, doch so verrückt es klingen mag, es fühlt sich gut an. Jetzt, in diesem Moment, bin ich sein Mädchen.

Rex' Rhythmus wird immer schneller, gerade als ich denke, dass ich die sahnige Füllung des Chupa-Chups-Lutschers zu schmecken bekommen werde, zieht er sich aus mir zurück und lässt meine Haare los.

„Stopp, Baby! Gnade..."

Oh, là, là..., der sonst so große und böse Rocker fleht mich um Gnade an?

Anscheinend habe ich alles richtig gemacht.

Mir wie eine Katze, die eine Schale voller Sahne ausgeschleckt hat, über die Lippen leckend, hebe ich meinen Kopf und sehe in Rex' vor Lust verschleierte Augen.

„Bei allen Heiligen, Sweety, wo zur Hölle hast du so blasen gelernt?"

Ohne auf meine Antwort zu warten, packt er mich an den Armen und zieht mich zu sich nach oben, unsere Lippen treffen sich zu einem wilden Kuss. Rex Finger streichen über meinen Rücken, er umfasst meinen Po, gleiten durch meine Schamlippen und dringt mit zwei seiner Finger in meine zuckende Pussy ein.

Keuchend reibe ich mich völlig schamlos an seinem Handballen, schließe meine Augen und genieße das göttliche Gefühl, das sich in meinem Unterleib ausbreitet.

Vor nicht ganz vierundzwanzig Stunden habe ich noch ganz genau hiervon geträumt, und jetzt übertrifft die Realität sogar noch meine Fantasie.

Wenn Rex' Standhaftigkeit jetzt noch zuverlässiger ist als die Lebensdauer der Discounterbatterien, bin ich happy.

Mit seinen langen Fingern immer tiefer in mich stoßend, raunt Rex mir ins Ohr, dass er es kaum erwarten kann, mich kommen zu sehen.

Am liebsten hätte ich ihm geantwortet, dass ich es ebenfalls kaum erwarten kann zu kommen, doch ich kann mich gerade noch beherrschen, ich will ja nicht, dass er mich für ungeduldig hält.

Rex rollt sich mit mir in seinen Armen auf die Seite. *Haut auf Haut – Auge in Auge.*

Mit seinem Geschmack auf den Lippen und seinen Fingern, die kreisend über meinen Kitzler reiben, stelle ich mir unweigerlich die Frage, warum ich diesen Kerl nicht schon vor sechs Monaten flachgelegt habe?

Rex' Sexappeal ist definitiv höher als der meines Duracellhasenvibrators.

Mit jeder Sekunde, die vergeht, werden seine Berührungen immer bestimmender und fester. Rex ist ein Mann, der ganz genau weiß, was er will, und er nimmt es sich, ohne zu zögern.

Gierig vergrabe ich meine Finger in seinen Haaren, halte ihn fest und wühle mich mit meiner Zunge durch seinen Mund.

Zwischen meinen Schenkeln wird es immer feuchter, ich kann es kaum erwarten, ihn endlich in mir zu spüren.

Das ist der erste Nicht-Plastik-Schwanz seit über einem halben Jahr. Herrgott, ich kann mich gar nicht mehr daran erinnern, wie sich richtiger Sex anfühlt.

Rex knurrt rau. Mit seiner rechten Hand umfasst er meine Handgelenke und presst sie über meinem Kopf tief in die Matratze.

Die kühle Luft, die durch das geöffnete Fenster hereinweht, streicht über meine erhitzte Haut.

Schutzlos und ihm völlig ausgeliefert, gebe ich mich ihm hin und genieße diesen einzigartigen Augenblick.

Ich spüre, wie sich jeder Muskel in seinem Körper anspannt, alles an ihm wird hart und unnachgiebig.

Endlich reibt er mit seiner dicken Eichel durch meinen Spalt und setzt so meine Nervenbahnen in Flammen.

Mein Blut rauscht kochend durch meine Venen, es fühlt sich an, als wäre ich ein Vulkan, der kurz vor dem Ausbruch steht.

Völlig in meiner Lust gefangen, überlasse ich ihm bereitwillig die Führung, und zum ersten Mal in meinem Leben spüre ich, wie erregend es sein kann, die Kontrolle abzugeben und schutzlos zu sein....

Rex streicht über meine Hüfte, ehe er in meinen Kitzler kneift. Nach Luft schnappend spüre ich, wie sich ein bittersüßer Lustschmerz in mir ausbreitet.

„Oh, Sweety, ich muss endlich in dir sein."

„Worauf wartest du dann noch?"

Ein dünner Schweißfilm breitet sich in meinem Nacken aus, Rex' scharfe Zähne graben sich in die empfindliche Haut an meinem Hals.

„Du schmeckst einfach köstlich."

Unsere Blicke treffen sich, ich vergesse zu atmen.

Rex sieht mir direkt in die Seele, instinktiv weiß ich, dass ich mich diesem Mann nicht nur körperlich hingeben werde. Die Spitze seines Glieds dringt in meine Öffnung ein, meine Synapsen fangen Feuer – meinem Verstand gehen die Lichter aus. Es gelingt mir gerade noch, an die Verhütung zu denken.

„Wir brauchen ein Kondom, Rex."

Widerwillig brummend löst er sich von mir.

Atemlos, zitternd und erregt sauge ich den heißen Anblick seiner nackten Rückseite in mich auf. Was für ein Knackarsch! In dem Moment, in dem er sich bückt, um aus der untersten Schublade der Kommode ein Kondom herauszuholen, sehe ich seine prallen Hoden. *Lecker...*

Den Gummi über seine beachtliche Länge ziehend dreht er sich wieder zu mir um.

„Auf die Knie, Sweety."

Der Klang seiner rauen Stimme lässt mich erschaudern.

Als ich zögere, blitzen seine Augen amüsiert auf.

„Angst vor der eigenen Courage?"

In seinen Worten schwingt die pure Herausforderung mit.

Fest entschlossen, jetzt nicht zu kneifen, drehe ich mich um und gehe auf die Knie. Mein Po streckt sich in seine Richtung.

Wagemutig beuge ich mich nach unten, so dass meine Wange den weichen Stoff des Bettlakens berührt und spreize meine Beine.

Rex saugt geräuschvoll frische Luft in seine Lunge, mir ist klar, dass er meine Pussy in dieser Position sehr genau sehen kann.

Endlich spüre ich ihn wieder hinter mir. Mit seiner Hand streicht er besitzergreifend über meinen Po, durch den Spalt, bis hinab zu meinen feuchten Schamlippen.

Stöhnend schließe ich die Augen und warte darauf, dass er mich endlich nimmt.

„Du bist wunderschön, Baby."

Seine Worte dringen bis in mein tiefstes Inneres vor, die Schmetterlinge in meinem Magen zerplatzen wie kleine Feuerwerkskörper.

Reibend massiert er meinen Kitzler. Ich spüre seine dicke Eichel gegen meinen Eingang stupsen.

„Jetzt gibt es kein Zurück mehr, jetzt gehörst du mir!"

Mit diesen Worten schiebt er sich tief in mich. Sein dicker Penis weitet mich, ein dekadenter Schmerz entsteht. Es dauert einen Augenblick, bis sich mein Inneres an Rex' Penis gewöhnt hat. Erst als er merkt, dass ich mich wieder etwas entspanne, stößt er fest zu. Mein lauter Schrei hallt durch seine Wohnung, ich kralle mich am Laken fest.

Seine Schamhaare reiben über meinen Po, ich spüre die Muskeln in seinen Beinen zucken.

Kreisend zieht er sich wieder aus mir heraus, nur um sich einen Atemzug später wieder in mich zu stoßen. Diesen Vorgang wiederholt er wieder und wieder – so oft, bis ich kurz vor dem fantastischsten Höhepunkt meines Lebens stehe. Rex' Hand umschließt meinen Nacken, er presst mich nach unten, während er mich hart fickt.

Dieser Mann dominiert mich - er will mich - er nimmt mich!

Zuckend und völlig in meiner Lust gefangen presse ich mich seinen gnadenlosen Stößen entgegen.

Die Spannung in meinem Unterleib wird immer stärker, meine Beine beginnen unkontrolliert zu zucken.

Rex warnt mich nicht vor, alles, was ich bemerke, ist, dass er plötzlich den Griff in meinem Nacken festigt und seine zweite Hand von meiner Hüfte löst.

Als Erstes spüre ich einen leichten Lufthauch, ähnlich wie der eines Flügelschlags, ehe seine Handfläche kraftvoll auf meine rechte Pobacke trifft. Das laute Klatschen begleitet meinen überraschten Schrei.

„Ahhhhhhhh...."

Noch während mein Verstand versucht, das gerade eben Geschehene zu verarbeiten, reagiert meine Pussy mit einem Schwall Feuchtigkeit auf Rex' Schlag.

Eine Sekunde später platziert er seine Hand wieder kraftvoll auf meinem Po.

Ich empfinde eine ungewohnte Angst, die bittere Pein lässt meine Lust in ungeahnte Höhen schnellen. Wieder und wieder versohlt er mich, solange bis mir eine einzelne Träne über die Wange rinnt. Das Verrückte an der Sache ist, dass ich mich vor dem nächsten Schlag nicht fürchte, sondern dass ich ihn mir mittlerweile herbeisehne.

„Noch drei....“

Seine Androhung entlockt mir ein leises Wimmern.

Klatsch – klatsch – klatsch...

In die letzten drei Schläge hat Rex viel Kraft gelegt, ich schreie laut vor Lust und Schmerz.

„Entspann dich.“

Paahh! Er kann ja leicht reden, immerhin ist es mein Arsch, der wie Feuer brennt.

„Jetzt, Baby, weißt du, was ein Spanking ist.“

Mein Rocker verfällt in einen schnellen, absolut göttlichen Rhythmus, sein Schwanz bearbeitet meine Pussy, füllt sie aus und trifft immer wieder auf meinen G-Punkt. Es dauert nicht lange, bis ich mit einem langgezogenen Schrei zuckend unter ihm liege und zitternd über die Klippe der Lust stürze.

Die Kontraktionen in meinem Inneren sind so stark, dass es vor meinen Augen schwarz wird. Rex löst seine Hand von meinem Nacken, krallt sich an meiner Taille fest und rammt sich noch ein paarmal tief in mein Inneres, ehe er mir laut brüllend über die Klippe folgt.

Atemlos und schweigend liegt er auf mir - keiner von uns bewegt sich. Wir sind beide viel zu sehr damit beschäftigt, zu verstehen, was da gerade passiert ist. Das war nicht einfach nur Sex, das war unglaublich und unbeschreiblich.

Wenn ich diesen Fick als Maßstab setze, dann können alle meine bisherigen Liebhaber einpacken.

Keine Ahnung, woran es liegt - vielleicht an dem Spanking -, aber das war mit Abstand der beste Sex meines Lebens. Echt traurig, dass ich fast dreißig Jahre alt werden musste, um so etwas zu erleben. Wie sagt Marie immer?

Bad Boys do it better!

Da kann ich ihr auf jeden Fall nur zustimmen.

Rex richtet sich auf, presst mir einen nassen Kuss zwischen die Schulterblätter, legt sich neben mich und zieht mich an seinen Brustkorb.

Als mein brennendes Hinterteil gegen seinen Bauch stößt, sauge ich scharf die Luft ein.

Bin ich verrückt, wenn ich die Tatsache, dass er mich beim Sex geschlagen hat, sogar im Nachhinein noch erregend finde?

Keine Ahnung warum, aber plötzlich muss ich an das ‚*KEEP CALM AND RELAX*'-Schild denken, das in meiner Patisserie hängt.

Vielleicht sollte ich es gegen ein ‚*KEEP CALM AND SPANK ME'*-Schild auswechseln?

Als ich wieder etwas zu Atem gekommen bin, stütze ich mich mit dem Ellenbogen auf und lasse meinen Blick über Rex gleiten. Dieser kommt ebenfalls in Bewegung und zieht sich das mit Sperma gefüllte Kondom vom Penis. Nachdem er es zugeknotet hat, lässt er es achtlos auf den Boden fallen.

Selbst bei so einer unwichtigen Aufgabe, wie die Tüte vom Schwanz ziehen, sieht dieser Rocker noch absolut heiß aus. Bei so manchem Liebhaber dachte ich mir, sobald sich das Endorphin in meinem Kreislauf etwas abgebaut hatte: *Oh Gott wie konnte ich nur zu dem ins Bett steigen.* Aber bei Rex überlege ich nur, wie ich möglichst bald wieder unter ihm landen kann.

Vielleicht bin ich ja jetzt rexsüchtig. Ob es dafür eine Selbsthilfegruppe gibt?

Hallo, mein Name ist Klara, ich bin neunundzwanzig und ich bin rexsüchtig.

Der Gedanke amüsiert mich so sehr, dass ich anfangen muss zu lachen.

Die Augenbrauen zusammenziehend sieht Rex mich prüfend an.

Als ich ihm nichts sage, sondern nur den Kopf schüttle, sagt er leise: „Baby?"

Dieses eine Wort war mehr geknurrt als gesprochen.

„Ja?"

„Findest du mich etwa lustig?"

Oh, oh...

„Nein, ich finde dich verdammt scharf!"

Mist, habe ich das gerade wirklich laut gesagt?

Jetzt zucken seine Mundwinkel amüsiert.

„Scharf?"

„Sehr scharf."

Für einen Moment scheint er zu überlegen, ob er mit dieser Antwort leben kann. Ganz offensichtlich kann er es, denn er legt den Kopf zurück auf das Kissen und grinst zufrieden.

„Das will ich jetzt jede Nacht! Ich hoffe, du bist dem gewachsen?"

Erstaunt sehe ich ihn an.

„Was willst du jede Nacht?"

Seine Antwort kommt ohne zu zögern.

„Dich, Sweety! Ich will dich!"

Mein dummes Herz bekommt Rhythmusstörungen, ich bin sprachlos. Damit habe ich nicht gerechnet.
„Ja, aber..., ich meine..., wir können uns doch eigentlich nicht mal richtig leiden? Oder?"
Rex schüttelt den Kopf und fängt laut zu lachen an.
„Fuck, Klara. Manchmal bist du echt schwer von Begriff..."
OK. Jetzt verstehe ich gar nichts mehr.
„... erstens muss ich dich nicht mögen, um dich zu ficken und zweitens mag ich dich sogar sehr!"
Er mag mich sehr?!
Ich versuche alles, aber es gelingt mir nicht, das dümmliche Grinsen, das sich auf meinem Gesicht ausbreitet, zu unterdrücken.
Er mag mich sehr?!
Was soll ich mit dieser Information anfangen?
Als er meine Verwirrung sieht, setzt er sich aufrecht hin und umfasst mit seinen Fingern mein Kinn.
„Also wirklich, alleine, dass du nackt in meinem Bett sitzt, beweist doch, dass wir über das *‚leiden können'*, wie du es nennst, längst darüber hinaus sind. Ich will dich, Klara! Ich will dich in meinem Bett, in meinem Leben und auf meinem Bike."
Warum habe ich das Gefühl, dass ausgerechnet die Tatsache, dass er mich auf seinem Bike will, das Bedeutendste an diesem Satz ist?
„Und wie soll das funktionieren, Rex? Die meiste Zeit streiten wir uns."
„Wir streiten uns nicht, sondern du zickst mich an."
Aufgebracht erwidere ich seinen Blick.
„Ich zicke dich nicht an, ich bitte dich einfach nur um etwas mehr Rücksicht."
„Nein Baby, du zickst, glaub mir."
Am liebsten würde ich ihm sein arrogantes Machogrinsen mit einer Ohrfeige aus dem Gesicht wischen, ich kann mich gerade noch so beherrschen.
Tief durchatmend kämpfe ich um meine Beherrschung.
„Siehst du, Rex. Wir tun es schon wieder, wir streiten uns, weil du mal wieder nicht in der Lage bist, zuzugeben, dass ich recht habe."
Er gibt ein lautes Schnauben von sich, lässt mein Kinn los und schlingt mir den Bruchteil einer Sekunde später den Arm um die Schultern. Er zieht mich so kraftvoll zu sich, dass ich mein Gleichgewicht verliere und gegen ihn sinke.
Er presst seinen Mund auf den meinen und schiebt mir seine Zunge in den Hals. Er küsst mich so stürmisch, dass mein Gehirn bereits nach

wenigen Zungenschlägen wie leergefegt ist. Wild, erbarmungslos und unbeirrbar bringt er mich dazu, alles um mich herum zu vergessen.

Mein Unterbewusstsein flüstert mir leise zu, dass ich alles tun muss, um weiterhin so geküsst zu werden, ich kann ihm da nur zustimmen.

Rex' linke Hand schlingt sich meine Haare um die Finger, er zieht meinen Kopf nach hinten und intensiviert unseren Kuss.

Ihm hilflos ausgeliefert überlasse ich ihm die Kontrolle und gebe mich geschlagen.

Von mir aus können wir uns jeden Tag stundenlang streiten, wenn ich danach nur so geküsst werde...

Ob das vernünftig ist? Wahrscheinlich nicht.

Wie heißt einer dieser coolen Sprüche, die man immer auf Postkarten sieht?

Vernünftig ist wie tot, nur früher...

Dem ist meiner Meinung nach nichts mehr hinzuzufügen!

Seufzend schlinge ich meine Arme um seinen Nacken und genieße das wohlige Prickeln das sich tief in meinem Inneren ausbreitet.

Wenn ich nicht aufpasse, könnte es durchaus sein, dass ich mich in diesen rüpeligen Rocker verliebe...

6. Kapitel

Rex

Heute ist Sonntag, meine Werkstatt und das *Klara's* bleiben geschlossen.

Der laue Augustwind weht durch die Straßen, die Mittagshitze legt sich langsam wieder.

Es ist kurz nach 16:00 Uhr, was bedeutet, dass ich mich jetzt auf den Weg mache, mein Mädchen abzuholen.

Seit unserer ersten gemeinsamen Nacht sind zwei Wochen vergangen, zwei Wochen, in denen Klara und ich, wie sollte es auch anders sein, viel gestritten, uns aber auch oft versöhnt haben. Meine kleine Zicke hält mich immer auf Trab, mit Klara wird es nie langweilig.

Nacht für Nacht packe ich sie mir, und bei Gott, diese kleine Zuckerbäckerin ist die erste Frau, die es schafft, mich vollständig zu befriedigen.

Der Auftrag, den ich für den Club übernommen habe, ist so gut wie ausgeführt. Das Auto von Klaras Vermieter steht längst auf dem Hof der Dark Devils, nur beim Haus hat sich Brunner etwas angestellt. Allerdings war sein Widerstand nach einem Schuss in seinen rechten Oberschenkel ziemlich schnell überwunden. Am Mittwoch findet das Treffen beim Notar statt, danach sollte sich alles erledigt haben.

So weit, so gut, wenn jetzt noch die nächsten Stunden so verlaufen, wie ich es mir erhoffe, bin ich heute Abend meinem Ziel, Klara mein Leder anzuziehen, ein gutes Stück näher gekommen.

Erst wenn meine Zicke eine Kutte trägt, die sie als mein Eigentum auszeichnet, bin ich zufrieden – erst wenn auf ihrem Rücken ‚Property of Rex' steht, werde ich ruhen.

Doch damit ich dieses Ziel erreiche, muss ich Klara in die Welt der Dark Devils einführen. Heute Abend findet im MC eine kleine Party statt, in meinen Augen genau der richtige Zeitpunkt, um Klara meinen Brüdern vorzustellen.

Vorhin am Telefon habe ich ihr mitgeteilt, dass sie eine Jeans anziehen soll. Für gewöhnlich trägt Klara nur Röcke, ein Umstand, den ich sehr zu schätzen weiß, aber auf meinem Bike ist ein Rock eher unpraktisch.

Nach knapp zehn Minuten Fahrt komme ich vor dem Haus, in dem sich ihr Apartment befindet, an.

Ich parke meine Harley am Straßenrand, steige von der Maschine und betätige die Klingel, keine drei Sekunden später ertönt das Summen des Türöffners. Wie so oft in den vergangenen vierzehn Tagen steige ich die Stufen nach oben in den dritten Stock und betrete Klaras Apartment.

Das erste Mal, als ich sie besucht habe, wollte ich meinen Augen nicht trauen. Jetzt mal ehrlich. Wie viele unterschiedliche Pinktöne gibt es auf dieser Welt eigentlich?

In jedem Raum ihrer Wohnung befinden sich Back- und Rezeptbücher. Selbst in ihrem Schlafzimmer stapeln sich Bücher und Backzeitschriften.

Als sie mir im Flur nicht wie gewohnt entgegenkommt, um mich zu begrüßen, mache ich mich auf die Suche nach ihr - wie nicht anders zu erwarten, finde ich sie im Badezimmer.

Sie steht vornübergebeugt vor dem Spiegel und trägt Lippenstift auf. Der enge Jeansstoff schmiegt sich wie eine zweite Haut an ihren prallen Arsch, meine Hoden beginnen zu puckern. Das weiße enganliegende Top betont ihre vollen Titten, die Konturen ihres BHs zeichnen sich deutlich ab.

Die vielen Frauen, die sich zu jeder Tages- und Nachtzeit im MC aufhalten; tragen meistens nicht mehr Stoff als unbedingt nötig am Leib, und dennoch ist keine dieser Bitches annähernd so sexy wie Klara. Meine Zuckerbäckerin hat eine natürliche Schönheit an sich, die nur wenige Frauen besitzen.

„Können wir, Baby?"

Ich stelle mich direkt hinter sie, lege meine Arme um ihre Taille und umfasse dann ihre Brüste. Meine Süße reagiert sofort, sie schließt ihre Augen und reibt ihren Po an meiner immer härter werdenden Erektion.

Holy Fuck!

„Was soll das werden, Sweety?"

Ihre rot geschminkten Lippen verziehen sich zu einem siegessicheren Grinsen.

„Also, wenn du das nicht weißt, Rex, sollte ich mich vielleicht heute auf der Party nach einem anderen Rocker umsehen."

Ihre Worte lassen mich rotsehen. Ich war noch nie ein besonders eifersüchtiger Mann, wieso auch, keine der Frauen, die ich gefickt habe, wollte ich wirklich für mich – bei Klara ist das allerdings eine ganz andere Sache. Sie wollte ich schon für mich, bevor ich sie gebumst habe. Alleine die Vorstellung, dass ein anderer Mann ihr auch nur zu nahe kommt, macht mich rasend.

Unsere Blicke treffen sich im Spiegel, langsam lasse ich meine Hand in ihre Hose gleiten und bedecke mit meinen Fingern ihre weichen Schamlippen.

„Diese Muschi gehört nur mir. Jeder Mann, der auch nur versucht, in ihre Nähe zu kommen, spielt mit seinem Leben."

Ihre Pupillen weiten sich, Klara scheint zu verstehen, dass ich gerade keinen Scherz mache. Ich meine jedes Wort absolut ernst.

Zur Hölle, ich habe Männer schon für weit weniger getötet.

Je schneller mein Mädchen kapiert, dass ich kein verdammter Buchhalter, sondern ein Dark Devil bin, umso leichter wird es für uns beide.

Ich bin ein Mann, der zu seinem Wort steht – immer!

„Du würdest für mich töten?“

„Aye, Baby, für dich würde ich alles tun.“

Klara dreht sich langsam zu mir um und sieht mich eindringlich an. Unser Atem vermischt sich, ich will sie ficken.

Mit geschickten Fingern öffne ich den Knopf ihrer Hose, ziehe sie ihr samt Slip aus und hebe meine Süße hoch, so dass ihr Po auf dem Rand des Waschbeckens aufliegt.

Klara wirkt nervös, meine Worte scheinen sie etwas durcheinandergebracht zu haben.

„Was ist das zwischen uns, Rex?“

Zur Hölle, echt jetzt?

Während ich meine Hose öffne und mir einen Gummi über den Schwanz ziehe, will sie ein Beziehungsgespräch führen?

Typisch Frau....

„Etwas verteufelt Gutes!“

Klara gibt ein Schnauben von sich.

„Ich meine diese Frage absolut ernst. Du wirst deinen Schwanz erst in mich schieben, wenn ich eine anständige Antwort bekommen habe.“

Um Fassung ringend atme ich tief durch und versuche ruhig zu bleiben - diese Zicke wird eines Tages mein Untergang sein.

„Baby“, ich umfasse ihre Schenkel und streiche mit meinen Daumen über die samtweichen Innenseiten. Der moschusartige Duft ihrer Erregung steigt mir in die Nase, automatisch schaltet mein Körper auf Paarungsmodus und pumpt sämtliches Blut von meinem Kopf in meinen Unterleib. Da mein Hirn nur noch auf Standby ist, dauert es einen Augenblick, bis ich die richtigen Worte gefunden habe, „das zwischen uns ist perfekt. Wir streiten, ficken, reden und lachen. Du kannst mit Stolz behaupten, dass es dir gelungen ist, mich an die Leine zu legen. Jetzt werde ich dich ficken, dann werde ich dich auf mein Bike setzen und anschließend bringe ich dich in meinen MC. Wenn du mit dem Club klarkommst, dann werde ich dir meine Kutte anziehen und dich somit vor all meinen Brüdern zu meinem Eigentum machen – so einfach ist das!“

Ihr Mund klappt auf, sie blinzelt mich verwirrt an.

„Das bedeutet dann, dass wir ein richtiges Paar sind?“

Ganz offensichtlich ist meine Süße heute etwas schwer von Begriff.

„Aye. So sieht es aus.“

Auf ihrem Gesicht breitet sich ein freudiges Strahlen aus. Blitzschnell krallt sie ihre Finger in das Revers meiner Kutte und zieht mich erstaunlich kraftvoll zu sich heran.

„Wenn das so ist, darfst du mir jetzt die Seele aus dem Leib vögeln."

Ohne weitere kostbare Zeit für so etwas Unnützes wie Worte zu verschwenden, tue ich genau das – ich vögle uns die Seele aus dem Leib.

7. Kapitel

Klara

Nachdem wir durch ein breites Tor, das von drei Männern bewacht wird, auf das Gelände des Motorradclubs gefahren sind, parkt Rex neben einer langen Reihe verschiedener Motorräder. Obwohl die Maschinen alle unterschiedlich aussehen, haben sie doch eines gemeinsam. Erstens sind es durchweg Harleys und zweitens wurde jedes der Motorräder mit dem unverkennbaren Totenkopf, der als offizielles Zeichen der Dark Devils gilt, verziert. Dieser Totenkopf befindet sich auch in extra groß auf den schwarzen Lederkutten der Rocker.

Und obwohl sich alle Kutten sehr ähneln, ist doch jede von ihnen individuell.

Die unterschiedlichen Aufnäher, die das Leder zieren, geben Aufschluss darüber, welche Stellung der jeweilige Devil im Club einnimmt.

Auf Rex' Kutte befindet sich auf der linken Seite ein *Sgt.-At-Arms*-Patch, wie Rex diese Aufnäher nennt. Auch wenn das mein erster Besuch im Club ist, habe ich eines bereits verstanden, das hier ist eine komplett eigene Welt. Hier gelten eigene Gesetze, eine strenge Hierarchie und völlig andere Regeln. Ich kann nur hoffen, dass ich nichts Dummes mache und Rex sich nicht für mich schämen muss. Outfittechnisch habe ich ganz offensichtlich schon mal alles falsch gemacht.

Die meisten Frauen, die hier herumlaufen, sind quasi nackt. Neugierig lasse ich meinen Blick über das weitläufige, komplett eingezäunte Gelände schweifen. Hier wimmelt es nur so von tätowierten, finster dreinblickenden Kerlen. All diese Männer sind von der Sorte, der ich mein bisheriges Leben immer konsequent ausgewichen bin. Instinktiv suche ich Rex' Nähe – das wird eine verdammt lange Nacht.

„Bleib cool, Sweety, solange du in meiner Nähe bleibst, wird dir nichts passieren. Denk einfach an das, was ich dir gesagt habe. OK?"

Am liebsten würde ich ihm sagen, dass nichts OK ist.

Bevor wir nach unserem Quickie im Badezimmer aufgebrochen sind, hat Rex mir unmissverständlich klargemacht, dass der MC kein Ponyhof ist.

Für eine Zivilistin wie mich lauern hier eine Menge Gefahren.

Laut Rex muss ich immer in seiner unmittelbaren Nähe bleiben, ich soll keinen Streit anfangen - als ob ich so was je tun würde - und darf kein Getränk annehmen, ohne ihn vorher um Erlaubnis gefragt zu haben. Genaugenommen soll ich am besten gar nichts ohne seine Erlaubnis tun.

Für eine Frau, die sich bei den Devils aufhält und die keine eigene Kutte trägt, die sie als Old Lady ausweist, ist es zu gefährlich, sich frei zu bewegen. Laut Rex sind alle Frauen bis auf die Old Ladys so etwas wie Freiwild, was bedeutet, dass jeder anwesende Rocker sie sich einfach nehmen darf.

Als Old Lady wird eine Frau bezeichnet, die fest zu einem Rocker gehört, quasi so ähnlich wie seine Ehefrau. Sie gilt dann als sein Eigentum und ist für alle anderen unantastbar. Für mich klingt das alles irgendwie sehr kompliziert und merkwürdig.

Als ich Rex gefragt habe, warum er mich überhaupt hierher mitnehmen will, wenn es doch offensichtlich so gefährlich ist, hat er gesagt, dass es für mich endlich Zeit wird, ein Teil des Clubs zu werden. Feige wie ich bin, habe ich ihm nicht gesagt, dass ich, um ehrlich zu sein, gar kein Teil des Clubs werden will....

Jetzt stehe ich hier, unpassend angezogen, nicht sicher, was ich davon halten soll und, um ehrlich zu sein, etwas eingeschüchtert.

Ich bin kein Rockergroupie, ich bin eine Leseratte mit einem Spleen für Süßkram. Am liebsten würde ich jetzt in meiner Patisserie stehen und an einer neuen Pralinenkreation arbeiten. Doch stattdessen befinde ich mich im Motherchapter der Dark Devils - das habe ich ja wirklich ganz toll hinbekommen ...

Direkt vor dem Clubhaus, einer alten Industriehalle, die früher einem Pharmakonzern gehört hat, steht ein Boxring. Hinter den straff gespannten Seilen prügeln zwei Muskelpakete aufeinander ein. Darum herum haben sich gut zwei Dutzend Zuschauer versammelt, die laut grölend ihren Favoriten anfeuern. Blut und Schweiß spritzen durch die Luft, mir dreht sich der Magen um. Ich sehe Zwinker-Nick auf uns zukommen, Rex legt mir seinen Arm um die Taille und zieht mich besitzergreifend fester zu sich heran.

Die beiden begrüßen sich per Handschlag, Nick zwinkert mir zu, wie sollte es auch anders sein.

„Ja sieh mal einer an, wen wir da haben... Wenn das nicht die zickige Zuckerpuppe ist?“

„Ja sieh mal einer an, wenn das nicht der Idiot mit der Zwinkerstörung ist.“

Rex zwickt mir warnend in mein Speckröllchen, Zwinker-Nick rutscht das dämliche Grinsen aus dem Gesicht.

„Pass mal auf, Tussi. Du bist jetzt in meinem Revier, also benimm dich gefälligst oder ich werde dir eine Lektion erteilen. Verstanden?“

Kaum dass Nick seine Warnung ausgesprochen hat, rammt Rex Nick seine Faust mit voller Wucht in den Magen.

Rex löst sich von mir und baut sich drohend vor seinem Clubbruder auf.

„Solltest du jemals wieder die Frechheit besitzen und meinem Mädchen drohen, werde ich dich in den Boden stampfen. Verstanden, Arschloch?“

Nick, der vornübergebeugt mit schmerzverzerrtem Gesicht dasteht, gibt ein undefinierbares Grunzen von sich. Rex scheint es allerdings als Antwort zu reichen.

Wütend dreht er sich wieder zu mir um, packt mich so fest am Ellenbogen, dass es schon schmerzt und führt mich hinter den viereckigen Betonbau, aus dem laute Rockmusik dröhnt.

„Verdammt, Weib. Was habe ich dir über Ärger gesagt? Kannst du nicht einmal deine freche Zunge im Zaum halten?“

Da ich nicht weiß, was ich darauf antworten soll, sehe ich ihn einfach nur an und warte darauf, dass er sich wieder etwas abregt.

„Es tut mir leid, Rex. OK? Aber du musst schon zugeben, dass dieser Idiot wirklich nicht mehr alle Pralinen in der Schachtel hat.“

Grummelnd zündet er sich eine Kippe an und lässt die Zigarettenschachtel wieder in die Innentasche seiner Kutte gleiten. Die schwarze Waffe, die in einem Lederholster an seiner linken Seite hängt, lässt mich genau wie beim ersten Mal, als ich sie gesehen habe, unangenehm erschaudern.

In was für eine Welt bin ich hier nur hineingeraten?

„Nick ist ein loyaler Dark Devil und ein guter Bruder. Er hat mir schon mehr als ein Mal den Arsch gerettet und es würde mein Leben extrem erleichtern, wenn ihr zwei zumindest versuchen würdet, miteinander auszukommen.“

Verflixt - jetzt habe ich ein schlechtes Gewissen.

Doch die Tatsache, dass er seinem Bruder ohne zu zögern eine verpasst hat, um mich zu verteidigen, lässt mein Herz vor Freude anschwellen.

Auf meiner Unterlippe herumkauend überwinde ich meinen Stolz und gehe auf meinen bösen Rocker zu. Mir war von Anfang an klar, dass es nicht leicht werden wird, unsere beiden Leben miteinander zu verflechten. Also muss ich mich jetzt, wo es Ärger gibt, nicht wundern.

„Hör mal, Rex, es tut mir leid, ich werde zukünftig versuchen etwas freundlicher zu Nick zu sein.“

Aus seiner Kehle löst sich ein trockenes Lachen.

Den Kopf schüttelnd zieht er mich grob an seine Brust und küsst mich auf die Stirn.

„Scheiße, Baby. Um ehrlich zu sein liebe ich deine freche Klappe. Also ändere ja nichts an dir!“

Ok.... jetzt ist es so weit und mein Herz platzt...

Wie um alles in der Welt soll ich mich nicht in diesen Rocker verlieben, wenn er solche Sachen sagt?
Sein herber Geruch nach Leder steigt mir in die Nase, ich streiche mit meinen Lippen über seinen Hals und knabbere leicht an ihm.
Seine Hand legt sich auf meinen Po, er verpasst mir einen harten Klaps. Mein verräterischer Körper reagiert sofort mit einem Schwall Feuchtigkeit.
Mein Arsch liebt es, gespankt zu werden.
„Was hältst du von einem schnellen Versöhnungsfick?“
Rex sieht mich verwundert an.
„Verdammt, Weib, du bist unersättlich. Wir haben ja noch nicht mal gestritten. Außerdem bist du vor nicht ganz einer Stunde laut schreiend gekommen. Jetzt lass uns zu meinen Brüdern gehen und uns was Kaltes zu trinken besorgen. Ich brauche dringend ein Bier.“
Leise vor mich hin grummelnd lasse ich zu, dass er mich zurück auf die Party zerrt.

Eine halbe Stunde später schwirren so viele Namen durch meinen Kopf, dass ich mir unmöglich alle merken kann. Ich sitze auf Rex' Schoß, in der rechten Hand halte ich eine Flasche eiskaltes Bier, während ich einem Pärchen dabei zusehe, wie es an der Hauswand, gut sichtbar für alle Anwesenden, eine Nummer schiebt. Da ich die Einzige bin, die den beiden Aufmerksamkeit schenkt, scheint es hier bei den Dark Devils nichts Besonderes zu sein, in der Öffentlichkeit übereinander herzufallen.
Rex und ein Mann namens Tom, der der Präsident dieses Motorcycle-Clubs ist, unterhalten sich über irgendwelche Geschäfte. Während ich geduldig an meinem Bier nippe, bemerke ich durchaus die vielen eifersüchtigen Blicke der dürren, mehr nackten als angezogenen Tussis, die es hier in Scharen gibt. Wenn ich ihre Blicke richtig deute, dann sterben sie vor Neid, weil es mir gelungen ist, mir Rex zu angeln.
Ich widerstehe dem Drang, all diesen Zicken die Zunge rauszustrecken, und lege meine Hand besitzergreifend auf sein Knie.
Trotz der Tatsache, dass ich mit meinen Extrakilos eigentlich ganz zufrieden bin, kann ich nichts dagegen tun, dass sich meine alten Selbstzweifel nach langer Pause mal wieder zu Wort melden. Eine kleine fiese Stimme tief in meinem Inneren flüstert mir zu, dass ich nicht attraktiv genug für einen Mann wie Rex bin. All diese Frauen mit ihren unterernährten Modelkörpern würden viel besser zu Rex passen.
Je länger ich hier sitze, desto lauter werden meine Selbstzweifel. Meine Laune sinkt rapide.

Während sich Rex, Tom und ein Mann mit dem komischen Namen Dog über eine neue Lagerhalle unterhalten, ich will gar nicht wissen was da gelagert werden soll, meldet sich langsam meine Blase zu Wort.

An Rex' Ermahnung, dass ich nirgendwo ohne ihn hingehen soll, denkend, presse ich meine Schenkel zusammen.

Gott, wie peinlich geht es denn noch?

Ich kann ihn doch nicht vor all seinen Kumpels fragen, ob ich mal auf die Toilette darf, ich bin doch kein kleines Kind mehr.

Erst als ich es wirklich nicht mehr aushalte, steige ich von seinen Beinen. Rex ist so in das Gespräch vertieft, dass er erst bemerkt, dass ich nicht mehr auf ihm sitze, als ich schon neben ihm stehe. Blitzschnell umfasst er mein Handgelenk.

„Was soll das werden, Baby?"

Die Augen aller in der Nähe sitzenden Männer ruhen auf mir.

„Ähm, na ja, ich muss mal kurz auf die Toilette."

Ich bin mir sicher, dass ich gerade so rot wie eine verdammte Tomate werde.

Tom, der Präsident, kratzt sich am Kopf, jeder von ihnen amüsiert sich über meine Notlage. *Arschlöcher....*

Gerade als Rex aufsteht, kommt ein junger Kerl auf uns zu. Er trägt auch eine Kutte, aber diese unterscheidet sich deutlich von den Kutten der anderen Devils, sie wirkt irgendwie nackt. Als er sich von mir wegdreht entdecke ich, dass sich auf seinem Rücken ein überdimensional großer Aufnäher mit dem Wort ‚Prospect' befindet.

Dank Rex weiß ich, dass ein Prospect ein Mann ist, der sich erst noch als würdiges Mitglied des Clubs beweisen muss.

„Hey Sven", der Prospect wendet sich Rex zu, „ich hab noch was zu besprechen. Begleite meine Lady zum pissen und bring sie anschließend sofort zu mir zurück."

Na klasse. Jetzt fühle ich mich endgültig wieder wie ein siebenjähriges Mädchen.

Während mich der Prospect durch die feiernde Menge Richtung Clubhaus führt, wird mir erst so richtig bewusst, dass Rex mich gerade als seine Lady bezeichnet hat.

Unsicher, ob ich mich über diese Anrede freuen soll, betrete ich die nach Schweiß, Sex und kaltem Rauch stinkende Halle.

Wenn ich gedacht hatte, dass draußen schon viel los ist, dann habe ich mich ganz offensichtlich getäuscht, hier drinnen ist es so voll und laut, dass man sich vorkommt wie auf einem überfüllten Konzert.

„Hier lang, die Klos sind im Gang hinten rechts."

Da Sven keine Anstalten macht, mich weiter zu begleiten, sondern am Durchgang stehen bleibt, gehe ich tapfer weiter und bahne mir einen

Weg durch die Menschenmenge. Endlich an den Toiletten angekommen bin ich grenzenlos erleichtert, dass ich zumindest hier für ein paar Minuten ungestört bin.

Das Letzte, was ich jetzt gebrauchen kann, ist eine von den magersüchtigen Rocker-Tussis, die mich giftig anstarrt, weil es mir gelungen ist, Rex in mein Bett zu locken.

Ich gehe in eine der Kabinen, wische mit einem Stück Klopapier über den Toilettensitz und lasse mich seufzend darauf nieder.

Ich weiß, wie sehr Rex diesen Club liebt, aber ich bin mir nicht sicher, ob ich mich hier irgendwann wohlfühlen werde. Wie soll das zwischen uns nur jemals funktionieren?

Ich, ausgerechnet ich ein Mitglied der Dark Devils?

Das ist doch jetzt schon zum Scheitern verurteilt. Gerade als ich fertig bin und die Spülung drücken will, höre ich, wie sich die Türe leise quietschend öffnet und mehrere Frauen das WC betreten.

Die hellen, aufgebrachten Stimmen reden wild durcheinander. Diese Tussis klingen wie eine Schar aufgeschreckter Hühner.

„... ja, da hast du recht, alleine das Gesicht. Wie von einem Krapfen. Und hast du den fetten Arsch gesehen... hahaha... der verdient ja eine eigene Hausnummer. Wie soll der auf den Sozius von einer Harley passen?"

Lautes Lachen, eine weitere Frau mischt sich in die Unterhaltung mit ein:

„Ich habe ja keine Ahnung, was er von dieser Kuh will. Die passt überhaupt nicht zu ihm! Er ist so göttlich und sie so langweilig. Ich wusste nicht, dass dein Ex auf fette Weiber steht."

Eine der Frauen flucht wütend vor sich hin. Das Rauschen eines Wasserhahns ertönt, die Unterhaltung geht weiter.

„Dass ich Rex von der Angel gelassen habe, war ein Fehler. Aber dass er jetzt mit dieser fetten Kuh hier auftaucht, ist echt lächerlich. Wahrscheinlich macht er das alles nur um mich zu ärgern."

Rex?! Rex?! Scheiße! Die reden über mich!

Fassungslos und tief getroffen sitze ich mit Tränen in den Augen auf dem Klo und verfluche mich für meine Naivität. Ich hätte verdammt noch mal niemals mit hierherkommen sollen. Diese gehässigen Weiber sind nichts weiter als dämliche Schlampen.

Es geht niemanden was an, welche Konfektionsgröße ich habe. Nur weil ich mich nicht damit zufriedengebe, den ganzen Tag nur an einer Scheibe Knäckebrot herumzuknabbern, damit ich in eine Hose Größe 34 passe, bedeutet das noch lange nicht, dass ich mich so beleidigen lassen muss.

Am liebsten würde ich diesen Tussis die Augen auskratzen, doch ich reiße mich zusammen und bleibe, wo ich bin. Mit ein bisschen Glück gehen die Frauen wieder, ehe sie mich bemerken. Nennt mich feige, aber ich will jetzt keinen Streit – ich will jetzt einfach nur noch weg von hier. Neben mir wird eine Kabinentür geöffnet, ich höre wie jemand pieselt, das Geläster der Tussis wird nicht freundlicher.

„Vielleicht sollte ich Rex klarmachen, dass er, wenn er sich Mühe gibt, wieder bei mir landen kann."

Eine andere Stimme ermutigt Rex' Ex dazu, ihre Idee in die Tat umzusetzen.

Es ist verrückt, aber zum ersten Mal in meinem Leben habe ich richtige Mordfantasien.

Lachend, schnatternd und sich über meinen Po lustig machend verschwinden sie wieder aus der Toilette und lassen mich mit gebrochenem Ego alleine zurück.

Was für eine verfluchte Scheiße!

Schniefend ziehe ich mir die Hose hoch, verlasse die Kabine und wasche mir die Hände.

Prüfend drehe ich mich vor dem großen Spiegel um meine eigene Achse.

Ich für meinen Teil finde mich sexy. Ja, ich habe Arsch und Titten, aber na und. Ich bin eben eine Frau. In meinen Augen ist eine Frau ohne Rundungen wie ein Porsche ohne PS. Was mir jedoch am meisten Sorge macht, ist, dass Rex Exfreundin mit der Behauptung, dass er mich nur hierhergebracht hat, um ihr eins auszuwischen, recht haben könnte. Was ist, wenn das stimmt?

Was, wenn ich einfach nur ein Lückenbüßer bin?

Entschlossen, von hier so schnell wie möglich zu verschwinden, verlasse ich das Frauenklo und schleiche mich James-Bond-mäßig an dem nicht wirklich aufmerksamen Prospect vorbei.

Von mir aus sollen sie sich doch alle ihr Maul zerreißen, ich habe es absolut nicht nötig, mich beleidigen zu lassen.

Auf dem Gelände der Dark Devils ist so viel los, dass es ein Leichtes für mich ist, mich unbemerkt davonzustehlen. Die Wachen am Tor haben offensichtlich nur den Auftrag, ankommende Leute zu überprüfen, denn sie lasse mich ohne Probleme einfach gehen.

Mit jedem Schritt, den ich mich weiter von Rex entferne, beginnt mein dummes Herz mehr zu schmerzen. Ausgerechnet jetzt, heulend, traurig und auf der Flucht vor den blöden Weibern, gestehe ich mir ein, dass ich mich in diesen Rocker mit den blauen Augen und den spankenden Händen verliebt habe.

Nachdem ich zehn Minuten lang der Straße gefolgt bin, kommt mir wie durch ein Wunder ein Taxi entgegen. Hüpfend und winkend gelingt es mir, den Fahrer zum Anhalten zu bewegen. Kaum dass ich eingestiegen bin, nenne ich ihm die Adresse vom *Klara's* und lehne mich in die weichen Stoffpolster zurück – was für ein beschissener Abend.

In der Patisserie angekommen spare ich mir die Mühe, alle Lichter einzuschalten und mache mich auf den direkten Weg in die Backstube. Dort angekommen hole ich den iPod aus der obersten Schublade, suche meine Lieblingsplaylist raus und stelle die Lautstärke auf fünfzehn. Gedanklich die vergangenen Stunden analysierend mache ich mich daran, alle Zutaten für das neue Pralinenrezept, das ich ausprobieren wollte, zusammenzusuchen.

Am meisten ärgere ich mich über mich selbst.

Warum zum Teufel gebe ich auch nur einen Deut auf das, was die über mich sagen?

Im Gegensatz zu ihren sind meine Titten echt, ich bin kein wandelndes Ersatzteillager, das sich nur über den Typen, den es ins Bett locken konnte, definiert. Ich bin eine intelligente, selbstbewusste Frau, die eine eigene Patisserie und ein ausgefülltes Leben hat. Ob es Rex mittlerweile aufgefallen ist, dass ich nicht mehr da bin?

Wahrscheinlich hat seine Ex bereits alles versucht, um Rex zurück in ihr Bett zu locken.

Ob er zu ihr zurückgeht?

Wenn ja, was war ich dann für ihn?

Ein Zeitvertreib?

Spaß?

Die Kuvertüre abwiegend summe ich meinen Lieblingssong mit und verdränge diese ganze Scheiße.

Ich habe es verdammt noch mal verdient, endlich glücklich zu sein.

Irgendwo auf diesem Planeten muss doch der perfekte Mann für mich durch die Gegend laufen. Das Problem ist nur, dass Rex schon ziemlich nah an meine Vorstellung von meinem persönlichen Mr. Right rangekommen ist – sehr nah.

Nachdem ich die Vanilleschote halbiert und das Mark herausgekratzt habe, beginne ich damit, das Marzipan in kleine Portionen einzuteilen.

Das komische Gefühl beobachtet zu werden beschleicht mich.

Prüfend werfe ich einen Blick über die Schulter, doch da steht niemand.

Paranoid wie ich bin, gehe ich zurück zur Hintertüre und prüfe, ob ich sie wirklich zugeschlossen habe. Zu meiner Verwunderung ist sie nicht abgesperrt und steht sogar weit offen.

Habe ich vor lauter Wut etwa vergessen, die Türe hinter mir zu schließen?
Wirklich komisch....
Verwundert ziehe ich sie mit einem kraftvollen Ruck zu, und drehe den im Schloss steckenden Schlüssel um.
Gerade als ich mich wieder umwende und zurück zu meinen noch nicht befüllten Pralinen gehe, beginnt mein Handy zu vibrieren.
Nach einem kurzen Blick aufs Display weiß ich, dass es Rex ist – offensichtlich hat er jetzt bemerkt, dass ich abgehauen bin – das hat ja lang gedauert.
Da ich einfach nicht weiß, was ich zu ihm sagen soll, ignoriere ich den Anruf und mache mich auf den Weg in den Verkaufsraum, ich brauche dringend Nervennahrung. Verdutzt bleibe ich stehen. Riecht es hier etwa nach Benzin?
In die Luft schnuppernd ziehe ich mir die iPod-Stöpsel aus den Ohren und schalte das Licht an. Je länger ich hier stehe, umso intensiver wird der Benzingestank.
Zwischen den vorderen Tischen liegt ein gelber Kanister auf dem Boden, unter ihm bildet sich eine große bräunliche Pfütze.
Noch bevor ich auf diese zugehen kann, höre ich Schritte hinter mir.
Oh verdammt. Ich hatte mir vorhin also nicht eingebildet, dass jemand hinter mir war.
So schnell ich kann drehe ich mich um - und stehe meinem Vermieter gegenüber.
„Oh Gott, haben sie mich erschreckt. Herr Brunner? Was machen sie hier?"
Auf zwei Krücken gestützt steht er knapp einen Meter von mir entfernt in dem zur Backstube führenden Gang.
„Hallo Frau Hinz. Ich habe das Licht gesehen und wollte kontrollieren, ob alles OK ist. Immerhin ist es doch sehr spät."
Im Grunde genommen klingt das einleuchtend und sehr nett, aber es ist schon merkwürdig, dass er sonntags um diese späte Uhrzeit auf Krücken unterwegs ist.
Meine Instinkte schlagen Alarm, irgendetwas stimmt hier nicht.
Der Benzingestank wird immer stärker, meine Augen beginnen zu tränen.
Von Rex weiß ich, dass morgen der Termin ist, an dem Herr Brunner dem MC das Haus überschreibt. Ich frage mich immer noch, wie man so blöd sein und sein Eigentum bei einem Pokerspiel verwetten kann. Es hätte ihm doch klar sein müssen, dass sich der gefürchtetste Motorcycle-Club des Landes nicht verarschen lässt.

So leid mir mein Vermieter auch tut, aber Wettschulden sind nun mal Ehrenschulden.
„Was machen Sie Sonntagnacht hier?"
Seine Frage verwirrt mich, im Grunde genommen geht ihn das gar nichts an.
„Ich konnte nicht schlafen und dachte mir, ich probiere ein neues Rezept aus."
Das ist zwar nicht die ganze Wahrheit, aber mehr muss er echt nicht wissen.
Herr Brunner wirkt nervös, mittlerweile bin ich mir sicher, dass er den Kanister dort hingeworfen hat. Wenn ich mich nicht täusche, hat er vor, das Haus anzuzünden, bevor er es an die Dark Devils überschreiben muss. Er denkt wohl, dass er so die Versicherungssumme kassieren kann.
Fest entschlossen, so zu tun, als hätte ich weder den Kanister gesehen noch den beißenden Benzingestank bemerkt, sehe ihn abwartend an.
Pures Adrenalin pulsiert durch meine Venen.
Als er nach knapp zwei Minuten Schweigen noch immer keine Anstalten macht, sich zu verabschieden, zieht sich mein Magen nervös zusammen.
Ich stecke so richtig in der Scheiße!
„Ähm, jetzt wo Sie wissen, dass alles ok ist, müsste ich wirklich wieder zurück in die Backstube."
Brunner mustert mich prüfend, er will wohl wissen, ob ich Verdacht geschöpft habe.
Wahrscheinlich hätte er mich längst überwältigt, wenn er nicht die Beinverletzung hätte.
Seine Lippen verziehen sich zu einem falschen Lächeln, das seine Augen nicht erreicht.
„Gut, dann werde ich wohl wieder gehen."
Als er sich umdreht entdecke ich die Streichholzpackung die er zwischen dem Plastik der Krücken und seinem Handballen eingeklemmt hat.
Sobald er raus ist, muss ich die Polizei anrufen!
Gerade als ich denke, dass es mir gelungen ist, das Schlimmste zu verhindern, dreht er sich um und schubst mich mit der Schulter gegen die Wand, ich gerate ins Taumeln, er schlägt mit seiner Gehhilfe immer wieder auf mich ein. Schreiend versuche ich, ihm auszuweichen, aber das gelingt mir nicht. Ganz offensichtlich hat er mir nur vorgespielt, dass er sich kaum bewegen kann. Der nächste Hieb trifft mich am Kopf, vor meinen Augen tanzen Sterne.

Plötzlich befindet er sich direkt vor mir, sein ekelhafter, süßlicher Atem streift mein Gesicht.

„Mich wollten Sie ja nicht. Ich war dem Fräulein ja nicht gut genug. Aber diesen Kriminellen, den haben sie sehr wohl in Ihr Bett gelassen."

Er schüttelt angewidert den Kopf. Anscheinend ist er noch immer beleidigt, weil ich vor sechs Monaten seine Avancen abgewiesen habe.

„Eigentlich sollte nur das Haus in Flammen aufgehen, jetzt werden Sie eben mitbrennen, Klara. Das nenne ich Gerechtigkeit. Früher oder später bekommt eben jeder, was er verdient."

Mit diesen Worten holt er aus und schlägt mir mit der Faust so fest ins Gesicht, dass ich das Bewusstsein verliere.

Mein letzter klarer Gedanke gilt Rex, dann versinke ich in einer tiefen Schwärze....

8. Kapitel

Rex

Wo zum Teufel steckt mein Mädchen nur?

Mir ist klar, dass Frauen eine Ewigkeit auf der Toilette verbringen können, doch so langsam werde ich nervös.

In immer kürzeren Abständen Richtung Clubhaus schauend, versuche ich meine immer größer werdende Sorge zu unterdrücken.

Der Dark Devils MC ist eine eingeschworene Gemeinschaft, wir halten zusammen, decken uns den Rücken und sind stets loyal. Ich kann mit Stolz behaupten, dass ich für 99 Prozent meiner Brüder meine Hand ins Feuer legen würde, aber eben nur für 99 Prozent. Heute Nacht sind nicht nur Devils auf dem Gelände, sondern auch viele Hangarounds, so nennen wir Freunde des Clubs. Der Alkohol fließt in Strömen und die Stimmung ist ausgelassen. Da Klara keine Kutte trägt, die sie als mein Eigentum markiert, ist sie den Clubregeln nach Freiwild.

Holy Fuck! Ich hätte sie nicht aus den Augen lassen sollen ...

Alleine bei der Vorstellung, dass sich irgend so ein Wichser an meine Frau ranmacht, werde ich unsagbar wütend. Die Tatsache, dass ich den Prospect mitgeschickt habe, beruhigt mich nicht wirklich.

Gerade als ich aufstehen und mich auf die Suche nach Klara machen will, kommt Luna.

Luna ist eine der vielen Bitches, die sich gerne im Club aufhalten. Am Anfang hatten wir heißen, unkomplizierten Sex, dann habe ich den Fehler gemacht und ihr mitgeteilt, dass ich es nicht mag, dass sie auch für andere Devils die Beine spreizt. Meine Angst vor Chlamydien etc. klang für sie wohl so ähnlich wie ein Heiratsantrag.

Mir ging es dabei rein um den hygienischen Aspekt, Luna hingegen hat da völlig falsche Sachen hineininterpretiert.

Plötzlich hat sie davon geredet, dass wir ein Paar sind, hat Ansprüche gestellt und ist mir wie ein verdammtes Klammeräffchen am Hals gehangen.

Da ihre Muschi eng ist und ihre Lippen zum Blasen geschaffen sind, habe ich sie eine Weile lang in dem Glauben gelassen, dass mir die Sache zwischen uns nicht am Arsch vorbeigeht. Ein grober Fehler, der mir noch immer Ärger bereitet.

Dieses hohle Weib checkt einfach nicht, dass sie mir nichts bedeutet hat und dass ich sie niemals zu meiner Old Lady machen werde.

Zur Hölle! Kein Mann mit Verstand nimmt sich eine Bitch als Lady. Das wäre, als würde man die Schuhe eines anderen Mannes auftragen.

Vor knapp sieben Monaten habe ich ihr dann unmissverständlich klargemacht, dass ich ganz bestimmt nicht der Richtige für sie bin – geschnallt hat Luna das allerdings nicht.

Die einzige Frau, die mich jemals dazu gebracht hat, an eine gemeinsame Zukunft zu denken, ist Klara.

Diese zickige Zuckerbäckerin hat mein komplettes Leben auf den Kopf gestellt.

„Na, Rex ..."

Sich über die Lippen leckend fährt sie mit ihrer Hand über meinen Arm, ehe sie mir direkt über den Schritt streicht.

„... wie wäre es, wenn wir uns einen etwas privateren Ort suchen und unsere ganz eigene Party feiern?"

Ihre Hand wegschlagend schüttle ich angewidert den Kopf.

Diese Frau geht mir gehörig auf die Eier. Tom, der ganz genau weiß, wie verflucht lästig Luna ist, lacht rau. Der Präs macht es richtig, er hält sich strikt an die 1x-Regel. Was bedeutet, dass er keine Frau zwei Mal fickt und sich somit niemals in die Situation bringen kann, in der ich gerade feststecke.

„Such dir ein anderes Opfer, Luna, ich bin mit dir fertig!"

Sie verzieht ihre zu grell geschminkten Lippen zu einem Schmollmund.

„Ach, komm schon, Rex, wir hatten so viel Spaß miteinander."

„Spaß? Das war einfach nur Ficken. Schnelles, hartes, bedeutungsloses Ficken. Dafür sind Weiber wie du nun mal da, das ist der Grund, aus dem ihr hier geduldet werdet, wegen eurer Pussys und sonst wegen nichts."

Die einzigen Frauen, die auf dem Gelände mit Respekt behandelt werden, sind die Old Ladys des Clubs. Und ganz genau das ist auch der Grund, warum Luna alles gibt, um sich einen Rocker zu angeln, der ihr sein Leder anzieht.

Sie will den Status und den Schutz, den unsere Ladys bekommen.

Bis jetzt haben nur Bär, Timmy und Kurt sich dazu entschieden, sich eine Lady zu nehmen. Die drei Old Ladys meiner Brüder verstehen sich blendend, sie sind was Besonderes, und ich bin mir sicher, dass Klara gut zu ihnen passen wird.

Die Ladys werden vom Club geschützt, was bedeutet, dass jeder, der ihnen zu nahe kommt oder sie belästigt, ganz schnell hundertzwanzig Dark Devils gegen sich aufbringt.

Ich würde für Bär, Timmy und Kurt mein Leben geben, und dasselbe würde ich auch für ihre Ladys. So funktioniert unsere Welt nun mal, so ist der Club. Nur wenn wir uns gegenseitig schützen, sind wir stark.

Luna sieht mich wütend an.

„Und was ist mit der fetten Kuh, die du mitgebracht hast? Ist die auch nur zum Ficken? Ich wusste nicht, dass du auf Extrapfunde stehst.“

Ohne nachzudenken, packe ich sie am Arm und zerre sie so nah an mein Gesicht, dass sich unser Atem vermischt.

„Solltest du jemals wieder ein böses Wort über Klara verlieren, werde ich dich vom Gelände jagen. Dann ist deine Zeit bei den Devils endgültig vorbei. Verstanden, Schlampe?“

Luna versucht sich gegen meinen Griff zu wehren, ich drücke noch fester zu.

„Ach, sie ist dir also wichtig, ja?“

Ganz offensichtlich hat Luna nicht kapiert, wann es besser ist, die Klappe zu halten.

„Sie ist mir wichtiger, als du es jemals warst.“

Der Ausdruck in ihren Augen lässt mich hoffen, dass Luna endlich verstanden hat, dass ich kein Interesse an ihr habe und dass sie mit mir nur ihre Zeit verschwendet.

Fluchend lasse ich ihren Arm los und wende mich von ihr ab. Tom prostet mir mit seinem Bier zu, es war ja klar, dass er sich über diese Scheiße köstlich amüsiert.

Genervt fahre ich mir mit der Hand durch die Haare und zünde mir eine Kippe an.

Ohne weitere Zeit zu verschwenden, mache ich mich auf die Suche nach Klara.

Kaum dass ich die eine Frau losgeworden bin, mache ich mich auf den Weg zur anderen – die Ironie entgeht mir nicht.

In dem Augenblick, in dem mir Sven entgegenkommt, weiß ich, dass etwas nicht stimmt.

„Wo ist Klara?“

Er zuckt mit den Schultern.

Ich habe sie irgendwie aus den Augen verloren, Rex.“

Dieser bescheuerte Prospect ...

„Du willst mir also sagen, dass du nicht mal dazu in der Lage bist, auf ein Mädchen aufzupassen, das pinkeln geht?“

Er sieht betreten zu Boden, ich muss mit meiner Selbstbeherrschung ringen, am liebsten würde ich ihm jetzt das Genick brechen. Ich habe ja keine Ahnung, wie Tom das sieht, aber in meinen Augen wird aus diesem Anwärter nie ein guter Devil werden. Ein Mann, der nicht fähig ist, den leichtesten Auftrag auszuführen, bedeutet einfach ein zu hohes Sicherheitsrisiko. In meiner Welt fliegen einem oft die Kugeln um die Ohren, unzuverlässige Idioten wie er haben da nichts verloren.

Viele denken, dass die Mitgliedschaft in einem MC die Eintrittskarte zu wilden Partys und Gratispussys ist, das mag stimmen, aber eben nur zum Teil.

„Wie konnte das passieren?“

Als er mir keine Antwort gibt, verpasse ich ihm einen Schlag in die Nieren.

„Darüber reden wir noch, Sven, diese Sache wird ein Nachspiel für dich haben!“

Prüfend lasse ich meinen Blick über die Anwesenden schweifen, Klara ist zu meinem Pech nirgendswo zu sehen.

Ich hole mein Handy aus der Tasche und rufe sie an, ich höre zwar das Freizeichen, doch sie nimmt nicht ab.

Es gibt jetzt genau zwei Möglichkeiten – beide sind ziemlich beschissen.

Wenn sie noch hier ist, muss es einen Grund geben, aus dem sie nicht zu mir zurückgekommen ist. Und dieser Grund wird mir aller Wahrscheinlichkeit nach nicht gefallen.

Wenn sie aber ohne ein Wort abgehauen ist, dann muss irgendetwas passiert sein, dass sie dazu veranlasst hat zu flüchten.

Zum Teufel!

Es dauert eine Ewigkeit, bis ich das Gelände nach einer einzigen Frau abgesucht habe.

Meine Sorge unterdrückend gehe ich mit großen Schritten Richtung Tor.

Wenn Klara wirklich gegangen ist, dann können mir die Wachen das bestimmt sagen.

„Hey Männer. Ich suche nach einer Frau.“

„Scheiße, Rex. Tun wir das nicht alle?“

Den dummen Kommentar ignorierend beschreibe ich ihnen mit knappen Worten, was Klara anhat und wie sie aussieht.

„Ich muss wirklich wissen, ob sie das Gelände verlassen hat und ob sie allein oder in Begleitung war.“

Als Boy, der Devil, der heute für das Tor verantwortlich ist, bemerkt, dass es mir wirklich wichtig ist, reißt er sich zusammen und beginnt damit, die Videoaufnahmen zurückzuspulen.

„Suchst du die Frau?“

Er dreht mir den Monitor des PCs zu, sodass ich einen besseren Blick habe.

„Aye, das ist sie. Danke, Bro.“

„Kein Thema, Rex.“

Auch wenn ich gerade richtig wütend auf Klara bin, weil sie sich ohne ein Wort verpisst hat, bin ich verdammt froh, dass ich mir sicher sein kann, dass sie sich keiner der anwesenden Männer geschnappt hat. Jetzt stelle ich mir nur die Frage, warum zum Teufel sie einfach abgehauen ist. Sorge breitet sich in mir aus. Erneut wähle ich ihre Nummer, wieder springt die Voicebox an. Offensichtlich hat sie ihr Handy ausgeschaltet.

Scheiße! Scheiße! Scheiße!

Ohne eine Nachricht zu hinterlassen, stecke ich mein Handy zurück und mache mich auf den Weg zu meinem Bike.

Das Wissen, dass Klara ganz alleine durch die Nacht läuft, gefällt mir ganz und gar nicht. Die Bullen meiden die Gegend um den Club, was bedeutet, dass sich allerhand fragwürdiges Gesocks in der Nähe herumtreibt.

Entschlossen, meine Zicke wieder einzufangen, schwinge ich mich auf meine Harley und starte den Motor. Mir einen Weg durch die feiernde Menge bahnend, gebe ich am Tor angekommen Gas.

Bullshit! So habe ich mir diese Nacht nicht vorgestellt ...

Der Fahrtwind bläst mir ins Gesicht, mein Motorrad frisst die Kilometer.

Sobald ich Klara gefunden habe, werde ich herausfinden, was passiert ist. Für sie kann ich nur hoffen, dass sie einen triftigen Grund für ihr Verschwinden hat, und für alle anderen, dass sich niemand an ihr vergriffen hat.

Sollte ich herausfinden, dass sie von einem meiner Brüder belästigt wurde, weiß ich nicht, ob ich mich genug beherrschen kann, um ihn am Leben zu lassen.

Da ich Klara nirgendswo auf der Straße gehen sehen habe, fahre ich direkt zu ihr nach Hause. In ihrem Apartment ist es dunkel, anscheinend ist sie nicht da. In der Hoffnung, dass sich meine Zuckerzicke im *Klara's* aufhält, gebe ich Gas und fahre durch die Stadt.

Schon von Weitem sehe ich das grelle Lodern der Flammen, Rauch steigt in einer grauen Säule, die sich gut sichtbar vom fast schwarzen Nachthimmel absetzt, auf.

So schnell ich kann, fahre ich zu dem brennenden Haus, in dem sich Klaras Patisserie befindet.

Alleine die Möglichkeit, dass Klara sich in dem Gebäude aufhält, ist für mich Grund genug, ohne lang zu zögern zum Hintereingang zu rennen und die Holztüre mit einem kräftigen Tritt zu öffnen. Kaum dass die Scharniere ächzend nachgeben, kommt mir eine Rauchwolke entgegen. Ganz offensichtlich muss das Feuer im Verkaufsraum ausgebrochen sein, denn hier hinten lodern die Flammen noch nicht so stark. Aufgrund des schwarzen Rauchs kann ich fast nichts erkennen. Laut nach Klara schreiend, halte ich mir mein T-Shirt über das Gesicht und kneife die Augen zusammen.

Wenn sich meine Süße wirklich hier drinnen aufhält, kann ich nur hoffen, dass ich noch nicht zu spät bin. Wenn sie sich im vorderen Teil befindet, ist es durchaus möglich, dass sie verbrennt, hier hinten ist die Wahrscheinlichkeit eines Erstickungstods höher als die, von den Flammen lebendig geröstet zu werden. Je weiter ich in die Patisserie gehe, desto unerträglicher wird die Hitze.

Wegen des Qualms erkenne ich nicht mal mehr die Einrichtung. Alles, was sich durch das dichte Grau abzeichnet, sind die orangefarbenen Flammen.

So gut es geht, suche ich alles nach Klara ab. Als mir die Luft ausgeht, flüchte ich den langen Gang zurück Richtung Hintertür. In der Backstube ist der Rauch noch nicht so dicht, mit brennender Lunge und tränenden Augen kontrolliere ich, ob Klara sich hier aufhält, doch auch hier ist keine Spur von ihr.

Die Hitze wird immer schlimmer, der Qualm immer dicker.

Hustend renne ich aus dem Haus und beuge mich nach vorne, sodass meine Arme auf den Oberschenkeln ruhen, und atme mehrmals tief durch.

Erst als ich nicht mehr das Gefühl habe zu ersticken, ziehe ich mein Mobiltelefon aus der Tasche und wähle den Notruf.

Nachdem ich dem Mann am anderen Ende der Leitung den Brand und die Adresse genannt habe, teile ich ihm mit, dass es durchaus möglich ist, dass sich noch eine Frau in dem Haus befindet.

Meine Intuition verrät mir, dass Klara sich in diesem Gebäude aufhält. Da ich weiß, dass jede Sekunde zählt, warte ich nicht auf die Feuerwehr, sondern hole erneut tief Luft und wage mich wieder in das Haus. Die Sicht ist jetzt erheblich schlechter als noch vor wenigen Minuten, die Flammen lecken bereits an der mit Holz vertäfelten Decke. Es wird nicht mehr lange dauern und dann ist die Patisserie nicht mehr zu betreten.

So laut ich kann, schreie ich immer wieder ihren Namen.

„Klara! Klara!“ Vor Sorge um mein Mädchen bricht mir fast die Stimme.

Alleine die Vorstellung, dass sie sich irgendwo da drinnen befindet, lässt mich vor Sorge fast in die Knie gehen.

Da ich nichts sehe, taste ich mich durch die Dunkelheit – ich finde sie einfach nicht.

Wieder Richtung Türe gehend, stoße ich mit meinen Füßen gegen etwas Weiches, das am Boden liegt, automatisch steige ich darüber, ehe ich abrupt stoppe.

Mit wild klopfendem Herzen bücke ich mich. An meinen Fingern spüre ich lange Haare. Das ist sie – meine Intuition hat mich nicht getäuscht...

Mit den Händen unter ihre Schultern gleitend, ziehe ich sie mit aller Kraft zur Türe.

Der Rauch wird weniger, ich hole röchelnd Luft. Endlich kann ich sie sehen. Ihre Augen sind geschlossen, ihre Unterlippe ist aufgeplatzt und aus einem Cut an ihrer Stirn läuft Blut.

„Oh mein Gott, Baby!“

Ich hebe sie hoch, trage sie aus dem Haus und lege sie mit einigen Metern Sicherheitsabstand auf den Asphalt des Parkplatzes.

Panisch prüfe ich, ob sie noch atmet, lege meine Finger auf ihren Hals und ertaste einen viel zu schwachen Puls.

Wo zum Teufel bleibt nur die Feuerwehr?

Sanft streiche ich ihr über die Stirn und lasse sie nicht aus den Augen.

In meinem Leben habe ich schon viele Menschen sterben sehen, nicht wenige davon durch meine Hand. Doch jetzt habe ich zum ersten Mal in meinem Leben Angst vor der Anwesenheit des Sensenmannes. Ich werde nicht zulassen, dass ich die einzige Frau, die mir je etwas bedeutet hat, verliere.

„Komm schon, Sweety, mach deine Augen auf und sieh mich an.“

Fuck!

Wenn es darum geht, ein Leben auszulöschen, bin ich Profi, doch jetzt, wo ich eines retten will, habe ich keine Ahnung, was ich machen soll.

Vor langer Zeit habe ich mal etwas über eine stabile Seitenlage gehört, aber bei Gott, ich habe keine Ahnung, wie die angewendet wird und ob die bei einer Rauchvergiftung überhaupt hilft.

Das Heulen der sich nähernden Sirenen wird immer lauter, zum ersten Mal, seit ich mich erinnern kann, freue ich mich darüber, einen Polizeiwagen zu sehen, aber auch nur, weil direkt hinter ihm ein Rettungswagen um die Straßenkreuzung rast.

Von der Feuerwehr ist allerdings nichts zu sehen. Aber das spielt keine Rolle, von mir aus kann die ganze Stadt abbrennen, Hauptsache, Klara überlebt diese Nacht.

Ich habe keine Ahnung, welche Schäden so eine Vergiftung anrichtet, was ich aber sehr wohl weiß, ist, dass die Verletzungen in ihrem Gesicht nicht von dem Feuer stammen. Irgendjemand hat sie geschlagen.

Jetzt stelle ich mir nur die Frage, wer?

War das jemand aus dem Club?

Ist sie deshalb abgehauen?

Mit quietschenden Reifen bleiben die Bullen mitten auf der Straße stehen. Der blaue Schein ihrer Sirenen vermischt sich mit dem rötlichen Licht des Feuers. Mittlerweile haben sich die Flammen bis zum Dachstuhl hochgearbeitet. Der Rettungswagen stoppt erst direkt vor uns, der Beifahrer springt aus dem Wagen, rennt nach hinten, öffnet die Schiebetüre und eilt mit einer roten Tasche auf mich zu.

„Ich habe sie im Haus gefunden, sie ist bewusstlos."

„Wie heißt sie?"

„Klara."

Er prüft ihren Puls, ein zweiter Sanitäter kommt dazu.

Die beiden arbeiten schnell und routiniert zusammen. In dem Moment, in dem der Jüngere der beiden Klaras Top mittig zwischen ihren Brüsten aufschneidet, muss ich schon sehr mit mir kämpfen. Am liebsten würde ich ihm sämtliche Zähne ausschlagen. Da ich aber weiß, dass er das alles nur macht, um ihr zu helfen, bleibe ich ruhig.

Mittlerweile hat sie eine Sauerstoffmaske auf Nase und Mund. Ihr linker Zeigefinger steckt in einer Plastikklemme, auf einem Monitor blinken irgendwelche Zahlen.

Im Augenwinkel sehe ich zwei Bullen auf mich zukommen, meine Nackenhaare stellen sich instinktiv auf.

Erneut höre ich das schrille Kreischen von Sirenen, drei Einsatzwagen der Feuerwehr besetzen die Straße. Ich schenke ihnen keine Aufmerksamkeit. Das Einzige, was mich interessiert, ist die noch immer bewusstlose Frau, die mit nacktem Oberkörper vor mir liegt.

Ich höre, wie einer der Bullen nach Verstärkung ruft, ich schätze mal, dass die Polizisten meine Kutte gesehen und sofort Panik bekommen haben. Die Dark Devils haben nicht gerade das beste Verhältnis zu jeglicher Art von Gesetzeshütern. So wie ich meine Brüder kenne, wird es nicht mehr lange dauern, bis sie hier aufkreuzen. Dog ist, wenn es um die Sicherheit des Clubs geht, etwas paranoid, er lässt 24 Stunden am Tag den Polizeifunk abhören.

„Stehen Sie auf!"

Den Befehl des Cops ignorierend, frage ich einen der Ärzte, wie es Klara geht, ich bekomme keine Antwort.

Am liebsten würde ich meine Waffe ziehen und ihnen drohen, doch ich bin mir sicher, dass das Klara auch nicht weiterhelfen würde.

„Halten Sie Ihre Hände so, dass wir sie sehen können, und stehen Sie auf!"

„Einen Scheißdreck werde ich!"

In der einen Sekunde knie ich auf dem Boden, in der nächsten liege ich mit dem Gesicht im Dreck. Noch bevor mir die Polizisten Handschellen anlegen können, stoße ich einem von ihnen meinen Ellenbogen in die Rippen und springe auf die Füße.

„Fasst mich noch ein Mal an und ich breche euch alle Knochen."

Der etwas Dickere will gerade nach seiner Pistole greifen, als das Dröhnen mehrerer Motorräder ertönt, meine Brüder sind da – perfektes Timing.
Verunsichert sieht er zu seinem Kollegen, beide weichen einen Schritt zurück. Dass sie nicht sofort verängstigt zu ihren Streifenwagen rennen, verwundert mich. Die beiden sehen so aus, als würden sie sich gleich in die Hosen scheißen.
Besorgt sehe ich zu Klara, sie wird gerade auf eine Trage gelegt und festgeschnallt.
„Wohin bringt ihr sie?"
„In das St.-Marien-Krankenhaus."
Interessant, jetzt, wo die Bullen sich zurückgezogen haben, bekomme ich endlich mal eine Antwort auf meine Fragen.
Tom und Nick kommen auf mich zu, als sie sehen, dass mein Mädchen verletzt ist, verdüstern sich ihre Gesichter.
„Verdammt, Bro, was zur Hölle ist hier passiert?"
„Wenn ich das nur wüsste."
Nick wirft einen prüfenden Blick auf Klaras demoliertes Gesicht.
„Wer hat sie geschlagen?"
Meine Schultern rückwärts rollend lockere ich meine angespannte Muskulatur.
Aufgrund des Rauchs, den ich eingeatmet habe, kratzt jeder Atemzug.
„Ich weiß es nicht, Bro. Alles, was ich weiß, ist, dass sie heimlich von der Party verschwunden und dann hierher gekommen ist. Als ich hier angekommen bin, stand das Haus schon in Flammen, ich habe sie gesucht und bewusstlos im Flur liegend gefunden."
Tom wirft den zwei eingeschüchterten Cops einen strengen Blick zu, jetzt ist es tatsächlich so weit und die beiden verstecken sich wie ängstliche Pussys in ihrem Auto.
Nick schüttelt lachend den Kopf. „Was für Feiglinge!"
Bär, der Vizepräsident unseres Motorcycle Clubs, kommt zusammen mit Timmy zu uns, der Rettungswagen, in dem sich Klara befindet, schaltet die Sirene ein und fährt los.
„Was meinst du? Wurde sie im Club oder erst danach verprügelt?"
Nick spricht dieselbe Frage aus, die ich mir schon mindestens zwei Dutzend Mal gestellt habe, seit ich Klara aus dem Haus gerettet habe.
„Auf den Aufnahmen der Überwachungskamera vom Club konnte ich Klara nur von hinten sehen. Es ist also beides möglich. Sollte ich herausfinden, dass ein Devil oder ein Hangaround sie geschlagen hat, werde ich keine Gnade kennen."
Tom nickt zustimmend, „Gewalt gegen Frauen hat in unserem MC keinen Platz."

Bär mischt sich in das Gespräch ein.
„Egal, wie wild unsere Partys auch sein mögen, keiner von uns schlägt Frauen. Nehmen wir also einfach mal an, dass ihr die Verletzungen nicht auf unserem Gelände zugefügt worden sind. Wer also kann es gewesen sein und aus welchem Grund? Und wenn wir schon dabei sind, uns Fragen zu stellen, dann sollten wir uns auch überlegen, wie es zu dem Brand gekommen ist. Hat Klara ihn ausgelöst, weil sie unvorsichtig war, oder wurde das Feuer gelegt? Wenn es Brandstiftung ist, dann ist es durchaus möglich, dass der Feuerteufel auch derjenige ist, der deine Lady angegriffen hat."
Wie üblich überschneiden sich Bärs und meine Gedanken.
Tom flucht, dreht sich um und beobachtet, wie die Feuerwehr versucht, den Brand unter Kontrolle zu bekommen.
„Wohin wird Klara gebracht, Rex?"
„Ins St.-Marien-Krankenhaus."
Bär holt sein Handy raus und ruft seine Lady an.
Ich höre, wie er ihr in kurzen Sätzen erzählt, was passiert ist. So wie ich Lisa, seine Old Lady, kenne, wird sie sich sofort auf den Weg ins Krankenhaus machen, um nach Klara zu sehen. Dass sich die Frauen noch nicht kennengelernt haben, spielt keine Rolle. Alles, was zählt, ist, dass Bär ihr gesagt hat, dass Klara das Mädchen ist, das ich mir zur Lady nehmen will. Lisa wird in die Klinik fahren und Klara zur Seite stehen, weil Klara jetzt zu uns gehört und wir zusammenhalten. Bärs Lady ist eine wundervolle Frau, sie hat ein großes Herz. So wie ich sie und die anderen Ladys einschätze, werden sie Klara bereitwillig in ihrer Mitte aufnehmen.
Lisa ist klein und zierlich, sie hat lange blonde Haare und wirkt neben ihrem Mann wie eine Elfe. Bär ist gut zwei Meter groß, er hat breite Schultern, einen Vollbart und lange braune Haare – ein Bär eben.
Bär beendet das Gespräch und steckt sein Handy weg.
„Lisa informiert die anderen Ladys, sie machen sich sofort auf den Weg zu deinem Mädchen."
„Danke, Bro."
Er zuckt mit den Schultern.
„Nicht dafür, Alter."
So beschissen diese Nacht auch ist. Das Wissen, dass der Club mir und Klara den Rücken stärkt, ist unbezahlbar.
Erneut ertönen Sirenen, vier weitere Polizeiwagen tauchen auf – jetzt wird es interessant.
So wie ich die Bullen kenne, werden sie erst mal uns für den Brand und für Klaras Zustand verantwortlich machen wollen.

Für sie ist es ein gefundenes Fressen, dass wir am Tatort sind. Selbst wenn es noch so abwegig ist und auch wenn alle Beweise gegen uns als Täter sprechen, die Cops werden alles in ihrer Macht Stehende tun, um uns das Leben schwer zu machen.

Bärs Mundwinkel zucken amüsiert, er sieht den schmächtigen circa 160 Zentimeter großen Polizisten, der auf uns zukommt, eindringlich an.

Er hebt seine rechte Hand und tippt mit dem Finger auf das Dequiallo-Patch, das das Leder auf seiner linken Brust ziert.

Diesen Aufnäher bekommen nur Member, die sich eine heftige Prügelei mit einem Cop geliefert haben. Auch wenn sich die meisten Cops nicht wirklich in unserer Welt auskennen, was dieses Patch bedeutet, wissen sie alle.

Tom sieht Bär warnend an und geht kopfschüttelnd auf den Bullen zu.

Als Präsident der Dark Devils ist es seine Aufgabe, den MC vor Ärger zu bewahren, mal sehen, ob ihm das jetzt gelingt. Es ist mir völlig egal, was die Polizisten von mir wissen wollen, ich beantworte ihnen gerne ihre Fragen, aber ich werde mich nicht für die nächsten 24 Stunden in eine winzige Zelle sperren lassen.

Als Erstes werde ich Klara besuchen und sehen, wie es ihr geht. Wenn sie aufgewacht ist und es ihr einigermaßen gut geht, muss sie mir ein paar Fragen beantworten. Anschließend werde ich unseren Kontakt im Stadtrat aufsuchen und ihm klarmachen, dass ich den Bericht der Feuerwehr brauche. Ich muss einfach wissen, wie es zu diesem Brand kommen konnte und ob es Brandstiftung war.

Die Körperhaltung von Tom ändert sich, der Polizist, der von seinen Kollegen mittlerweile Rückendeckung bekommen hat, fällt regelrecht in sich zusammen.

Einer von ihnen greift nach seinem Funkgerät, die Gruppe löst sich auf.

Tom kommt in Begleitung von zwei Bullen auf mich zu.

Gerade als einer der Beamten etwas sagen will, bringt Tom ihn mit einem düsteren Blick zum Schweigen – interessant.

„Okay, Rex. Diese zwei Clowns hier haben ein paar Fragen an dich. Beantworte die einfach schnell, damit sich Dick und Doof wieder an die Arbeit machen können."

Keiner von uns hält gerne ein Schwätzchen mit diesen Arschlöchern, aber hin und wieder lässt es sich eben einfach nicht vermeiden.

Bär verschränkt seine muskelbepackten Arme vor der Brust, ihm ist anzusehen, dass ihm das hier alles ganz und gar nicht gefällt.

„Was können Sie uns zu dem Brand sagen?"

Fluchend sehe ich meinen Präsidenten an, echt jetzt?

Als der nur resigniert mit den Schultern zuckt, drehe ich mich wieder zu dem Polizisten um.

„Nichts. Ich kann Ihnen nichts sagen. Ich war auf der Suche nach meiner Lady ...“

„Lady? Sie reden von Frau Klara Hinz?“

Der Typ traut sich doch echt mich zu unterbrechen.

„Zum Teufel, natürlich rede ich von Klara. Wie gesagt, ich war auf der Suche nach ihr. Als ich hier angekommen bin, stand das Haus bereits in Flammen. Ich bin rein, habe alles durchsucht und sie ohnmächtig im Flur gefunden. Ich habe sie rausgetragen und die Feuerwehr gerufen. Ende der Geschichte.“

Aus dem Funkgerät des Polizisten dringt lautes Rauschen, er stellt es auf leise und widmet sich wieder mir.

„In welchem Verhältnis stehen Sie zu Frau Hinz?“

„Sie gehört mir!“

Der Cop sieht mich irritiert an.

„Sie meinen, Sie sind mit ihr verheiratet?“

So ein Idiot, wie kann man auch nur irgendetwas an meiner Aussage falsch verstehen?

„Verdammt! Hören Sie mir überhaupt zu? Ich habe nicht gesagt, dass sie meine Ehefrau ist, ich habe gesagt, dass sie mir gehört – das ist ein gewaltiger Unterschied!“

„Ein Mann kann eine Frau nicht besitzen.“

Seine Aussage bringt mich zum Lachen. Was für ein Wichser.

Klara gehört mir. Sie ist meine Frau, meine Zicke, mein Mädchen.

Die heutige Nacht hat mir gezeigt, wie viel sie mir wirklich bedeutet. Diese wenigen Minuten, in denen ich dachte, dass ich sie für immer verloren habe, waren die schlimmsten meines Lebens.

Ich werde diese Zuckerpuppe nie wieder freigeben, ich werde für sie sorgen, sie beschützen und sie ernähren. Ich werde für den Rest meines Lebens über sie wachen. Zum Teufel mit irgendwelchen verqueren Moralvorstellungen. Ja, diese Frau gehört mir, und jeder Mann, der versucht, sie mir wegzunehmen, wird meine Faust zu spüren bekommen.

„Verdammt, Bulle. Frag mich, was du wissen willst, aber verplemper nicht meine Zeit.“

Er räuspert sich und wirft einen hilfesuchenden Blick zu seinem Kollegen. Doch der hat ganz offensichtlich kein großes Interesse, sich mit uns Devils auseinanderzusetzen. Anstatt an der Befragung teilzunehmen, sieht er der Feuerwehr bei den Löscharbeiten zu. Eines steht schon mal fest, ich werde die Aufklärung dieser Angelegenheit ganz bestimmt nicht diesen hirnlosen Arschlöchern überlassen. Wer auch immer mein Mädchen geschlagen und das Feuer gelegt hat, er sollte schon mal damit anfangen, um sein Leben zu laufen ...

„Haben Sie irgendetwas Verdächtiges bemerkt?“

„Nein!“
Und selbst wenn, würde ich ihm das nicht sagen.
An dem Tag, an dem ich anfange mit der Polizei zu kooperieren, wird die Hölle zufrieren.
„Gut, dann sind wir hier fertig.“
„Aye, das sehe ich auch so.“
Jeder andere Zeuge wäre wahrscheinlich aufs Polizeirevier gebracht worden, bei einem Dark Devil scheint diese Dienstvorschrift zum Glück nicht zu gelten.
Diese Dienstwaffensheriffs hätten schon eine ganze Armee gebraucht, um mich in einen Verhörraum zu bekommen.
Die Polizisten schaffen etwas Abstand zu uns und helfen ihren Kollegen dabei, die Straße komplett abzusperren.
Immer mehr Schaulustige finden sich hinter den rot-weißen Absperrbändern ein. Das Leid anderer übt auf die meisten Menschen eine magische Faszination aus.
„Lasst uns ins St.-Marien-Krankenhaus fahren und nach deiner Lady sehen, dort können wir uns immer noch überlegen, wie wir jetzt vorgehen sollen.“
Während meine Brüder zu ihren Motorrädern gehen, beobachte ich einen Moment lang die lodernde Feuersbrunst.
Alleine das Wissen, dass Klara beinahe lebendig verbrannt wäre, verursacht mir Herzrhythmusstörungen.
Darauf bedacht, die Einsatzkräfte der Feuerwehr nicht zu stören, steige ich unter dem Absperrband durch und schnappe mir mein Motorrad, das dank des Rußes und des Löschwassers mit einer schwarzen Schicht überzogen ist.
Wenn das nicht die perfekte Strafe für den bescheuerten Prospect ist, er wird Stunden, wenn nicht sogar einen ganzen Tag dafür brauchen, meine Harley zu reinigen und anschließend wieder auf Hochglanz zu polieren.
Erst nachdem ich mein Bike zurück auf die Straße geschoben habe, steige ich auf und lasse den Motor an. Es wird Zeit, zu meiner Lady zu kommen.

9. Kapitel

Klara

Mein Hals brennt, als hätte ich Hunderte von rostigen Nägeln verschluckt, jeder Muskel in meinem Körper schmerzt und in meinem Kopf dröhnt es unangenehm.
Es fühlt sich fast so an, als hätte ich zwei Flaschen Tequila geext und wäre dann direkt gegen einen Baum gerannt.
Bei Gott, ich fühle mich gerade so richtig schön scheiße!
Ich hätte nie gedacht, dass mein Vermieter so ein abgebrühtes Arschloch ist. Er hat nicht nur das Haus angezündet, er wollte mich töten. Brunner hat mich bewusstlos geschlagen und mich dann in einem brennenden Gebäude zurückgelassen. Dass ich noch am Leben bin, ist ein echtes Wunder.
Auch wenn ich meine Augen noch nicht wieder geöffnet habe, erkenne ich am rhythmischen Piepsen der verschiedenen Geräte, der Sauerstoffmaske, die meinen Mund und meine Nase bedeckt, und am Desinfektionsmittelgeruch, dass ich in einem Krankenhaus liege.
Es ist nicht nur der körperliche Schmerz, der mich zermürbt, es ist auch das Wissen, dass es das *Klara's* nicht mehr gibt.
Das *Klara's* war nicht einfach nur irgendeine Patisserie, es war mein wahr gewordener Traum und zugleich meine Existenzgrundlage. Jetzt ist mein Laden nur noch Schutt und Asche. Ich bin pleite und habe nichts mehr ...
Gestern war ich noch im siebten Himmel. Das erste Mal seit einer kleinen Ewigkeit habe ich das Gefühl gehabt, dass es das Schicksal ausnahmsweise mal gut mit mir meint – falsch gedacht. Es scheint mich zu hassen.
Anders kann ich mir nicht erklären, warum mir das alles passiert ist. Vor 24 Stunden hatte ich meine eigene Patisserie, ich hatte grandiosen Sex, einen Mann, von dem ich dachte, dass er mich wirklich will, und es ging mir so richtig gut. Jetzt habe ich nichts mehr ... Dicke Tränen bilden sich in meinen Augenwinkeln, ich zwicke meine Lider noch fester zu und beschließe einfach wieder bewusstlos zu werden – es klappt nicht.
Das Dumme ist nur, dass ich noch nicht bereit bin, wieder die Augen zu öffnen und mich der Katastrophe, aus der mein Leben besteht, zu stellen.
Ich höre, wie die Türe aufgeht, schwere Schritte durchbrechen die Stille.

Noch bevor Rex auch nur ein Wort sagt, weiß ich, dass er es ist, ich spüre seinen eindringlichen Blick auf meinem Gesicht.
Sein gebrummtes „Oh Baby“ lässt mein Herz schneller schlagen. Jetzt fließen meine Tränen ungehindert. Ich öffne meine Augen und sehe ihn direkt an. Rex sieht genauso beschissen aus, wie ich mich gerade fühle. Schwarze Rußflecken bedecken seine Stirn und seinen Kiefer, in den Tiefen seiner schlumpfblauen Iris erkenne ich seine Sorge.
Sein Shirt ist an manchen Stellen verbrannt, seine Kutte ist schwarz.
War er etwa auch in dem brennenden Haus?
Unsicher, was ich sagen soll, wende ich den Blick ab und starre auf meine ineinander verschlungenen Finger.
Er stützt sich auf dem Bett ab und beugt sich zu mir nach unten.
„Baby, sieh mich an.“
Obwohl seine Stimme trügerisch sanft klingt, höre ich den Zorn, der darin mitschwingt.
Tief durchatmend komme ich seinem Befehl nach.
Auf seiner Stirn bilden sich zwei strenge Falten, er beißt die Zähne so fest zusammen, dass ich es knacken höre.
„Wie fühlst du dich?“
Ich hebe meine Hand und ziehe die Sauerstoffmaske von meinem Gesicht.
Heute riecht mein Rocker weder nach Motoröl noch nach Schießpulver, Rex stinkt bestialisch nach Rauch.
„Um ehrlich zu sein, furchtbar.“
Rex legt den Kopf schief, schließt die Augen und atmet tief durch. Als er mich das nächste Mal wieder ansieht, sind seine Augen beinahe schwarz.
„Es tut mir so leid, Kleines. Ich hätte bei dir sein und dich beschützen müssen.“
„Hör auf dich zu entschuldigen, es ist nicht deine Schuld, Rex.“
Er gibt ein ungläubiges Schnauben von sich. „Ach, und wessen Schuld ist es dann? Ich hätte dich auf der Party nicht aus den Augen lassen sollen. Dann hättest du nicht abhauen können und wärst somit auch nicht im *Klara's* gewesen, als das Feuer ausgebrochen ist! Aber jetzt, wo wir schon mal beim Thema sind. Was zur Hölle hast du dir nur dabei gedacht? Warum bist du ohne ein Wort gegangen?“
Seine Nasenflügel blähen sich, er bebt vor unterdrückter Wut.
Gestern waren die bösen Worte seiner Ex noch das Schlimmste für mich, jetzt, wo meine Patisserie nicht mehr existiert, komme ich mir komisch vor, Rex davon zu erzählen.
All die Zweifel, die ich gestern noch gespürt habe, sind verstummt. Ich fühle mich schlapp und kraftlos, fast schon betäubt.

Es mag sein, dass Rex es ernst mit mir meint, es kann aber auch sein, dass er mich nur als Lückenfüller benutzt hat. Es spielt keine Rolle mehr, nichts spielt mehr eine Rolle ...

„Weil mir klar geworden ist, dass das zwischen uns keine Zukunft hat. Sieh dich an, sieh mich an und dann verstehst du, was ich meine. Wir kommen aus verschiedenen Welten."

Kaum dass ich diese Worte ausgesprochen habe, bereue ich es.

In der einen Sekunde ist Rex noch der Rex, den ich kenne, in der nächsten ist er ein außer Kontrolle geratener Dark Devil, der kurz davor ist, das komplette Mobiliar des Krankenhauszimmers zu zertrümmern.

Heilige Scheiße!

Ich dachte wirklich, dass ich ihn in den vergangenen sieben Monaten oft genug wütend gesehen habe, aber jetzt realisiere ich erst, dass er sich die ganze Zeit über wirklich gut unter Kontrolle hatte.

Wie ein eingesperrter Tiger beginnt er vor dem Krankenhausbett auf und ab zu gehen. Mit seinen Händen fährt er sich immer wieder durch die Haare, ehe er mir einen kurzen Blick zuwirft und fluchend den Kopf schüttelt.

Das wiederholt er unzählige Male, ehe er am Fußende stehen bleibt. Rex murmelt leise vor sich hin, leider kann ich nicht verstehen, was er sagt.

„Das kaufe ich dir nicht ab. Das glaube ich dir nicht. Als wir zum Clubhaus gefahren sind, war noch alles okay. Und dann, *bämmm*, änderst du einfach so deine Meinung? Das ist doch Bullshit!"

Mit jedem Wort ist er lauter geworden, das *Bullshit* hat er regelrecht gebrüllt. Das schmerzhafte Pochen in meinem Kopf wird immer schlimmer.

Da ich nicht weiß, was ich sagen soll, schweige ich.

„Sag was, Klara!"

Der Muskel an seinem Kiefer zuckt, ich muss zugeben, ich hätte nicht gedacht, dass ich mich so vor Rex fürchten kann.

Verdammt, mit diesem furchteinflößenden Rocker habe ich mehr Intimität und Vertrautheit verspürt als jemals zuvor bei einem Mann. Er hat mir den Arsch versohlt und mich um den Verstand geküsst. Ich bin in seinen Armen eingeschlafen und wieder aufgewacht, und jetzt? Jetzt würde ich mich am liebsten wie ein kleines Kind unter der Bettdecke verstecken. All meinen Mut zusammennehmend, verkrieche ich mich nicht unter der Decke, sondern halte seinem Blick stand.

„Darf ich dir eine Frage stellen, Rex?"

Seine Augen verengen sich zu Schlitzen.

„Nur zu, Baby!"

„Was bin ich für dich?"
Fünf Wörter, fünf lächerliche Wörter, von deren Antwort so unfassbar viel abhängt.
„Scheiße, echt jetzt, Baby?"
Ich nicke.
„Ich bin für dich, ohne zu zögern und ohne einen Gedanken an mein eigenes Leben zu verschwenden, in ein brennendes Haus gestürmt. Vor dieser Türe stehen jetzt gerade ein Dutzend Dark Devils. Sie alle sind hier, weil sie im Gegensatz zu dir ganz genau wissen, was du für mich bist. Jeder meiner Brüder ist hier, um dich zu beschützen und um das Arschloch zu finden, das dir das angetan hat."
Er hat mich gerettet? *Wow!*
Ein Dutzend Dark Devils? *Doppel Wow!*
„Fuck, Klara. Ich habe es heute schon den Bullen erklärt und jetzt erkläre ich es dir. Du gehörst mir. Du bist mein Eigentum und ich werde dich nie wieder freigeben. Was auch immer in deinem hübschen Kopf vorgeht, es spielt keine Rolle. Du bist meine Lady!"
Dreifach wow!
Ein lauter Schluchzer entwischt mir.
Das wäre zu schön, um wahr zu sein. Aber warum sollte Rex sich ausgerechnet für mich entscheiden, wenn es in seinem Club unzählige schöne, schlanke und perfekte Frauen gibt, die nur darauf warten, dass er sie sich nimmt?
„Deine Lady? Verdammt, Rex, wie soll das jemals funktionieren?"
Unser Gespräch wird unterbrochen, ein Arzt, ich schätze ihn auf Mitte sechzig, und zwei Krankenschwestern betreten das Zimmer.
Als der Arzt bemerkt, dass ich die Sauerstoffmaske nach unten gezogen habe, sieht er mich vorwurfsvoll an.
Ohne Rex auch nur eines Blickes zu würdigen, geht er direkt auf mich zu und bleibt neben dem Bett stehen.
„Wie fühlen Sie sich, Frau Hinz?"
Psychisch oder physisch?
„Nicht so besonders."
Er nickt, als würde ihn meine Antwort nicht sonderlich überraschen.
„Setzen Sie die Maske wieder auf und ruhen Sie sich aus. Ihr Besuch muss jetzt gehen."
Rex gibt ein amüsiertes Schnauben von sich. Hoffentlich fängt er jetzt keinen Ärger an. Das Letzte, was ich gebrauchen kann, ist noch mehr Stress. Die zwei Krankenschwestern verschlingen Rex mit ihren Blicken, jede von ihnen wäre nur allzu bereit für ein Abenteuer mit ihm.
Das ist der Rex-Effekt und ganz genau das, was ich meine.

Warum will er ausgerechnet mich, wenn er verdammt noch mal jede haben kann?
Der Arzt wendet sich, nachdem er meine Vitalwerte geprüft hat, Rex zu.
„Sie und die anderen müssen jetzt gehen. Das hier ist ein Krankenhaus, hier gelten Regeln. Die Besuchszeiten stehen unten an der Pforte."
Es ist offensichtlich, dass sich die beiden Männer nicht ausstehen können, aber warum? Kennen sie sich? Oder hat mein Doc einfach ein Problem mit wild aussehenden, tätowierten, Kutten tragenden Rockern?
Rex bleibt völlig unbeeindruckt. Er geht zwei Schritte auf den Arzt zu, verschränkt seine Arme vor der Brust und sieht gelangweilt auf den Doc herab.
„Ich bleibe bei meiner Frau, solange ich es will! Wenn Sie mich rauswerfen wollen, versuchen Sie es. Wenn nicht, sollten Sie jetzt wieder gehen, Klara und ich haben noch etwas zu besprechen!"
Die Stimme meines Rockers klingt wie das dunkle Grollen eines Donners, seine Augen schießen Blitze.
„Ich werde den Sicherheitsdienst informieren."
Rex schüttelt amüsiert den Kopf.
„Tun Sie das."
Mein Arzt verlässt mit den beiden Krankenschwestern das Zimmer.
„Was ein feiges Arschloch!"
„Er hat recht, Rex, hier gibt es Regeln, an die du dich halten musst."
Er gibt ein Grunzen von sich und nimmt sich meine Hand. Nachdem er seine Finger mit den meinen verschränkt hat, beugt er sich zu mir nach unten und presst mir einen Kuss auf die Stirn.
„Keine Regel der Welt wird es schaffen, mich von dir fernzuhalten."
Ohhhhhhhhhh.
Dieser Mann schafft es immer wieder, dass ich mich in ein zitterndes Bündel bestehend aus weiblichen Fortpflanzungshormonen verwandle.
„Du musst mir sagen, was heute Nacht passiert ist! Woran erinnerst du dich?"
Sein Themenwechsel überfordert meinen lädierten Verstand.
Zitternd hole ich Luft, die Erinnerungen stürmen nur so auf mich ein. Meine Kopfschmerzen erreichen ein neues Level, um sie zu lindern, massiere ich mir die Schläfen.
„Herr Brunner hat nicht damit gerechnet, dass ich an einem Sonntag so spät in der Patisserie bin. Ich habe ihn dabei erwischt, wie er einen Kanister mit Benzin im Verkaufsraum verschüttet hat. Sein eigentlicher Plan war es, das Haus abzubrennen, damit er die Versicherungssumme kassiert und es euch nicht überschreiben muss ..."

Ich mache eine Pause, erneut steigen mir Tränen in die Augen. Mit leiser Stimme rede ich weiter.

„... Brunner war wütend auf mich, weil ich seine unzähligen Annäherungsversuche immer abgeblockt habe, er hat mich geschlagen und weil er logischerweise keine Zeugin gebraucht hat, hat er mich zurückgelassen, damit ich zusammen mit dem Haus verbrenne."

Rex' Mimik ist zu Stein erstarrt, der Ausdruck in seinen Augen kann nur als mörderisch bezeichnet werden.

„Fuck, Baby! Du weißt, wer das Haus angezündet hat, und sagst es mir erst jetzt?"

„Du hast nicht gefragt."

Er starrt mich fassungslos an.

Sein muskulöser Körper bebt vor Wut, an seinem Kiefer zuckt ein Muskel.

Plötzlich umfasst er mit seinen beiden Händen mein Gesicht, streicht mit seinen rauen Daumenkuppen über meine Wangen und sieht mich eindringlich an.

„Für das, was er dir angetan hat, werde ich ihn leiden lassen, ehe ich ihn umbringe!"

Seine Worte lassen mich erschaudern. Mir ist nur allzu bewusst, dass der Mann, in den ich mich verliebt habe, diese Worte absolut ernst meint. Rex wird meinen Vermieter umbringen. Ob es mich abschreckt, dass Rex ein Killer ist?

Bin ich verrückt, wenn ich diese Frage mit einem Nein beantworte?

Mit geblähten Nasenflügeln streift er mit seinen Lippen über die meinen, ehe er seine Zunge geschickt in meinen Mund schiebt.

Ihm hilflos ausgeliefert öffne ich meinen Mund und gebe mich ihm hin.

Unsere Zungen treffen sich, tanzen miteinander, umschlingen sich.

Sein herber Geschmack flutet meine Sinne, meine Nervenbahnen stehen unter Strom.

Das laute Piepen des Geräts, das meinen Blutdruck überwacht, wird immer schneller. Jetzt hat Rex den akustischen Beweis für seine Wirkung auf mich. In der Nähe dieses Mannes beginnt mein Herz unkontrolliert zu hämmern.

Träge wühlt er sich mit seiner Zunge durch meinen Mund. Dieser Kuss ist der beste Beweis dafür, dass ich nicht die Kraft habe, diesem Mann zu widerstehen.

Rex will mich – Rex kriegt mich, so einfach ist das.

Erst als ich völlig atemlos bin, gibt er mich knurrend wieder frei.

„Hör mal, Sweety, der Arzt wird nicht nur seine Securitydeppen schicken, sondern auch der Polizei mitteilen, dass du aufgewacht bist.

Das bedeutet, dass die Bullen hier auftauchen und dir Fragen stellen werden. Ich will, dass du ihnen nichts sagst. Verstanden?“

Ich sehe ihn verständnislos an.

„Warum? Ich muss doch eine Aussage machen.“

„Nein, Baby, das musst du nicht. Du bist meine Lady, es ist meine Aufgabe, dich zu rächen. Brunner wusste, mit wem er sich anlegt, es war seine Entscheidung. In dem Moment, in dem er die Hand gegen dich erhoben und das *Klara's* angezündet hat, hat er sein Todesurteil unterschrieben. Scheiße! Alleine, dass er dich geschlagen hat, reicht für mich aus, um ihm eine Kugel zwischen die Augen zu jagen.“

Erneut durchläuft mich ein unangenehmer Schauder.

Wieder öffnet sich die Zimmertüre, zwei Männer in schwarzen Hosen und schwarzen Hemden betreten den Raum, noch bevor sie sich uns nähern konnten, stehen urplötzlich Rex' Brüder hinter ihnen. In den Gesichtern der zwei Sicherheitsmänner breitet sich Unsicherheit aus. Die beiden wissen genau, dass sie hier nichts bewirken können.

„Gibt es ein Problem, Bro?“

Der Präsident der Dark Devils, den ich auf der Party kennengelernt habe, sieht Rex fragend an. Dieser schüttelt lachend den Kopf.

„Nein, Präs, die beiden Idioten stellen keine wirkliche Herausforderung für mich dar.“

Die zwei Securitys wechseln einen kurzen Blick, ehe sie genauso schnell aus dem Krankenzimmer verschwinden, wie sie gekommen sind. Was für ein lächerlicher Sicherheitsdienst.

Rex wendet sich an einen der Rocker, den ich noch nicht kenne.

„Schick die Ladys rein. Wir machen jetzt eine Ausfahrt.“

In den Augen von Tom blitzt es kurz auf. Er weiß sofort, was los ist.

„Bedeutet das, dass wir eine Spur haben, Bro?“

Rex nickt.

„Wir haben mehr als nur eine Spur.“

Bis auf Rex und seinen Präsidenten verlassen alle wieder das Zimmer. Drei Frauen tauchen zwischen den beiden Männern auf.

Jede von ihnen trägt eine schwarze Lederkutte.

„Bleibt bei Klara, wir postieren zwei Wachen vor der Türe. Falls was ist, ruft sofort an.“

Die Blonde von ihnen, auf ihrem Rücken steht in dicken Lettern ‚Property of Bär‘, lächelt Rex beruhigend an.

„Keine Sorge, wir werden gut auf dein Mädchen aufpassen.“

„Das weiß ich, Lisa. Danke!“

Mein Rocker geht zu mir, küsst mich zärtlich auf die Stirn und sucht meinen Blick.

„Denk dran, Zuckerpuppe, keine Bullen!“

Mit diesen Worten verlässt er zusammen mit Tom den Raum und lässt mich mit den drei Frauen zurück.

„Heilige Scheiße!“ Der Ausruf der blonden Lady, die Rex Lisa genannt hat, irritiert mich.

Eine kleine Rothaarige klopft sich lachend auf den Oberschenkel.

„Das kann man laut sagen. Unseren Rex hat es voll erwischt.“

Jetzt meldet sich die dritte Lady, eine schwarzhaarige Schönheit mit Lippenpiercing, zu Wort. „Respekt, Klara, irgendwann musst du uns erzählen, wie dir das gelungen ist.“

Obwohl ich die drei noch nie zuvor gesehen habe, mag ich sie auf Anhieb.

Bisher hatte ich keine Ahnung, wie ich mir die Old Lady eines Dark Devils vorstellen sollte.

Wahrscheinlich habe ich mit irgendwelchen bis an die Zähne bewaffneten Wonder Women gerechnet. Doch die drei scheinen auf den ersten Blick ganz normal zu sein, zumindest hat keine von ihnen eine Kalaschnikow in der Hand.

Die drei kommen lachend auf mich zu und bleiben neben mir stehen.

Lisa, die Blondine, macht den Anfang und stellt sich mir vor.

„Hi, ich bin Lisa, die Old Lady von Bär.“

Bär? Was ein seltsamer Name. Als Nächstes meldet sich die Rothaarige zu Wort.

„Ich bin Sarah, die Lady von Timmy. Und die da“, sie deutet auf die Schwarzhaarige, „ist Alexa, Kurts Lady.“

Breit grinsend winkt Alexa mir zu. Ganz offensichtlich stört sie es nicht, dass Sarah sie vorgestellt hat. Ohne falsche Scheu setzt sie sich zu mir ans Bett und stützt sich mit beiden Ellenbogen auf die harte Krankenhausmatratze.

„Wie fühlst du dich?“

In ihren blauen Augen erkenne ich, dass sie nicht nur aus Höflichkeit fragt, es interessiert sie wirklich. Eigentlich dachte ich mir, dass es mich stört, wenn die drei bleiben, jetzt hingegen bin ich froh, nicht alleine zu sein.

„Eine ehrliche Antwort?“

Sie zieht ihre perfekt gezupften Augenbrauen in die Höhe.

„Natürlich! Wir Ladys sind hoffnungslos in der Unterzahl. Wir müssen immer ehrlich zueinander sein und zusammenhalten. Verstehst du? Es ist nicht immer leicht, die Old Lady eines Dark Devils zu sein. Darum ist es besonders wichtig, dass wir Ladys immer zusammenhalten. Girls Power und so weiter, du verstehst schon!“

Und wie ich das verstehe.

„Okay, wenn ich ehrlich sein soll, dann muss ich euch aber auch sagen, dass ich keine Ahnung habe, ob ich wirklich die Lady von Rex bin. Das zwischen uns ist noch recht frisch und nicht gerade leicht ... genau genommen ist es eher ziemlich kompliziert.“

Lisa kichert und setzt sich neben meine Füße. Sie tätschelt mir die Hand und grinst mich an. „Glaube mir, Klara. Du bist seine Lady. Ich habe Rex noch nie so gesehen. Für dich hat er den ganzen Club mobilisiert. Wir wären nicht hier, wenn du nicht eine von uns wärst. Also lehn dich zurück, werd schnellstens wieder gesund und lass unsere Männer sich um die Probleme kümmern.“

Alexa nickt zustimmend. „Wenn es nicht kompliziert wäre, wäre es nicht echt.“

Das klingt einleuchtend.

Sarah stellt sich hinter Lisa und schlingt ihr in einer freundschaftlichen Geste einen Arm um die Schultern. Die drei scheinen sich echt nahezustehen.

„Und nun noch mal zur ersten Frage. Wie geht es dir?“

„Mein Kopf pocht höllisch und mein Hals brennt. Ansonsten geht es mir dafür, dass ich beinahe lebendig verbrannt wäre, erstaunlich gut.“

Alexa flucht laut. „Ich hoffe, dass unsere Männer dem Typen, der dafür verantwortlich ist, sämtliche Knochen brechen.“

Lisa nickt zuversichtlich.

„Das werden sie. Du kennst doch Rex, Gnade ist für ihn ein Fremdwort.“

Sarah sieht mich mitfühlend an.

„Soll ich einer der Schwestern sagen, dass du eine Schlaftablette willst?“

Ich schüttle verneinend den Kopf. So müde ich auch bin, schlafen will ich nicht, dafür bin ich jetzt viel zu nervös.

Mir ist klar, dass ich die drei kaum kenne, und dennoch muss ich ihnen einfach die Frage stellen, die mich am meisten beschäftigt.

„Auf der Party letzte Nacht habe ich eine Frau darüber reden hören, dass sie Rex’ Ex ist und dass sie ihn zurückhaben will. Muss ich mir wegen der Sorgen machen?“

Lisa fängt laut zu lachen an, Alexa hingegen schaut grantig.

„Hast du dieses dumme Fickstück gerade echt als Frau bezeichnet? Sie ist nichts weiter als eine Bitch mit kleinem Hirn und großen Träumen.“

Jetzt weiß ich zwar, dass Alexa keine hohe Meinung von der Frau hat, aber meine Frage wurde immer noch nicht beantwortet.

Lisa bemerkt meinen irritierten Blick.

„Wie du sicherlich gerade bemerkt hast, können sich Alexa und Luna, so heißt die Tussi, über die wir gerade reden, nicht ausstehen. Luna ist eine von den vielen Schlampen, die im Club rumhängen. Rex hat sie eine Zeit lang gevögelt, als sie dann aber angefangen hat, Ansprüche zu stellen, hat er seinen Schwanz in der Hose behalten und sie eiskalt abserviert. Glaube mir, Klara, dieses Fickstück, wie Alexa sie so passend genannt hat, ist keine Gefahr für dich!“

Vielleicht habe ich ja wirklich überreagiert?

„Seid ihr euch da sicher? Diese Luna sieht das irgendwie anders. Wenn ich sie richtig verstanden habe, glaubt sie, dass sie wirkliche Chancen bei Rex hat.“

Sarah wirft sich ihre roten Haare in einer dramatischen Geste über die linke Schulter und nickt heftig.

„Ganz sicher. Glaube mir, keiner der Männer würde jemals eine der Bitches zur Lady nehmen. Allein schon der Gedanke ist total lächerlich.“

Eine unglaubliche Erleichterung breitet sich in mir aus. Zumindest muss ich mir darüber schon mal keine Sorgen machen.

Für ein paar Minuten schweigen wir, ich muss wirklich damit kämpfen, dass mir nicht die Augen zufallen. Alexa tippt auf ihrem Handy rum und Lisa starrt gedankenverloren aus dem Fenster.

Ob sie sich Sorgen um ihren Mann macht?

Vielleicht war es falsch, dass ich Rex gesagt habe, dass mein Vermieter den Brand gelegt hat. Für solche Sachen ist nicht der MC zuständig, sondern die Polizei. Eigenjustiz ist strafbar, ich will wirklich nicht, dass Rex und seine Freunde ins Gefängnis müssen.

Kaum dass ich diesen Gedanken zu Ende gedacht habe, öffnet sich die Zimmertüre erneut. Hier geht es trotz der späten Stunde, es ist weit nach Mitternacht, zu wie auf einem Bahnhof.

Zwei Polizisten betreten das Zimmer.

Oh verdammt, was soll ich denn jetzt tun?

Den Beamten alles sagen, was ich weiß, oder doch lieber schweigen?

Das Problem an der Sache ist nur: Wenn ich eine brave Bürgerin bin und den Cops alles verrate, was ich weiß, werden die sich sofort auf den Weg zu Herrn Brunner machen und dann werden sie Rex und die anderen Rocker dabei erwischen, wie sie ihn gerade ... oh, oh ... weiter kann und mag ich echt nicht denken. Alleine die Möglichkeit, dass Rex in diesem Augenblick einen Menschen tötet, ist einfach zu heftig.

Dieser Drecksack hat verdient, was mit ihm passiert.

Mein Unterbewusstsein ist in dieser Sache definitiv auf Rex’ Seite.

Der rationale Teil meines Ichs ist sich da noch nicht so sicher.

Wir leben in einem Rechtsstaat, es gibt Gesetze, an die man sich nun mal halten muss.

„Guten Abend Frau Hinz. Wir sind gekommen, um uns mit Ihnen zu unterhalten.“

Alexa steht auf und stellt sich schützend vor mich.

„Ach, was Sie nicht sagen. Dass Sie nicht zum Bingospielen hier sind, ist uns allen klar.“

Überrascht sehe ich zu Lisa, doch die starrt die beiden Polizisten nur feindselig an.

Ganz offensichtlich sind die Ladys der Dark Devils nicht so besonders gut auf Polizisten zu sprechen.

Die Beamten wissen dank der Kutten genau, mit wem sie es zu tun haben, anscheinend haben sie kein Interesse daran, dass die Frauen ihre Männer rufen, denn sie gehen nicht auf Alexas Feindseligkeiten ein.

„Wir wollen uns mit Frau Hinz allein unterhalten, daher bitte ich Sie drei, den Raum zu verlassen.“

Sarah schnaubt laut.

„Wir gehen nirgendswo hin. Wenn Sie mit Klara reden wollen, können Sie gerne über unseren Clubanwalt einen Termin vereinbaren.“

Clubanwalt? So langsam habe ich das Gefühl, dass mir das alles über den Kopf wächst.

Fest entschlossen, dafür zu sorgen, dass die Sache hier nicht eskaliert, setze ich mich etwas aufrechter hin.

„Es ist okay, dass die Polizei mit mir reden will. Ich kann den Herren eh nichts sagen, leider kann ich mich an nichts erinnern.“

Einer der Cops sieht mir über Alexas Schulter hinweg direkt in die Augen.

„Was ist das Letzte, woran Sie sich erinnern können, Frau Hinz?“

„Ähm, ich weiß noch, dass ich in der Backstube gestanden bin und ein neues Pralinenrezept ausprobieren wollte.“

Falls der Beamte bemerkt, dass ich ihn anlüge, lässt er es sich nicht anmerken.

„Wie spät war es da circa?“

Nervös vergrabe ich meine Finger in der Bettdecke.

„Ich würde sagen, kurz nach 22:00 Uhr.“

Einer der Gesetzeshüter zieht einen Block aus der Innentasche seiner Jacke und notiert sich alles.

„Ist es normal, dass Sie an einem Sonntag um diese Uhrzeit in der Patisserie waren?“

Ahnt er, dass ich nicht die Wahrheit sage?

„Ich bin selbstständig und ich liebe meine Arbeit. Somit ist es nichts Außergewöhnliches.“

Zumindest war das nicht gelogen.

„Wer wusste alles, dass Sie im *Klara's* waren?“

„Niemand!“

Alexa gibt auf und setzt sich wieder zu mir ans Bett.

„Hatten Sie mit jemandem Streit oder kennen Sie jemanden, der Ihnen etwas antun will?“

Das gleichmäßige Piepen meines Pulses, das aus der viereckigen Maschine neben mir ertönt, gerät aus dem Takt und wird schneller. Die Polizisten tauschen einen wissenden Blick.

„Ähm, nein. Ich wüsste niemanden.“

Der Cop gibt sich mit dieser Antwort nicht zufrieden.

„Ganz sicher? Kein Exfreund oder Ähnliches?“

Hilfesuchend sehe ich zu Alexa, sofort steht sie wieder auf, ergreift meine Hand und sieht den Mann herausfordernd an.

„Ich bin mir sicher, dass ihr keine Lust habt, mit den beiden Wachen da draußen Bekanntschaft zu machen. Wenn ihr euch nicht augenblicklich verpisst, rufe ich sie rein und dann wird es unschön, das kann ich euch versprechen.“

Respekt! Ich würde mich niemals trauen, so mit einem Polizisten zu reden.

Das Gesicht des Beamten verliert an Farbe. Sofort ist seine Neugierde erloschen und er tritt einen Schritt zurück.

Da hat jemand ganz offensichtlich Angst vor einer Konfrontation mit den Dark Devils.

„Gut. Ähm, danke, Frau Hinz. Das waren dann erst mal genug Fragen. Gute Besserung.“

Ohne einen Blick zurück verlassen die beiden Herren den Raum.

„Danke, du hast mich gerettet!“

Sie drückt meine Finger in einer freundschaftlichen Geste.

„Jederzeit wieder. Wie vorhin schon erwähnt halten wir Ladys immer zusammen!“

Meine Kraftreserven sind endgültig erschöpft. Ich ziehe mir die Sauerstoffmaske wieder über Mund und Nase und atme mehrmals tief ein.

Ich höre, wie die eben erwähnten Wachen zu uns kommen, doch ich schaffe es nicht länger, meine Augen offen zu halten. Die Ereignisse der vergangenen Stunden fordern ihren Tribut.

Müde und kraftlos gebe ich der Erschöpfung nach und sinke in einen tiefen Schlaf. Der Traum, der mich heimsucht, ist finster und er macht mir Angst. Grelle Flammen versuchen mich zu verschlucken, Herr Brunner schlägt wild auf mich ein und die Polizei verhaftet Rex. Anscheinend versucht mein Unterbewusstsein auf diesem Weg, das Erlebte zu verarbeiten. Als ich das nächste Mal meine Augen öffne, sind die drei Ladys verschwunden, es ist taghell im Raum und ich entdecke einen schlafenden Rex neben mir auf einem der unbequemen Plastikstühle.

Rex' Anwesenheit wirkt beruhigend auf mich. So kompliziert das zwischen uns beiden auch sein mag, in der Nähe dieses Rockers fühle ich mich sicher und geborgen.

10. Kapitel

Rex

Es ist geschafft!

So schwer es mir auch gefallen ist, Brunner bis nach dem Notartermin am Leben zu lassen, für den MC hat es sich rentiert. Jetzt gehört das Grundstück uns und der Drecksack, der es gewagt hat, meine Lady zu schlagen, hat das Zeitliche gesegnet, bevor die Tinte auf den Verträgen getrocknet ist. Eigentlich wollte ich mir Zeit lassen und ihn leiden lassen, doch dafür hat meine Beherrschung nicht ausgereicht.

Erst jetzt, nachdem ich ihm erst beide Beine und anschließend das Genick gebrochen habe, fühle ich mich wieder etwas ruhiger. Nichtsdestotrotz überkommt mich jedes Mal, wenn ich daran denke, dass Klara beinahe am lebendigen Leib verbrannt ist, eine unbezwingbare Wut.

Zur Hölle!

Sobald sie aus dem Krankenhaus entlassen wird, werde ich es offiziell machen und ihr meine Kutte anziehen. Ich werde sie nicht mehr aus den Augen lassen und sie mit meinem Leben beschützen. Die nächsten Wochen werden nicht leicht.

Es gibt noch einiges, das ich mit meiner Süßen besprechen muss. Die Polizei wird, spätestens wenn sie Brunners Leiche gefunden hat, erneut bei Klara und dem MC auftauchen und lästige Fragen stellen. Fragen, auf die sie von uns keine Antworten erhalten wird.

Klara hat ihre Patisserie geliebt, es wird schwer für sie werden, den Verlust ihres Ladens zu verarbeiten. Wenn sie intelligent ist, hat sie ihre Zuckerbäckerei gut versichert.

Da mein Entschluss, dass Klara zu mir gehört, feststeht, werde ich alles in meiner Macht Stehende tun, um dafür zu sorgen, dass sie glücklich ist.

Erschöpft lehne ich mich an mein Bike und zünde mir eine Kippe an. Dank den Ladys, die noch immer bei Klara in der Klinik sind, weiß ich, dass es meiner Süßen den Umständen entsprechend gut geht und dass sie tief und fest schläft. Tom und Bär stellen sich neben mich, in ihren Gesichtern spiegelt sich pure Zufriedenheit. Mein Nacken schmerzt und meine Hände sind voller Erde. Es ist geschafft. Brunners Leiche liegt in einem Waldstück außerhalb der Stadt gut eineinhalb Meter tief unter der Erde.

„Fuck, bin ich erledigt, ich brauche dringend ein paar Stunden Schlaf.“ Mit diesen Worten verabschiedet sich Bär, er hebt die zwei Schaufeln auf und geht zu dem Transporter, mit dem er Brunner hierher transportiert hat.

Schweigend sehe ich dabei zu, wie er den Schotterweg entlangfährt und nach einer leichten Wegbiegung aus meinem Sichtfeld verschwindet.

„Fuck! So langsam werde ich wirklich zu alt für diese Scheiße.“

Lachend sehe ich meinen Präsidenten an.

„Aye, es war eine lange Nacht.“

Tom nickt.

„Lass uns von hier verschwinden.“

Einen letzten Zug von meiner Zigarette nehmend schnipse ich den Stummel in den Wald und steige auf mein Bike.

„Du fährst ins St.-Marien-Krankenhaus.“

Tom kennt mich, er weiß ganz genau, dass ich es kaum erwarten kann, nach Klara zu sehen.

„So sieht es aus.“

„Gut. Dann mach deiner Lady klar, dass sie unter gar keinen Umständen mit den Bullen reden darf. Deine Kleine muss lernen, dem MC zu vertrauen. Es muss uns gelingen, nicht mit Brunners Verschwinden in Verbindung gebracht zu werden. In den nächsten zwei Monaten stehen uns einige Geschäftsabschlüsse bevor, die dem Club eine Menge Geld einbringen werden, Geld, auf das wir angewiesen sind. Wenn wir die Bullen am Hals haben, wird es fast unmöglich, die Waffen an die Käufer auszuliefern.“

Als Präsident der Dark Devils ist es Toms Aufgabe, niemals die Interessen des Clubs aus den Augen zu verlieren, es ist also nur verständlich, dass er sich Sorgen darüber macht, ob Klara den Bullen gegenüber die Klappe hält.

„Ich habe bereits mit ihr gesprochen, sie wird nichts sagen.“

„Das ist gut, Bro, das ist gut.“

Er fährt sich mit den Händen über die Stirn und setzt sich anschließend den Helm auf.

Unser Gespräch ist hiermit beendet.

Im Krankenhaus angekommen schicke ich die zwei Wachen weg und betrete Klaras Zimmer. Lisa, Sarah und Alexa sitzen an dem kleinen Tisch im Eck und trinken aus weißen Pappbechern einen Kaffee von dem Automaten, der draußen im Flur steht.

„Hey Ladys.“ Die drei drehen sich zu mir um, Lisa steht auf und kommt auf mich zu.

„Habt ihr alles erledigt?“

„Aye, das haben wir.“

Sie nickt zufrieden.
„Das ist gut. Bleibst du hier?"
„Ja. Ich danke euch für eure Unterstützung. Dass ihr bei ihr geblieben seid, bedeutet mir wirklich viel."
Lisa trinkt ihren Kaffee aus und holt sich ihre Handtasche.
„Das ist selbstverständlich, Rex. Das weißt du auch. Davon abgesehen ist Klara wirklich toll. Sie passt gut zu dir und dem Club."
Alexa und Sarah suchen ihre Sachen zusammen und verabschieden sich von mir.
Eine Minute später bin ich mit meiner schlafenden Zuckerpuppe endlich allein.
Erschöpft fahre ich mir mit der Hand durch die Haare und stelle mich neben das Bett, in dem die Frau liegt, für die ich einen Mann getötet habe.
Obwohl sie tief und fest schläft, wirkt ihre Mimik angespannt. Es ist ihr deutlich anzusehen, dass es ihr nicht gut geht. Nicht in der Lage, der Versuchung zu widerstehen, beuge ich mich zu ihr nach unten, streiche mit meiner Nase an ihrem Hals entlang und schnuppere an ihr. Nachdem ich meiner Lady einen Kuss auf die Lippen gedrückt habe, richte ich mich wieder auf und ziehe mir einen der Stühle heran. Müde setze ich mich, lasse den Kopf in den Nacken fallen und schließe die Augen.
Mittlerweile ist es kurz nach elf Uhr vormittags, ich bin also seit über 24 Stunden wach.
Gähnend strecke ich meine Beine aus, überkreuze sie an den Knöcheln und lockere meine angespannte Muskulatur.
Der Notartermin ist erledigt, Brunner ist tot und Klara auf dem Weg der Besserung – es wird Zeit für eine Pause.

Ich weiß nicht, wie viel Zeit vergangen ist, als ich das nächste Mal meine Augen öffne. Was ich aber weiß, ist, dass Klara aufgewacht ist. Ihre grünen Augen mustern mich prüfend, ihre Lippen verziehen sich zu einem schiefen Grinsen. Das Erste, was mir auffällt, ist, dass sie ganz offensichtlich die Sauerstoffmaske nicht mehr tragen muss.
Auch das ewig piepsende Gerät ist verschwunden. Ein ganz klares Zeichen dafür, dass es ihr besser geht.
„Hey Sweety."
„Hey Rocker."
Stöhnend bringe ich meinen Körper wieder in eine aufrechte Position, reibe mir mit der Hand über die Augen und schüttle meinen Kopf, um auch das letzte bisschen Müdigkeit zu vertreiben. Ächzend stehe ich auf und gehe auf meine Lady zu.
„Wie geht es dir, Baby?"

In ihren Augen sammeln sich Tränen.
„Besser als meiner Patisserie. So viel steht schon mal fest. Ich habe dir noch gar nicht dafür gedankt, dass du mich aus dem Haus gerettet hast. Du hast mir das Leben gerettet ...“ Ihre Stimme bricht, sie schluchzt leise.
Oh Shit!
Was soll ich denn jetzt tun?
Ich kann mit einer wütenden, mit einer zickenden und mit einer glücklichen Klara umgehen, aber mit einer weinenden?
Ich beuge mich zu ihr nach unten, schlage die Decke auf und hebe sie hoch. Sofort schlingt sie mir ihre Arme um den Nacken und vergräbt ihr Gesicht an meiner Halsbeuge. Ich spüre, wie ihre Tränen auf meinen Hals tropfen, mein Herz zieht sich schmerzhaft zusammen.
Fuck! Es fühlt sich viel zu gut an, sie endlich wieder bei mir zu haben.
Mit meiner Süßen auf dem Schoß setze ich mich auf das Bett.
„Baby, du musst mir nicht danken. Glaube mir, ich habe dich aus rein egoistischen Gründen gerettet.“
Sie schnieft leise, hebt ihren Kopf und sieht mich an.
„Ach ja?“
„Natürlich, was denkst du denn? Du machst die besten Pralinen der ganzen Welt und deine Torten – für die würde ich sterben. Davon abgesehen bin ich süchtig nach deiner engen, heißen Pussy! Kann es kaum erwarten, deinen prallen Arsch zu spanken, während ich dich ficke.“
Sie boxt mir gespielt wütend gegen die Schulter.
„Kannst du nicht ein Mal ernst bleiben, Rex?“
„Glaub mir, Zuckerpuppe. Das meine ich absolut ernst!
Auch wenn sie immer noch weint, verziehen sich ihre Lippen zu einem kleinen Lächeln.
„Okay. Dann werde ich dir also glauben, dass du mich nur gerettet hast, damit du mich, während du meine Pralinen isst, ficken und mir den Po versohlen kannst.“
Ihr Kinn umfassend drehe ich ihren Kopf so, dass ich meinen Mund auf den ihren pressen kann. Stöhnend öffnet sie sich für mich, krallt ihre kleinen Finger in meine Haare und wickelt ihre Zunge um die meine.
Das, was ich gerade zu ihr gesagt habe, ist die absolute Wahrheit. Ich liebe ihr Zuckerzeug, ihre perfekte Pussy und das Gefühl, wenn meine Hand auf ihren Arsch trifft.
Selbst wenn sie sich mal wieder in eine echte Superzicke verwandelt, kann ich an nichts anderes denken als daran, sie mit meinem Mund zum Schweigen zu bringen.

Bis ich ihr begegnet bin, gab es für mich nichts Wichtigeres als die Straße, mein Bike und den Club.
Ich wollte immer nur frei und unabhängig sein, das ist mit einer Lady nicht wirklich möglich. Frauen haben die Angewohnheit, alles zu verkomplizieren. Sie wollen einen festen Wohnsitz, ein schönes Zuhause, eine Familie und eigene Kinder.
Für Klara bin ich bereit, das alles zu versuchen.
Langsam beendet sie unseren wilden Kuss.
„Rex? Kann ich dich um was bitten?“
„Fuck, Baby. Du bist der einzige Mensch auf diesem Planeten, der mich um einfach alles bitten kann.“
Sie seufzt leise und leckt sich die von unserem Kuss geschwollenen Lippen.
„Gut, dann will ich, dass du mich nach Hause bringst. Ich hasse Krankenhäuser.“
Ich sehe sie prüfend an.
„Bist du dir sicher, dass das eine gute Idee ist?“
„Ja.“
Das streitlustige Funkeln in ihren Augen verrät mir, dass sie sich von diesem Vorhaben nicht abbringen lassen wird. Und da es mir auch viel lieber ist, wenn sie in meinem Bett liegt statt auf dieser viel zu schmalen Krankenhausliege, gebe ich nach.
„Okay, Sugar, aber ich bringe dich zu mir.“
„Abgemacht.“
Sie presst mir einen nassen Kuss auf den Mund und versucht von meinem Schoß zu steigen, instinktiv halte ich sie noch etwas fester.
„Bleib, Baby. Wir müssen noch etwas besprechen.“
„Was?“
Ich hole geräuschvoll Luft und streiche mit meinen Händen über ihren Bauch.
„Es wird nur eine Frage der Zeit sein, bis die Bullen herausfinden, dass das Grundstück und das abgebrannte Haus ab jetzt dem MC gehören. Das und die Tatsache, dass dein ehemaliger Vermieter ab heute spurlos verschwunden ist, wird die Cops nervös machen. Sie werden dir eine Menge Fragen stellen und ich will, dass du keine davon beantwortest. Verstanden?“
Klara erschaudert, ich spüre, wie ihre Körperhaltung steif wird.
„Was hast du getan, Rex?“
Ich presse ihr meine Lippen auf den Scheitel, küsse ihre Haare.
„Das, was nötig gewesen ist ...“
Für eine Sekunde schweigt sie, ich kann regelrecht hören, wie sich die Gedanken in ihrem Kopf überschlagen.

„Gut. Ich werde nichts sagen, aber ich will auch keine Details wissen."
„Ich hätte dir auch keine Einzelheiten erzählt. Alles, was du wissen musst, ist, dass dir dieser Drecksack nie wieder etwas antun kann!"
Meine Hände von ihrer Mitte lösend gebe ich sie frei und erlaube ihr so den Abstand zwischen uns zu schaffen, den sie gerade offensichtlich braucht.
„Warte hier, ich werde mich um deine Entlassung kümmern."
„Danke, Rex."
„Nicht dafür."
Mit diesen Worten lasse ich sie alleine und begebe mich auf die Suche nach einer Krankenschwester.

Im Gegensatz zu mir haben Alexa, Sarah und Lisa sehr wohl daran gedacht, Klara das Nötigste ins Krankenhaus zu bringen. Dank den Ladys hat sie frische Klamotten und Toilettenartikel. Nachdem sie sich frisch geduscht und etwas angezogen hat, führe ich sie aus der Klinik. Wie nicht anders zu erwarten hat der Stationsarzt keine Schwierigkeiten gemacht, als ich ihm erklärt habe, dass ich meine Lady mitnehme.
„Geht es dir wirklich gut?"
Sie verdreht die Augen und sieht mich ungeduldig an.
„Ja, verdammt noch mal. Jetzt halt die Klappe und gib mir endlich einen Helm."
Da ist sie ja endlich wieder, meine Zicke – meine Süße war mir fast schon zu zahm.
Der Cut an ihrer Stirn wurde getapt, ansonsten hat sie bis auf eine leichte Rauchvergiftung nichts abbekommen. Der Arzt hat gemeint, dass es ihr Glück war, dass sie flach auf dem Boden lag, denn der Rauch sammelt sich zuerst an der Zimmerdecke, sodass am Boden der Sauerstoffgehalt noch recht hoch ist.
Nachdem ich ihr den Helm über den Kopf gezogen und den Verschluss an ihrem Kinn einschnappen lassen habe, streife ich mir meine Lederjacke ab und halte sie ihr hin.
„Zieh die an. Der Fahrtwind ist kalt und du hast nur ein Top an."
Sie zögert und treibt mich damit fast in den Wahnsinn.
„Deine Entscheidung, Baby. Ohne Jacke bringe ich dich nicht heim."
Murrend schlüpft sie mit ihren Händen in die Ärmel. 1:0 für mich. Ich setze mich auf meine Harley und warte darauf, dass Klara ebenfalls aufsteigt. Kaum dass sie hinter mir sitzt und ihren Körper an den meinen schmiegt, klappe ich den Ständer ein und starte den Motor.
Holy Fuck! Ich bin wirklich kein gläubiger Mensch, aber ich danke allen Göttern, dass meiner Zuckerzicke nicht mehr passiert ist.

11. Kapitel

Klara

Schnell, rücksichtslos und ohne auch nur einen Gedanken an die Straßenverkehrsordnung zu verschwenden, fährt Rex uns zu seiner Wohnung. Sein Fahrstil ist genau wie er: selbstsicher und arrogant.

Das Wissen, dass es das *Klara's* nicht mehr gibt, ist schrecklich. Einzig und allein die Tatsache, dass zumindest zwischen Rex und mir alles gut ist, hält mich auf den Beinen. Auch wenn ich so dumm war und meinen ADAC-Beitrag nicht gezahlt habe, meine Patisserie war beinahe schon überversichert.

So schrecklich der Brand auch gewesen sein mag, ich stehe nicht vor dem Ende. Es wird mich unheimlich viel Kraft, Energie und Zeit kosten, aber ich werde alles in meiner Macht Stehende tun, um das *Klara's* wieder aufzubauen. Und dieses Mal werde ich dafür sorgen, dass sich keine Kfz-Werkstatt direkt neben mir befindet.

In Rex' Wohnung angekommen lasse ich mich seufzend auf die Couch fallen.

„Autsch ..."

Da sich irgendetwas Hartes direkt unter mir befindet, stehe ich gleich wieder auf.

Auf dem schwarzen Leder des Sofas liegt ein kleines Paket. Neugierig, wie ich bin, hebe ich es hoch und schüttle es. Was scheppert da so komisch?

Nach einem neugierigen Blick auf den Absender starre ich das Päckchen überrascht an.

Was zur Hölle hat sich mein böser Dark Devil denn bitte auf Eis.de bestellt?

Kann es sein, dass für Rex unser Sexleben nicht ausgefüllt genug ist?

Bei ihm rechne ich eher damit, auf Waffen, Messer und andere gefährliche Dinge zu stoßen. Aber ganz bestimmt nicht damit, dass er sich durch einen farbenfrohen Sexshop klickt. Zu meinem Pech habe ich, wie sollte es auch anders sein, natürlich sofort wieder dieses dämliche Lied aus der Fernsehwerbung im Kopf.

Eis.de ist in der Kiste und es rappelt im Karton. Dong – dong – dong – dong – dong – dong – dong – dong –dong. Es rappelt im Karton ... Doch lieber schwarz oder bunt wie ein Bonbon ... Dong – dong – dong –dong – dong – dong – dong – dong – dong.

Unsicher, was ich jetzt machen soll, sehe ich in den Flur. Rex ist noch immer im Badezimmer unter der Dusche. Ob er sich eine von diesen ekelhaften Taschenmuschis oder so eine möchtegernrealistische Gummipuppe bestellt hat? Allein der Gedanke lässt mich erschaudern.

Schon der Name Taschenmuschi hat etwas ziemlich Widerliches.

Meine Neugierde frisst mich beinahe auf. Ich muss wissen, was sich in diesem ominösen Päckchen befindet.

Mach es einfach auf und schau nach. Schnell!

Mein Unterbewusstsein schreit mich laut an, es kann nicht verstehen, warum ich zögere. Erneut halte ich es an mein linkes Ohr und schüttle es.

„So neugierig, Sweety?“

Rex’ dunkle Stimme lässt mich zusammenzucken, vor lauter Schreck lasse ich das Päckchen fallen.

Wie ein Tiger, der seine Beute anvisiert, kommt er nackt auf mich zu. Aus seinen Haaren lösen sich einzelne Wassertropfen, die über die vielen Tattoos, die seinen Brustkorb zieren, tropfen. *Hot as Hell!*

Er bleibt direkt neben mir stehen, schlingt mir seinen Arm um die Taille und zieht mich an seinen muskulösen Körper.

Ich spüre die harten Konturen seines Glieds an meinem Po. Rex lässt sich auf die Couch sinken und zieht mich auf seinen Schoß.

„Mach es auf, Baby, alles, was sich darin befindet, habe ich sowieso für dich bestellt.“

Für mich? *Dann wohl doch keine Taschenmuschi ...*

Nervös auf meiner Unterlippe herumknabbernd ziehe ich das Klebeband ab. Der eindringliche Blick meines Rockers verbrennt mich gerade.

Den Deckel aufklappend hole ich das Knisterpapier heraus und sehe drei kleinere Verpackungen. Sie könnten genauso gut giftige Schlangen sein, durch Rex’ Nähe irgendwie gehemmt, traue ich mich nicht, eine davon zu öffnen.

Es ist wirklich nicht so, dass ich prüde bin, schließlich liebe ich meinen Duracell-Vibrator, aber es ist schon etwas anderes, wenn man von seinem Lover solche pikanten Sachen geschenkt bekommt.

„Aha, erst vor Neugierde sterben und dann nicht genug Mut haben.“

Rex nimmt mir die Entscheidung ab und legt mir eines der kleinen Päckchen in die Hand.

„Darauf freue ich mich schon ganz besonders, Baby.“

Mit wild klopfendem Herzen löse ich den dünnen Streifen Tesafilm und hole den Inhalt heraus.

Ach du heilige Scheiße!

Dieses Toy habe ich schon mehrmals in diversen Onlineshops gesehen, aber da ich mich bisher immer nur auf Dildos und Vibratoren konzentriert habe, kann ich nicht genau sagen, was das sein soll. Das Sexspielzeug sieht aus wie ein etwas dickerer Flaschenverschluss. Es ist aus Edelstahl und am oberen Ende funkelt ein schöner pinker Swarovski-Stein.

An sich sieht es sehr ästhetisch und schön aus, aber da ich ahne, in welches meiner Löcher er eingeführt werden soll, bin ich von der Größe beziehungsweise vom Durchmesser entsetzt. Wie soll dieser dicke silberne Kegel je in meinen Po passen?

Ohne Rex anzusehen, falte ich das Papier, das sich ebenfalls in der Verpackung befunden hat, auseinander und lese die Beschreibung.

Der Analplug für alle, die es hart mögen.
Hart, kühl und unnachgiebig bahnt er sich den Weg und behält dabei immer seine Form. Denn der silberfarbene Analplug ist aus rostfreiem Edelstahl gefertigt, seine Oberfläche ist kühl, glatt und so sehr gleitfreudig.

Seine spitz zulaufende Form ist perfekt, um das Einführen langsam anzugehen. Das Material nimmt schnell die Körpertemperatur an.

Farbe: Silber
Material: Edelstahl (rostfrei)
Länge 8,9 cm, Ø 3,6 cm
Inklusive Satin-Aufbewahrungsbeutel.

Die Wörter *hart* und *unnachgiebig* stechen mir regelrecht ins Auge.

Und der Durchmesser von 3,6 Zentimeter macht mir auch nicht gerade Hoffnung.

Mit rasendem Puls lasse ich den Analplug zurück in den Karton fallen.

„Keine Chance. Wenn du glaubst, dass ich mir von dir einen überdimensionalen Flaschenverschluss in den Po schieben lasse, hast du dich getäuscht, Rex. Da mache ich nicht mit. Niemals.“

Ich versuche von seinem Schoß zu steigen, doch er hält mich mit einem unnachgiebigen Griff fest.

„Keep calm, Zuckerpuppe.“

Sehr witzig, er hat leicht reden, schließlich soll das Ding in meinen Arsch.

„Lass mich sofort los, Rex!“

Sein Brustkorb vibriert vor Lachen.

„Ach, was hast du es denn plötzlich so eilig, Sweety? Wir haben noch gar nicht alles ausgepackt.“

Dieser Mann hat vielleicht Nerven.
„Den Rest kannst du behalten. Dieser Korken reicht mir schon!“
Während ich gerade echt sauer werde, findet er mich einfach nur lustig.
„Jetzt mal im Ernst, Rex. Kann es sein, dass du ein Arschfetischist bist?“
Er schnalzt laut mit der Zunge und streicht, von meiner Wut völlig unbeeindruckt, mit seiner Nase an meinem Hals entlang.
„Wenn es um deinen Arsch geht, definitiv. Deinen Po will ich spanken, küssen und ficken. Alleine die Vorstellung, wie du nackt vor mir kniest, dein Gesicht auf dem Kissen, dein Arsch in der Höhe und alles, was von dem Analplug noch sichtbar ist, ist der Glasstein. Zum Teufel, Baby! Ich schwöre dir, dass du es genießen wirst.“
Erneut versuche ich ihm zu entkommen, zwecklos.
„Deine Flaschenstöpsel-Fantasien wirst du nicht mit mir ausleben. Verstanden?“
„Ach nein, Baby? Wie wäre es mit etwas mehr Vertrauen? Mir ist noch nicht aufgefallen, dass du dich im Bett irgendwie überfordert gefühlt hast. Im Gegenteil, es hat dir gefallen, als ich dir den Arsch versohlt habe. Und es wird dir auch gefallen, diesen Buttplug für mich zu tragen.“
Seine Arroganz kennt wirklich keine Grenzen. Aber er hat recht, mit ihm hatte ich bisher den besten Sex meines Lebens.
Schweigend warte ich darauf, dass er mich loslässt.
„Komm schon, Kätzchen, zieh deine Krallen ein und lass uns die restlichen Toys auspacken. Es ist nicht alles nur für den Arsch ...“
Seine Zweideutigkeit bringt mich zum Schmunzeln. Rex schafft es immer wieder, mich in den unmöglichsten Augenblicken zum Lachen zu bringen.
„Versprochen?“
Er zwinkert mir verspielt zu und meine schlechte Laune verpufft genauso schnell, wie sie sich aufgestaut hat. Dieser Rocker ist einfach unglaublich.
In der nächsten Verpackung hat sich ein lilafarbener Glasdildo versteckt.
Sein zapfenförmiger Kopf, der mit sanften Rillen versehen ist, fühlt sich bestimmt besonders intensiv an. Alleine bei seinem Anblick zieht sich mein Unterleib erregt zusammen. Der gewellte, leicht gebogene Schaft hat den perfekten Winkel, dank meiner jahrelangen Erfahrung mit aller Art Dildos bin ich mir sicher, dass der meinen G-Punkt mit Leichtigkeit findet. Das Glas fühlt sich kalt an, im Gegensatz zu der Plastik- beziehungsweise Silikonvariante ist dieser Glasschwanz ziemlich schwer.
„Wow, Rex. Der ist wunderschön.“

„Ich dachte mir, dass er dir gefällt."
Es hat etwas unheimlich Intimes, auf Rex' Schoß zu sitzen und die Sextoys zu bewundern, die er für mich gekauft hat. Sein herber Geruch umgibt mich, sein warmer, fester Körper schirmt mich vor allen Gefahren dieser Welt ab.
Es fällt mir nur zu leicht, mich in diesen Dark Devil zu verlieben.
Fasziniert lasse ich meine Finger über die unterschiedlichen Vertiefungen, die in das Glas eingearbeitet worden sind, gleiten.
Wie es sich wohl anfühlt, wenn Rex ihn in mich einführt?
„Jetzt deine letzte Überraschung."
Seine Stimme klingt rau und kehlig, der harte Beweis seiner Erregung, die sich gegen meinen Po drückt, verrät mir, dass er es ebenfalls kaum erwarten kann, all diese Spielsachen auszuprobieren.
Schweißperlen bilden sich in meinem Nacken, meine Brustwarzen ziehen sich zusammen, schwellen an. Die dritte Verpackung besteht nur aus dünnem braunem Papier.
Darin befindet sich ein schwarzes Lederpaddel, an dessen Vorderseite, die wohl auch die Schlagfläche ist, entdecke ich silberne Metallstifte. Die Fläche beträgt genau 20 x 5 Zentimeter. Woher ich das weiß? Ganz einfach, es steht auf der Folienverpackung.
Oh verdammt ...
Eigentlich sollte ich Rex jetzt anschreien, aufstehen und gehen. Aber in Wirklichkeit kann ich es kaum erwarten, dass dieses Paddel zum Einsatz kommt. Rex' Handfläche hat sich ja schon fantastisch angefühlt, wie wird es dann erst sein, wenn er meinen Po damit zum Glühen bringt?
„Also, Baby, was sagst du? Bist du bereit für mich?"
Ich schlucke schwer, mein Slip ist bereits vor lauter Vorfreude feucht und klebt an meinen Schamlippen.
Mit wild klopfendem Herzen stehe ich auf, stütze mich mit meinen Handflächen an seinen Knien ab und beuge mich zu ihm hinunter. Meinem Rocker tief in die Augen sehend, lecke ich mir die Lippen und raune ihm verführerisch fünf Wörter zu.
„Keep calm and spank me!"
Auf seine Reaktion muss ich nicht lange warten, aus seiner Kehle löst sich ein animalisches Knurren, seine Pupillen weiten sich.
Eine Sekunde später hänge ich Kopf nach unten über seiner Schulter. Rex schnappt sich den Karton mit den Toys und trägt mich in sein Schlafzimmer – jetzt wird es ernst.
Lachend verpasse ich seinem knackigen Arsch einen harten Schlag.
„Tob dich ruhig aus, Zuckerpuppe, gleich wirst du diejenige sein, die den Arsch vollkriegt."
Seine Androhung löst ein dekadentes Prickeln in meinem Magen aus.

Eigentlich sollte ich jetzt bei mir zu Hause weinend am Tisch sitzen, stundenlang mit der Versicherungsgesellschaft telefonieren und nach Räumlichkeiten für die Wiedereröffnung des *Klara's* suchen. Doch anstatt zu verzweifeln, verdränge ich all den Mist, der auf mich wartet, und lasse mich von meinem Rocker in sein Bett werfen.

Vielleicht bin ich naiv, aber Rex' Nähe gibt mir die Kraft und die Hoffnung, die ich jetzt brauche. Wenn ich jetzt alleine wäre, würden mich Selbstzweifel und Existenzängste plagen, dank Rex bin ich voller Hoffnung. Dieser unverschämt gut aussehende, gefährliche und Sextoys liebende Mann steht hinter mir, er unterstützt und beschützt mich. Mit ihm an meiner Seite wird mir ein Neustart gelingen, da bin ich mir gewiss.

Kaum dass ich auf der Matratze liege, beginnt er auch schon damit, mich auszuziehen.

Nach nur wenigen Handgriffen bin ich genauso nackt wie er.

„Verdammt noch mal, Baby, du bist einfach wunderschön!"

Seine Augen verweilen hungrig auf meinen Brüsten.

Die Muskeln in seinen Armen zucken stark und ich weiß, dass er gerade um seine Selbstbeherrschung ringt.

Es verwundert mich jedes Mal aufs Neue, dass ich solch eine Wirkung auf ihn habe.

Rex ragt groß und kraftvoll über mir auf, er umkreist meine Nippel, zwirbelt und zwickt sie. Leise grollend streicht er mit seiner Hand über meinen Bauch, hinab bis zu meinem Venushügel. Rex streicht über meine Schamlippen, reibt kreisend über meinen Kitzler und entlockt mir so ein leises Wimmern.

Ich spüre seine Zähne an meinem Hals. Stöhnend drücke ich den Rücken durch und biete mich ihm an.

Feucht und pulsierend zieht sich mein Unterleib ungeduldig zusammen.

Gekonnt massiert er mit genau dem richtigen Druck meine Scheideninnenwände.

„Du bist so nass. Dein Körper kann es kaum erwarten, endlich gefickt zu werden."

Atemlos genieße ich das dekadente Spiel seiner Finger, während Rex jede meiner Reaktionen ganz genau beobachtet.

Hart, dick und verdammt groß spüre ich seinen Schwanz an der Innenseite meines Schenkels. Seine Hände legen sich um meine Knie und ziehen meine Beine bestimmend weiter auseinander. Mit geblähten Nasenflügeln und geweiteten Pupillen verschlingt er meine Pussy mit seinen Blicken.

In dieser Stellung bleibt ihm nichts verborgen.

Langsam und verspielt streicht er mit seinen Fingern über meinen Eingang, fährt die Konturen meiner Labien nach und dringt mit seinem Daumen leicht in mich ein.

Ich bin so schrecklich erregt, dass ich alleine schon fast davon komme.

Ohne sein dekadentes Fingerspiel zu unterbrechen, legt er sich zwischen meine gespreizten Beine, presst seinen Mund auf den meinen und wühlt sich mit seiner Zunge durch meinen Mund.

Zitternd reibe ich mich an ihm, fordere ihn heraus – sehne mich nach mehr.

Langsam entzieht er mir seinen Daumen, umkreist rhythmisch meinen Kitzler und verpasst meinen empfindlichen Falten einen harten Klaps.

Ich stöhne laut, schließe meine Augen und verliere mich in meiner Leidenschaft.

Jede seiner besitzergreifenden Berührungen hinterlässt eine prickelnde Spur auf meiner glühenden Haut.

Dieser Kerl, seine Finger und seine Lippen sind der absolute Wahnsinn ...

Tief in meinem Unterleib findet eine Kernschmelze statt, meinen Synapsen geht das Licht aus.

Stöhnend spreize ich meine Beine noch etwas weiter, ich kann es nicht erwarten, ihn endlich so tief wie möglich in mir zu spüren ...

Rex' Zunge umkreist meine rechte Brustwarze, saugt sie in seinen Mund und klemmt sie zwischen seine Zähne.

Knabbernd und saugend verwöhnt er meinen Nippel und schickt immer intensivere Wellen der Lust durch mein Nervensystem.

Stöhnend winde ich mich unter ihm, meine Augenlider fallen zu, als er einen weiteren Finger in meine enge Öffnung schiebt.

Atemlos presse ich ihm meine Pussy entgegen.

Heilige Mutter Gottes, dieser Mann ist der Teufel ...

Gekonnt winkelt er tief in meinem Inneren seine Finger an, sodass er bei jedem erneuten Vorstoß meinen G-Punkt touchiert.

Kreisend dringt er immer wieder in mich ein, massiert meine Klit und treibt mich in ungeahnte Höhen.

Zitternd, verschwitzt und laut schreiend stürze ich über die Klippe des Erträglichen.

Atemlos werde ich von einem heftigen Sturm verschiedener Emotionen überrollt, während ich von einem unglaublich intensiven Höhepunkt hinfortgerissen werde.

Krampfartig ziehen sich meine Zehenspitzen zusammen. Vor meinen Augen tanzen bunte Blitze.

„Yeah, Baby, du bist so weit ..."

Zwar höre ich Rex' Worte, doch mein von Hormonen überfluteter Verstand kann sie nicht verarbeiten. In der einen Sekunde liege ich noch auf dem Rücken, in der nächsten packt Rex mich und dreht mich mit Schwung auf den Bauch.

„Auf die Knie, Zuckerpuppe."

Instinktiv tue ich, was er sagt. Seine Stimme klingt rau und dunkel, in seinen Augen funkelt etwas Gefährliches.

„Was für ein Anblick. Du hast den absolut perfekten Arsch."

Mit seinen Fingern über mein Rückgrat nach unten streichend, fährt er durch den Spalt meines Pos bis hinab zu meinen klatschnassen Schamlippen. Sein Daumen verharrt auf meiner Rosette, übt leichten Druck aus.

Oh, oh ... ich habe keine Ahnung, ob ich das wirklich will.

Einerseits sehne ich mich nach dieser neuen Erfahrung, andererseits bin ich mir nicht sicher, was ich von Analsex halten soll.

Irgendwie kann ich mir nicht vorstellen, dass es sich gut anfühlt, einen Schwanz in den Po geschoben zu bekommen, vor allem dann nicht, wenn der so groß und dick ist wie der von meinem Dark Devil.

Bis vor wenigen Tagen wusstest du auch nicht, dass es sich so geil anfühlt, den Arsch versohlt zu bekommen ...

Natürlich kann sich mein Unterbewusstsein diesen durchaus berechtigten Vorwand nicht verkneifen. Und noch während ich mit mir selbst darüber diskutiere, ob ich bereit bin, mich in den Arsch ficken zu lassen, schiebt Rex mir seinen Daumen in den Po.

Instinktiv versuche ich der ungewohnten Penetration auszuweichen, doch Rex lässt mir keine Chance.

„Entspann dich, Baby."

Ich versuche es, doch mein Schließmuskel ist sich sicher, dass er Rex' Daumen nicht in sich haben will.

Gerade als ich ihm sagen will, dass wir das Projekt Flaschenstöpsel heute nicht durchziehen werden, verpasst er meiner rechten Arschbacke einen harten Schlag. Ich schreie überrascht auf, während Rex seinen Finger bis zum Anschlag in meinen Allerwertesten schiebt.

Stöhnend beiße ich mir auf die Unterlippe und atme tief ein.

„Das war unfair von dir, Dark Devil!"

Meinen Vorwurf einfach überhörend streicht er über meine von seinem Schlag glühende Haut.

„Hör mir jetzt gut zu, Baby. Du wirst erst wieder aus diesem Bett kommen, wenn nur noch der rosa Glasstein aus deinem Poloch rausschaut. Du kannst es einfach haben und mir vertrauen oder aber zicken und leiden. Es ist deine Entscheidung."

Respekt – das nenne ich mal eine Ansage.

Rex' Dominanz turnt mich unheimlich an, ich mag es, wenn er sich in einen besitzergreifenden Höhlenmenschen verwandelt. Das hat so etwas Urtümliches, etwas erotisch Primitives. Langsam zieht er seinen Daumen etwas aus mir heraus, nur um ihn einen Atemzug später wieder in mich zu schieben.

„Oh wow ..."

Rex grinst mich siegessicher an. Das Gefühl, das sich gerade in meinem Unterleib ausbreitet, ist bombastisch. Den leichten Schmerz, den ich empfinde, stufe ich als dekadent ein, die Dehnung und die Reibung lassen mich beinahe erneut kommen.

Aus meinem Mund löst sich ein lautes Stöhnen. Rex verpasst mir einen weiteren Schlag, dieses Mal auf die linke Pobacke. Ich bäume mich auf, Rex umfasst meinen Hals und drückt mich zurück auf die Matratze. Ergeben unterwerfe ich mich seiner Kontrolle – schenke ihm meinen Körper.

Plötzlich entzieht er mir seinen Daumen, ich muss total verrückt sein, aber am liebsten würde ich Rex befehlen weiterzumachen.

Mit seinen Fingern reibt er durch meinen nassen Spalt, verteilt die Feuchtigkeit auf meinem Anus.

Als Nächstes spüre ich etwas Hartes, Kaltes an meiner Rosette.

Oh verdammt, das muss der silberne Buttplug mit dem Glitzerstein sein.

„Jetzt gibt es kein Zurück mehr, Baby!"

Mein Rocker kann es ganz offensichtlich gar nicht erwarten, meinen engen Muskel aufs Äußerste zu dehnen.

Ob es wehtun wird? Ich hoffe nicht.

Du willst es, sei ehrlich, du Miststück!

Meine innere Schlampe grinst mich schadenfroh an, sie ist, wie sollte es auch anders sein, mehr als begeistert davon, dass Rex mich aus meiner Komfortzone reißt.

Kreisend und drückend schiebt mein Rocker den Podildo immer tiefer in meinen Hintern. Das Gefühl der Dehnung wird immer intensiver, meine Atmung stockt.

Verflixter Mist, wer hätte gedacht, dass 3,6 Zentimeter so verdammt dick sind?

„Lieber Gott, steh mir bei." In der Hoffnung, dass mein Stoßgebet erhört wird, obwohl es mit sexueller Unzucht zu tun hat, schließe ich meine Augen und presse die Stirn auf die Matratze.

Lust und Schmerz – Sehnsucht und Angst ...

Rex festigt seinen Griff an meinem Hals, ich spüre, wie er sich anspannt, und weiß, was jetzt passieren wird.

Der Druck an meinem Hintern wird unerträglich. Ich schreie laut auf, Rex beugt sich über mich und beißt mir in die Schulter.

Gnadenlos schiebt er das Toy bis zum Anschlag in meinen Po, der Schmerz wallt einmal kurz auf, ehe er sich in pure Lust verwandelt.

„Braves Mädchen!“

Rex’ geknurrte Worte hallen in meinem Bauch wider.

Holla, die Waldfee ...

Wir berühren uns, Haut auf Haut. Ich spüre seine Zähne an meinem Ohrläppchen knabbern, ehe er über meine Schulter leckt und mit seinen Fingern durch meine Spalte reibt.

Meine Pussy zuckt sehnsüchtig, es fühlt sich fast so an, als ob sie eifersüchtig auf meinen Arsch ist, weil dieser bereits ein Spielzeug von Rex geschenkt bekommen hat.

Prüfend spanne ich die Muskeln in meinem Unterleib an und erschaudere heftig.

Das Gefühl, das sich meiner bemächtigt, kann nur schwer in Worte gefasst werden.

Um mich zu reizen, dreht er an dem Glasstein, der sich nun zwischen meinen Pobacken befindet, ich stöhne laut.

Rex richtet sich hinter mir auf, ich kann seinen intensiven Blick regelrecht spüren.

„Fuck, Baby. Das sieht einfach nur verdammt geil aus.“

Mit seiner rauen Handfläche streicht er über meinen Rücken, mein Steißbein und meinen Hintern.

Erneut dreht er an dem Toy, meine Zehenspitzen krümmen sich ungeduldig. Ich brauche nicht mehr viel, um mich erneut in meiner Lust zu verlieren.

Ich höre, wie Rex sich hinter mir bewegt.

„Es wird Zeit für Spielzeug Nummer zwei.“

„Vergiss es. Der Glasdildo passt nie und nimmer auch noch in mich rein.“

Er lacht laut und dunkel.

„Keine Sorge, Baby, das Einzige, was ich heute noch in deine Pussy schiebe, wird mein Schwanz sein.“

Falls mich das jetzt beruhigen sollte, hat es nicht funktioniert. Rex’ Penis steht dem Glasdildo in nichts nach, die Länge und der Umfang sind beinahe identisch.

Oh, oh ... erst jetzt wird mir klar, was er da gerade gesagt hat, wenn er nicht von dem Dildo spricht, dann von dem Lederpaddel.

Seine Lippen streifen über die empfindliche Haut an meinem Po, er knabbert leicht an mir, ehe er mir einen liebevollen Kuss auf die rechte Arschbacke haucht.

Ich glaube, ich habe seinen Plan durchschaut. Erst küssen, dann schlagen und dann ficken. Meine Nerven liegen blank, Angst und Vorfreude rauschen durch meine Adern.

Hoffentlich bin ich diesem Spanking gewachsen – hoffentlich kann ich mit dem, was Rex mit mir vorhat, umgehen.

„Entspann dich, Baby."

Offensichtlich hat er bemerkt, dass meine Nerven blankliegen.

Meine Rosette krampft immer wieder um den Buttplug, was heiße Wellen durch meine Pussy schickt. Rex dringt mit zwei seiner Finger in meine Muschi ein, er tastet nach dem Plug und stimuliert meinen G-Punkt.

„Fuck, bist du jetzt eng. Ich kann es kaum erwarten, dich zu ficken."

„Dann tu es ..."

Er schnalzt laut mit der Zunge.

„Keine Chance, Baby. Erst werde ich deine Haut zum Glühen bringen."

Provozierend wackle ich mit meiner Rückseite, aus seiner Kehle löst sich ein animalisches Knurren.

„Leg deine Hände neben deinem Kopf flach auf die Matratze."

Ich komme seinem Befehl willig nach, ein Teil von mir sehnt sich nach der bittersüßen Pein. Nach einem letzten Streicheln kniet er sich hinter mich, ein heftiges Zittern lässt mich erbeben.

Ein Lufthauch – ein leises Zischen – ein heftiger Schmerz.

Mein lauter Schrei hallt durch das Schlafzimmer, ich zucke zusammen. Obwohl mir klar ist, dass Rex nicht viel Kraft in den Schlag gelegt hat, ist die Pein viel stärker, als wenn er mich einfach nur mit der Hand versohlt.

Es fühlt sich so an, als würde die Stelle, die er geschlagen hat, in Flammen aufgehen.

Das Toy in meinem Po entlockt mir trotz der Schmerzen ein lustvolles Stöhnen.

Ich bin verloren ...

Einerseits will ich ihn anschreien und ihm sagen, dass er sofort aufhören soll, andererseits hingegen sehne ich mich nach mehr – viel mehr!

Rex wartet, bis sich mein Atem wieder etwas reguliert hat, ehe er erneut das Paddel auf meinem Arsch landen lässt. Wieder schreie ich, dieses Mal schießen mir Tränen in die Augen. Ich spüre, wie meine Pussy vor Nässe überläuft, Feuchtigkeit rinnt an den Innenseiten meiner Schenkel nach unten.

„Noch drei!"

Kaum dass der Klang seiner Stimme verhallt ist, kündigt ein weiterer Lufthauch auch schon den nächsten Hieb an.

Erst empfinde ich nur einen allumfassenden Schmerz, doch dann werde ich von dem unglaublichsten Orgasmus in der Geschichte der Menschheit von den Knien gerissen. Vor meinen Augen wird es schwarz, ich stöhne, keuche und wimmere, während ich am ganzen Körper unkontrolliert zucke. Klatsch – klatsch, nach zwei weiteren Treffern lässt Rex das Paddel los und umfasst mit beiden Händen meine Hüfte. Mein lauter, fast schon verzweifelter Schrei hallt von den leeren Wänden wieder.

Wow, was für ein Erlebnis ...

„Ich muss dich lecken ..."

Ungeduldig spreizt Rex meine Schenkel.

Atemlos schüttle ich den Kopf, alleine bei der Vorstellung, seine Zunge auf meinem empfindlichen Kitzler zu spüren, verliere ich den Verstand.

Auch mein Körper kann nur ein gewisses Maß an Lust ertragen, ehe ihm die Lichter ausgehen. Meine, zugegebenermaßen nicht besonders starke, Gegenwehr ignorierend, züngelt er mit seiner rauen Zungenspitze sanft über meinen noch immer zuckenden Eingang, massiert meinen Kitzler und saugt sich an ihm fest.

Die Vibrationen seines lauten Knurrens schicken einen heißen Blitz durch meine Nervenbahnen.

Ob schon mal eine Frau an einem Cunnilingus gestorben ist?

Quälend langsam leckt er meine Scheide, knabbert an meiner empfindlichen Haut und lässt mich immer höher zu den Sternen fliegen.

Als er bemerkt, dass ich schon wieder kurz davor bin, den kleinen Tod zu sterben, lässt er gnädigerweise von mir ab.

Mit einer erschreckenden Leichtigkeit dreht er mich wieder auf den Rücken.

Zwischen meinen Beinen liegend haucht er einen sanften Kuss auf meinen Venushügel und sieht mir tief in die Augen.

Plötzlich liegen drei gefährliche Wörter auf meiner Zunge, ich brauche alle Kraft, um sie nicht laut auszusprechen.

Bei 99 Prozent aller Männer wird eine Art natürlicher Fluchtreflex ausgelöst, wenn sie das L-Wort hören. Ich schätze, bei freiheitsliebenden, unzähmbaren Rockern ist das nicht anders. Irgendwann wird der Tag, an dem ich ihm sagen kann, was ich für ihn empfinde, kommen, doch heute ist es noch zu früh dafür.

Rex knabbert ein letztes Mal an meinem Kitzler, ehe er sich aufrichtet.

Gierig lasse ich meine Augen über seinen göttlichen Körper gleiten. Am Anfang habe ich mich gewundert, warum sich ein Dark Devil die

Wörter *Passion* und *Dedication* mit schwarzer Tinte auf die Haut stechen lässt, jetzt weiß ich es. Rex ist ein sehr leidenschaftlicher Mann, der absolute Hingabe fordert.

Nach einer gefühlten Ewigkeit lasse ich meinen Blick nach unten über seinen muskulösen Bauch bis hinab zu seinem Penis gleiten. Hart und dick reckt er sich mir entgegen. Rex ist mehr als bereit, mich nach allen Regeln der Kunst zu ficken.

„Wenn du mich weiter so mit deinen Augen verschlingst, ficke ich dich, bis du das Bewusstsein verlierst."

Ich schüttle amüsiert den Kopf.

„Wirklich sehr romantisch, das muss ich dir lassen."

„Baby, Romantik ist nichts für mich. Ich erzähle dir keine Lügenmärchen über dämliche Prinzen in Strumpfhosen und Frösche, die zu Männern werden, wenn du sie küsst. Ich erzähle dir, wie perfekt, eng und geil deine Pussy ist. Ich versohle dich, bis du weinst, und verpasse deinem Arsch einen Buttplug, bevor ich dich so lange ficke, bis du vergisst, wie man das Wort Romantik buchstabiert. Wenn du mir gehörst, wird nicht immer alles einfach sein, aber ich verspreche dir, dass es echt sein wird!"

Wahnsinn! Was soll ich nur dazu sagen?

„Ähm, ich wollte eigentlich noch nie einen Prinzen, und Frösche finde ich ekelhaft."

„Braves Mädchen."

Er legt sich auf mich, seine Lippen streifen über meine Schläfe, während er sich zwischen meine gespreizten Schenkel kniet.

Seine dicke Eichel reibt über meinen Eingang, er dreht den Stöpsel in meinem Po und schiebt sich Zentimeter für Zentimeter in mich.

Ohhhhwooooohhaaaaahhhhhhhhhhuuuuuhhhhh ...

So viel zum Thema Doppelpenetration.

Unsere Blicke verschmelzen, während er sich immer und immer tiefer in mich stößt. Sein breiter Penis dehnt meinen Körper bis aufs Äußerste.

„Sieh mich an, Baby ..."

Ich tue, was er sagt.

Unser Atem vermischt sich, während er sich bis zum Anschlag in mich rammt.

„Deine Pussy ist das reinste Paradies!"

Seine Stöße werden härter und sein Schwanz dringt so unfassbar tief in mich ein, dass es mir den Atem raubt.

Brummend verändert er seine Position etwas, legt sich meine Füße auf die Schultern und trifft bei jedem erneuten Vorstoß meinen G-Punkt.

Rex' gnadenloser Rhythmus ist absolut perfekt.

Ich brauche nicht lange, bis vor meinen Augen alles schwarz wird.

Der Orgasmus, der über mir hereinbricht, ist so allumfassend, dass ich seinen Namen laut und heiser hinausschreie.

Die heftigen Kontraktionen, die mich erzittern lassen, sind so stark, dass ich meinen Rocker mit mir reiße. Sein Atem kommt immer schneller, seine Stöße werden heftiger, während sich sein Körper anspannt und steinhart wird.

Brüllend beginnt er mich so zu benutzen, wie er es braucht.

Keuchend beobachte ich, wie die Sehnen an seinem Hals deutlich hervortreten.

Wie ein brüllender Löwe wirft er seinen Kopf in den Nacken und verliert sich in seiner Lust ...

Das Pulsieren seines Gliedes, die Kraft seines Körpers und das Gefühl, von ihm in Besitz genommen worden zu sein, lassen mich dahinschmelzen.

Was für ein unbeschreibliches Erlebnis.

Noch bevor sein Schrei verhallt ist, zieht er das Toy aus meinem Po und schiebt sich ein letztes Mal tief in mich.

„Du gehörst mir, Klara. Nur mir! Ich werde dich verdammt noch mal nie wieder freigeben."

Erst als ich zustimmend nicke, rollt er sich von mir runter und legt sich dicht neben mich. Zutiefst befriedigt und völlig kraftlos kuschle ich mich an ihn, atme tief durch und seufze leise.

Eine angenehme Mattigkeit breitet sich in mir aus, meine Glieder werden schwer und zwischen meinen Schenkeln pocht es heiß und angenehm. Nur mein Hinterteil brennt etwas, offensichtlich muss sich mein Po an die neuen Spielsachen erst noch gewöhnen.

Wir schweigen, unsere Blicke treffen sich. Ich sehe, wie sein Gesichtsausdruck sanft wird, während er mit seiner Hand zärtlich über meine Wange streicht und mir einen federleichten Kuss auf meine wundgeküssten Lippen haucht.

„Du bist einfach unglaublich, Sweety!"

Mit meiner Fingerspitze zeichne ich die markanten Konturen seines Kiefers nach.

„Es wird dich jetzt nicht überraschen, wenn ich dir verrate, dass ich deine neuen Spielsachen gar nicht mehr so schlecht finde. Oder?"

Rex schüttelt amüsiert den Kopf und lacht laut.

„Nein, Baby, das überrascht mich nicht. Aber beschwer dich bloß nicht, wenn du morgen nicht mehr sitzen kannst."

So wie meine Rückseite glüht, könnte er mit dem Nicht-mehr-sitzen-Können durchaus recht haben.

Erschöpft schließe ich meine Augen und inhaliere seinen herben Geruch.

Besitzergreifend schlingt er seine Arme um meinen Körper und zieht mich noch fester an seine Brust.

Auch wenn ich jetzt eigentlich nicht darüber nachdenken will, stelle ich mir unweigerlich die Frage, wie meine Zukunft wohl aussieht. Wird es mir gelingen, das *Klara's* wieder aufzubauen? Ich hoffe es ...

„Worüber denkst du nach, Süße?“

Da ich keinen Sinn darin sehe, ihn anzulügen, sage ich ihm einfach die Wahrheit.

„Über die Zukunft.“

Er stützt sich auf seinen Ellenbogen auf und sieht zu mir herab.

„Mach dir deswegen keine Sorgen, Baby. Ich bin an deiner Seite und helfe dir. Zusammen schaffen wir das!“

Das klingt zu schön, um wahr zu sein, aber meint er das auch wirklich ernst?

„Das hoffe ich. Diese Patisserie ist mein absoluter Traum. Alleine das Wissen, dass ich alles verloren habe, raubt mir fast die Luft zum Atmen.“

Tränen steigen mir in die Augen, plötzlich trifft mich die Realität mit voller Wucht.

„Baby, das Feuer hat nicht deinen Traum zerstört, sondern nur den Ort, an dem du diesen Traum leben wolltest.“

Wer hätte gedacht, dass mein Dark Devil so einfühlsam sein kann?

„Aber jetzt muss ich eine neue Immobilie finden, die sich für eine Patisserie eignet.“

„Aye, und ich werde dir dabei helfen. Der Club kennt viele Leute, das wird schneller gehen, als du denkst.“

So wie Rex sich benimmt und so wie er redet, werden meine Zweifel immer leiser, ehe sie ganz verstummen.

Für eine Weile sagt keiner von uns ein Wort.

„Ich werde immer bei dir sein, Kleines. Versprochen!“

„Immer?“

Er legt den Kopf schief und streicht mit seiner Hand über meinen entblößten Rücken, ehe er mit seinen langen Fingern meinen Nacken schließt. Diese Geste sorgt dafür, dass ich mich klein und zerbrechlich fühle. Aber sie zeigt mir auch, dass ich ihm vertrauen kann und dass es okay ist, wenn er die Kontrolle übernimmt.

Zärtlich streiche ich mit meinen Fingerspitzen über seine Schulter und sehe ihn an.

„Immer, Baby!“

Erneut muss ich mich beherrschen, um Rex nicht meine Liebe zu gestehen.

Der Moment wäre geradezu perfekt und dennoch habe ich panische Angst davor, ihn mit diesem Eingeständnis zu verschrecken. Die ganze Situation wäre um einiges unkomplizierter, wenn ich meine Emotionen kontrollieren könnte. Aber das kann ich leider nicht.

12. Kapitel

Rex

Die vergangene Woche war die Hölle.

Klara ist seit Tagen völlig durch den Wind. Sie hat sich in den Kopf gesetzt, ihre Patisserie in Rekordgeschwindigkeit wiederzueröffnen, aber das funktioniert nun mal nicht.

Jetzt ist sie seit Stunden mit einem Makler unterwegs, um sich verschiedene Ladenräume anzusehen. Am Anfang hat die Versicherungsgesellschaft noch versucht meiner Süßen Probleme zu machen, sie wollten mit der Auszahlung der Versicherungssumme auf den abschließenden Bericht der Polizei warten. So wie ich das sehe, wollten sie Klara hinhalten, da der Brand vorsätzlich gelegt wurde. Nach einem kurzen Besuch von mir und meinen Brüdern hat sich die Versicherung dazu durchringen können, bei Frau Klara Hinz eine Ausnahme zu machen.

Wer behauptet, dass Gewalt keine Lösung ist, hat in meinen Augen keine Ahnung davon, wie die Welt funktioniert.

Die Polizei war mittlerweile schon zweimal bei mir an der Werkstatt, bis jetzt scheinen sie auf der Suche nach Herrn Brunner keinen Schritt vorangekommen zu sein – wenn alles nach Plan läuft, wird das auch so bleiben.

Nick rammt mir seinen Ellenbogen in die Rippen und reißt mich so aus meinen Überlegungen.

„Fuck, Bro, langweilen wir dich etwa?“

Tom sieht mich quer über den Tisch hinweg an.

„Sorry, Präs, ich bin voll da.“

Nick gibt ein trockenes Lachen von sich.

„Scheiße, Alter, du warst grad meilenweit weg.“

Bär grunzt zustimmend.

„Wahrscheinlich hatte er gerade einen Kopffick mit seiner Zicke.“

Grollend springe ich vom Stuhl auf, einzig der drohende Blick meines Präsidenten hält mich davon ab, Bär eine zu verpassen.

„Setz dich, Bro.“

Fluchend sinke ich zurück.

„Wir haben uns gerade über die nächste Waffenlieferung unterhalten. Es war deine Aufgabe, eine sichere Route rauszusuchen. Hast du das getan?“

Einen letzten wütenden Blick zu Bär werfend beantworte ich Tom seine Frage.

„Aye, Bro, das habe ich.“

„Gut. Die besprechen wir später. Jetzt lasst uns zum nächsten Punkt auf der Tagesordnung kommen. In einem unserer Stripclubs wurden in den letzten drei Wochen vier unserer Mädchen angegriffen. Zwei von ihnen so schwer, dass sie ins Krankenhaus mussten. Wir müssen die Security erhöhen. Verängstigte Girls machen keinen Umsatz."

Mit der rechten Hand kneife ich mir in den Nasenrücken.

„Diese Scheiße nimmt einfach kein Ende. Es gibt einfach zu viele Wichser, die glauben, dass sie ihre perversen Fantasien in unseren Clubs ausleben können."

Der Präsident der Dark Devils nickt zustimmend.

„So ist es, Bro. Und es ist deine Aufgabe, diesen Drecksäcken klarzumachen, dass sie unsere Mädels mit Respekt behandeln müssen, wenn sie an ihrem Leben hängen. Timmy sitzt seit Stunden an den Aufzeichnungen unserer Überwachungskameras. Es wird nicht mehr lange dauern, bis wir wissen, wer sich danebenbenommen hat."

Nickt reibt sich voller Vorfreude die Hände, er kann es offensichtlich kaum erwarten, mal wieder eine ordentliche Schlägerei anzuzetteln.

„Alles klar, Präs. Sobald ihr mehr wisst, gebt mir Bescheid. Nick und ich werden dafür sorgen, dass unsere Nutten und die Tänzerinnen sicher sind."

Tom nickt zufrieden.

Bär zündet sich eine Kippe an, lehnt sich entspannt zurück und sieht mich an.

„Sucht Klara immer noch nach neuen Ladenräumen?"

„Ja. Ist nicht so leicht, was Passendes zu finden."

„Mir ist eingefallen, dass einer unserer Läden leer steht. Vielleicht wäre der was für sie."

Bär kümmert sich um die Immobilien und die Finanzen des MCs.

„Das klingt nicht schlecht. Wenn der Club ihr neuer Vermieter ist, kann so eine Scheiße wie mit Brunner gar nicht mehr passieren."

Tom nickt zustimmend.

„Lass dir von Bär den Schlüssel und die Adresse geben und dann zeig deiner Lady den Laden, Rex. Wenn er ihr gefällt, kann sie ihn haben, über die Miete reden wir, wenn sie finanziell wieder auf den Beinen steht."

Von dem großzügigen Angebot überrascht danke ich sowohl Bär als auch Tom.

Die Besprechung dauert noch eine knappe halbe Stunde, als sie endlich zu Ende ist, warte ich, bis alle das Büro verlassen haben, sodass ich mich mit ihm ungestört unter vier Augen unterhalten kann.

Tom sieht mich gespannt an.

„Was gibt's, Bro?"

Holy Fuck!

Wer hätte gedacht, dass ich eines Tages hier vor meinem Präsidenten stehe und bei ihm das Leder für meine Lady bestelle? Also ich nicht. Doch jetzt, wo es so weit ist, fühlt es sich verdammt richtig an.

„Du musst mir eine Kutte für Klara bestellen."

Da er der Präsident des Clubs ist, brauche ich seine Zustimmung, um Klara mein Leder anzuziehen.

„Betrachte es als so gut wie erledigt." Er zieht seine Kippen aus der Innentasche seiner Weste, nimmt sich eine Zigarette raus, zündet sie sich an und inhaliert genüsslich den ersten Zug.

„Danke, Bro."

„Nicht dafür, Rex!"

Ein einvernehmliches Schweigen legt sich über uns.

„Scheiße, Alter. Wer hätte gedacht, dass du dich tatsächlich für eine Old Lady entscheidest?"

Lachend schüttle ich den Kopf.

„Es muss so sein, Präs. Sie muss mir gehören oder ich verliere den Verstand!"

„Bist du dir sicher, dass das Clubleben das Richtige für sie ist?"

Nein, ganz und gar nicht, aber das werde ich Tom nicht sagen.

„Sie wird sich anpassen. Es wird eine Umstellung für sie werden, aber sie wird es schaffen. Eine andere Wahl lasse ich ihr nicht."

Tom gibt ein Grunzen von sich und lässt den Rauch seiner Kippe durch seine Nasenlöcher entweichen.

„Sorg dafür, dass sie während der nächsten Tage nicht allein ist. Bis wir die Auslieferung der Waffen hinter uns gebracht haben, sollten wir alle etwas wachsamer sein. Ich traue den Albanern nicht."

„Keine Sorge, ich passe gut auf sie auf."

Unsere Blicke treffen sich, der Präsident der Dark Devils steht auf und drückt den glühenden Stummel im Aschenbecher aus.

Mich ebenfalls erhebend ziehe ich mein vibrierendes Handy aus meiner Hosentasche. Nach einem Blick auf das Display weiß ich, dass es Klara ist. Tom bemerkt meinen Blick und flucht leise.

„Oh Bruder, du hast ja keine Ahnung, worauf du dich da einlässt."

„Damit könntest du recht haben, Präs."

Er zieht mich in eine brüderliche Umarmung und klopft mir freundschaftlich auf die Schulter.

„Ich sag dir eins, mein Freund. Eines Tages wird es dir wie mir gehen. Dir wird ein Mädchen begegnen, für das du einfach alles riskieren würdest. Und dann, dann unterhalten wir uns erneut über so etwas wie

Freiheit und Unabhängigkeit. Du wirst sehen, plötzlich hat das alles keine Bedeutung mehr."

Mit ungläubiger Miene schüttelt er abwehrend den Kopf.

„Keine Chance, Bro. Wieso sollte ich mich für eine Pussy entscheiden, wenn ich sie alle haben kann?"

„Ganz einfach, weil du nur noch sie wollen wirst!"

Mit diesen Worten lasse ich ihn stehen und nehme das Telefonat an.

In dem Augenblick, in dem ich Klaras Stimme höre, breitet sich eine angenehme Wärme in mir aus.

„Hey Baby!"

„Hi mein böser Rocker. Ich bin fertig mit der Besichtigung. Holst du mich wie vereinbart ab?"

Was für eine bescheuerte Frage. Als ob ich zulassen würde, dass dieser schleimige Makler sie nach Hause fährt. Klara denkt, ich wäre eifersüchtig, aber da täuscht sie sich gewaltig, ich bin besitzergreifend – ich beschütze, was mir gehört. Immer.

„Natürlich, Zuckerpuppe, ich bin in zehn Minuten da."

Ich kann es kaum erwarten, sie zu packen, zu küssen und in Besitz zu nehmen ...

Heilige Scheiße! Allein der Gedanke daran, dass Klara jemals kapiert, wie viel sie mir nach dieser kurzen Zeit schon bedeutet, lässt mich erschaudern.

Diese Zuckerzicke hat mich so dermaßen an den Eiern, sie könnte mich glatt in die Knie zwingen.

Mir den Helm aufsetzend schwinge ich mich auf mein Bike und verlasse das Gelände der Dark Devils. Es wird Zeit, mein Mädchen einzukassieren ...

13. Kapitel

Klara

Die Ladenräume, die ich gerade besichtige, sind eigentlich ganz schön, aber es fehlt ihnen der Charme und das gewisse Etwas. In den vorherigen Ladenräumen, also denen, die dank meinem Vermieter nur noch aus Schutt und Asche bestehen, hatte ich mich auf Anhieb wohlgefühlt. Gleich nachdem ich den Verkaufsraum das erste Mal betreten hatte, ist in meiner Fantasie ein Bild aufgeploppt, in dem ich die Patisserie fertig eingerichtet gesehen habe, hier hingegen sehe ich nichts.

Herr Anders, der sich mir ganz zwanglos als Ben vorgestellt hat, sieht mich geduldig an. Für meinen Geschmack ist er etwas zu freundlich. Er steht immer ein paar Zentimeter zu nah neben mir, sein Händedruck dauert einen Tick zu lange und sein Blick, tja, der verrät mir, dass er gedanklich nicht wirklich bei der Sache ist.

Auch jetzt, wo ich mich auf die Fensterbank lehne und mir das Publikum, das vor den Ladenräumen vorbeigeht, ansehe, steht er sehr dicht hinter mir, zwischen uns ist so wenig Abstand, dass ich seinen warmen Atem in meinem Nacken spüren kann. Sein zu süßes Parfüm steigt mir in die Nase, ich erschaudere unangenehm.

Bevor ich Rex begegnet bin, wäre Ben wahrscheinlich genau mein Männertyp gewesen. Der anthrazitfarbene Anzug sitzt makellos. Seine Schuhe sind perfekt aufpoliert, er trägt eine Rolex und fährt einen dicken Audi. Alles in allem passt das Gesamtbild – er ist ein erfolgreicher Mann in seinen besten Jahren, der finanziell gut abgesichert ist. Im Gegensatz zu meinem Rocker ist Ben sogar perfekt rasiert, etwas, worauf ich früher besonders großen Wert gelegt habe. Jetzt hingegen ist mir dieser Anzugträger zu schleimig, zu glatt und zu brav. In den vergangenen Wochen hat sich mein Männergeschmack ganz offensichtlich verändert. Ich liebe das Gefühl, wenn Rex' kratzige Bartstoppeln über meine Haut streichen ...

Natürlich fühle ich mich von Bens Interesse geschmeichelt, aber das war es dann auch schon.

„Die Straße ist zu jeder Tageszeit gut frequentiert, es gibt also genug Kundschaft, die Sie mit Ihren Backkünsten verführen können.“

Das Wort *verführen* betont er besonders, genervt verdrehe ich die Augen.

Tief durchatmend drehe ich mich zu ihm um und zwinge mich dazu, weiterhin freundlich zu bleiben.

„Das mag sein, dennoch bin ich mir sicher, dass ich in diesen Räumen das *Klara's* nicht wiedereröffnen will. Hier passt ein Schuhgeschäft oder

Ähnliches rein, aber keine Patisserie. Wissen Sie, Ben, ich hatte Ihnen ganz genau gesagt, nach was für einer Immobilie ich suche. Ich brauche eine Backstube oder zumindest einen Raum, den ich dazu umfunktionieren kann. Ganz davon abgesehen müssen die Räume auch den Anforderungen des Gesundheitsamts gerecht werden."

Ganz der kompetente Makler, der er nun einmal ist, rutscht das professionelle Lächeln, das er irgendwie immer im Gesicht hängen hat, nicht von seinen Lippen, im Gegenteil, es wird, falls überhaupt möglich, noch etwas breiter. Jetzt erinnert er mich an diese ewig grinsenden Idioten aus der Zahnpastawerbung, die ununterbrochen in irgendwelche Äpfel beißen ...

„Hören Sie, Klara, wie wäre es, wenn ich Sie heute Abend zum Italiener einlade, dort können Sie mir in einer entspannten Atmosphäre noch mal genauer erklären, nach was Sie genau suchen."

Er kommt mir noch näher, meine Nackenhaare stellen sich auf. Mit seinen Fingern streicht er mir über den Handrücken, ehe er weiterspricht.

„Ich bin mir ganz sicher, dass ich in meinem Repertoire habe, was Sie brauchen."

Sein letzter Satz klingt verdammt zweideutig, am liebsten würde ich ihm jetzt eine schmieren.

Ich ziehe meine Hand zurück und schaffe etwas Abstand zwischen uns.

„Danke für das Angebot. Aber den heutigen Abend verbringe ich mit meinem Freund."

Der im Übrigen ein Dark Devil ist und der dir mit Freude sämtliche Knochen bricht, wenn du mich noch mal antatschst!

Meine Beherrschung reicht gerade so noch aus, damit es mir gelingt, mir den letzten Teil nur zu denken und nicht laut auszusprechen.

„Wie wäre es dann mit jetzt sofort? Ich bin, wenn es um Sie geht, für alles offen, Klara."

Ach du heilige Scheiße! Echt jetzt ...

„Danke, aber ich kann wirklich nicht."

Bens Augen verengen sich zu Schlitzen, er ist über meine erneute Abweisung ganz offensichtlich nicht besonders glücklich.

Mit einem Räuspern richtet er sich zu seiner vollen Größe auf und packt mich am rechten Oberarm.

„Wenn Sie nicht genug Zeit für mich erübrigen können, bin ich mir nicht sicher, ob ich die richtige Immobilie für Sie finden kann. Wollen Sie das, Klara?"

Dieses blöde Arschloch. Er weiß ganz genau, dass gute Ladenräume in Stadtnähe absolut selten sind. Kann es sein, dass er mich unter Druck setzen will?

Ich komme ihm entgegen und erlaube ihm gewisse Freiheiten, dafür vermittelt er mir neue Ladenräume?

Prüfend erwidere ich seinen Blick. Seine Lippen sind immer noch zu dem Werbelächeln verzogen, das ich so schrecklich finde. In der letzten Zeit ist unheimlich viel passiert, was ist, wenn ich einfach übersensibel bin und in seine Aussagen Dinge hineininterpretiere, die er gar nicht meint?

Jetzt mal ehrlich, wie hoch ist schon die Chance, dass er mich so dreist anbaggert?

Seufzend beiße ich die Zähne zusammen und beschließe mich wieder abzuregen.

„Nein, natürlich nicht. Ich brauche wirklich ganz dringend einen geeigneten Laden. Ich kann nur heute nicht. Wie wäre es dann mit morgen?"

Nickend legt er den Kopf leicht schief, streckt seinen Arm nach mir aus und lässt seine Hand über meine nackte Schulter gleiten.

Oh verdammt. Warum habe ich mich nur für dieses Top entschieden? Ein Rollkragenpullover wäre jetzt trotz der sommerlichen Außentemperaturen viel besser ...

„Das freut mich zu hören. Was halten Sie davon, wenn ich Sie morgen Abend abhole? Passt Ihnen um 20:00 Uhr?"

Nein, in Wirklichkeit passt mir diese Uhrzeit gar nicht. Für ein geschäftliches Essen mit einem Makler würde ich 17:00 Uhr passend finden, um acht trifft man sich, wenn es ein Date oder so etwas ist.

Ich schlucke meine schlechte Laune runter und zwinge mich zu einem freundlichen Gesichtsausdruck.

„Ja, danke, das klingt gut."

Wahrscheinlich will Ben einfach nur nett sein und mir helfen und ich unterstelle ihm schlechte Absichten. Er zieht seine Hand zurück und nickt zufrieden.

„Sehr schön ..."

Bevor er weiterreden kann, unterbricht uns zum Glück das Klingeln seines Mobiltelefons. Er holt es aus der Tasche seines Sakkos und wirft einen prüfenden Blick auf das Display.

„Entschuldigen Sie, Klara. Da muss ich rangehen."

Da er zum Telefonieren den Raum verlässt, nutze ich meine Chance und fische schnell mein Handy aus der Seitentasche meiner Handtasche.

Schnell drücke ich auf Rex' Kontakt und warte, bis er endlich abnimmt.

„Hey Baby!"

Alleine seine Stimme zu hören, gibt mir das Gefühl von Sicherheit.

„Hi mein böser Rocker. Ich bin fertig mit der Besichtigung. Holst du mich wie vereinbart ab?“

Da Rex ein Mann ist, der gern alles unter Kontrolle hat, wollte er natürlich, bevor Ben mich abgeholt hat, wissen, wo sich das Haus befindet, das ich besichtige. Warum er auch ganz genau weiß, an welcher Adresse ich mich genau befinde.

Bis jetzt habe ich ihn immer ausgelacht, wenn er behauptet hat, dass mir mein Makler an die Wäsche will – jetzt lache ich nicht mehr ...

„Natürlich, Zuckerpuppe, ich bin in zehn Minuten da.“

Grenzenlose Erleichterung flutet meine Nervenbahnen.

Es ist verrückt, aber ich würde meinem Dark Devil, ohne zu zögern, mein Leben anvertrauen – in Rex’ Nähe fühle ich mich sicher und geborgen.

Kaum dass ich mein iPhone wieder weggesteckt hab, kommt Ben auch schon wieder zu mir zurück.

„Mit diesen Räumen sind wir fertig? Sie sind sich sicher, dass sie sich nicht eignen?“

„Ja. Hier kann ich mir das *Klara's* nicht vorstellen!“

Seinen Blick auf den gut sichtbaren Ansatz meiner Brüste tackernd, leckt er sich über die Lippen. *Das nächste Mal ziehe ich wirklich einen dicken Pullover an ...*

Okay. Langsam glaube ich wirklich, dass ich mir nicht nur einbilde, dass er etwas von mir will. Ohne auf ihn zu warten, drehe ich mich um und mache mich auf den Weg zur Haustüre. Ich muss hier raus.

Noch bevor ich diese erreicht habe, schlingt er von hinten seine Finger um meinen Arm.

„Warten Sie noch kurz, Klara.“

Widerwillig bleibe ich stehen.

„Was gibt es denn noch?“

Falls ihm auffällt, dass ich langsam etwas unfreundlicher klinge, lässt er es sich nicht anmerken.

„Mir ist eben noch eingefallen, dass ich ein weiteres Objekt hätte, das ich Ihnen gerne zeigen möchte. Wenn Sie also noch etwas Zeit haben, können wir es gleich im Anschluss besichtigen.“

Booaahhhh, der Kerl gibt wohl nie auf.

„Danke. Aber heute habe ich wirklich keine Zeit mehr.“

Auf seiner Stirn bilden sich zwei tiefe Falten.

„Gut, wenn Sie es so wollen.“

Oh ja ...

Auf der Rückseite angekommen bleibe ich auf dem Parkplatz stehen und warte, dass Rex kommt. Als Ben bemerkt, dass ich nicht mit ihm zu seiner Audi-Limousine gehe, wirkt er verwirrt.

„Kommen Sie, Klara?“
Allein der Gedanke, mich zu ihm in das Auto setzen zu müssen, lässt mich sauer aufstoßen. Wenn mich dieser Kerl noch einmal berührt, drehe ich durch.
„Ähm, nein, ich werde von meinem Freund abgeholt. Aber danke.“
Zum ersten Mal, seit er mich abgeholt hat, rutscht das Zahnpastawerbegrinsen von seinen Lippen, er sieht mich aus zusammengekniffenen Augen an.
„Ich hoffe, Ihnen ist bewusst, dass Ihr Freund nicht dieselben Möglichkeiten hat wie ich.“
„Von welchen Möglichkeiten reden wir hier gerade?“
Ben kommt wieder auf mich zu, jetzt steht er so nah vor mir, dass meine Nase fast sein weißes Hemd berührt.
„Das wissen Sie ganz genau!“
Wütend sehe ich zu ihm nach oben, ich will zurückweichen, aber er hält mich an der Schulter fest.
Gerade als ich dem Drang, dem aufdringlichen Maklerarschloch das Knie in die Eier zu rammen, nachkommen will, ertönt ein lautes Brummen.
Erleichtert lasse ich meinen angehaltenen Atem entweichen.
„Ich bin zwar nicht sicher, von welchen Möglichkeiten Sie reden, Ben. Aber wir können das gerne mit meinem Freund persönlich besprechen.“
Das Bollern von Rex’ Harley wird lauter, ehe es verstummt.
Ben hebt seinen Kopf, ich erkenne genau den Augenblick, in dem er kapiert, dass Rex zu mir gehört. Er löst seine Hand von mir und gibt mich frei.
Erleichtert reibe ich mir über die schmerzende Stelle.
Ein Schatten fällt auf mich, Rex zieht mich von Ben weg, umfasst mein Gesicht und sieht mich eindringlich an.
„Hey, Baby, alles okay?“
„Jetzt schon.“
Mehr muss ich nicht sagen, Rex spannt seine Muskeln an und dreht sich zu meinem viel zu aufdringlichen Makler um, Ben zuckt, als er Rex’ Kutte sieht, überrascht zusammen.
Die beiden liefern sich ein heftiges Blickduell, das Rex für sich entscheidet.
„Rex. Klaras Mann!“
Mein Rocker hält Ben seine Hand entgegen. Dieser zögert kurz, ehe er sie ergreift.
„Ben. Klaras Makler.“

Mir fällt auf, dass Rex Bens Hand nicht wieder freigibt, bei genauerem Hinsehen stelle ich fest, dass Bens Finger bereits rot anlaufen, seine Mimik wirkt schmerzverzerrt.
Erst als ich schon Angst habe, dass Rex ihm die Finger bricht, gibt er die Hand wieder frei.
Ich denke, Ben hat mittlerweile begriffen, dass Rex' Möglichkeiten die seinen bei Weitem übersteigen.
Ben schüttelt unauffällig seine Hand aus, Rex wirkt zufrieden.
„Ich bin hier, um mein Mädchen abzuholen."
Mit diesen Worten lässt er Ben stehen, dreht sich wieder zu mir um und platziert seine Hand direkt auf meinem Arsch. Kraftvoll zieht er mich an sich und presst mir seine Lippen auf den Mund. Er küsst mich hart, tief und gnadenlos. Am Anfang bin ich noch etwas gehemmt, weil ich ja weiß, dass Ben uns beobachtet, doch dann vergesse ich alles um mich herum und schmelze dahin. Mir ist klar, was Rex da gerade macht, er markiert mich als sein Eigentum. Erst als ich atemlos bin, löst Rex sich wieder von mir. Ohne Ben eines weiteren Blickes zu würdigen, zieht er mich zu seinem Bike, verpasst meinem Po einen Klaps und reicht mir seinen Helm.
Mit Schwung setzt er sich auf sein Motorrad und startet den Motor.
„Komm, Baby, ich kann es gar nicht erwarten, dich endlich unter mir liegen zu haben."
Seine Worte lösen ein heftiges Prickeln in meinem Bauch aus. Ohne zu zögern, setze ich mich hinter Rex auf sein Bike und schlinge ihm meine Arme um die Taille.
„Danke, dass du ihm klargemacht hast, zu wem ich gehöre, und danke, dass du ihn am Leben gelassen hast."
Er streicht mit seiner Hand über meinen Oberschenkel.
„Jederzeit wieder, Baby! Und das mit dem *Am-Leben-Lassen* kommt darauf an, ob er dich in Zukunft noch mal anfasst!"
Mit diesen Worten gibt er Gas, ich kralle meine Finger fester in das Leder seiner Kutte und genieße das kraftvolle Vibrieren zwischen meinen Beinen.
Es hat definitiv Vorteile, zu einem Dark Devil zu gehören.

14. Kapitel

Rex

Während ich uns auf dem kürzesten Weg zum Club fahre, um den Schlüssel zu der Immobilie zu holen, von der Bär geredet hat, versuche ich mich wieder etwas zu beruhigen. Alleine die Tatsache, dass Klara dabei war, hat ihren Makler davor bewahrt, ein paar Zähne zu schlucken. Gott, wie sehr ich es hasse, wenn sich andere Männer an meine Lady ranmachen. Als Klara bemerkt, wohin wir fahren, verspannt sie sich.

Obwohl es jetzt schon mehrere Tage her ist, hat sie mir noch immer nicht verraten, was sie damals dazu gebracht hat, einfach von der Party zu verschwinden. Es ist offensichtlich, dass sich meine Süße nicht auf dem Clubgelände der Dark Devils wohlfühlt.

Die Frage ist nur: Warum?

Zur Hölle! Es muss mir gelingen, herauszufinden, was damals vorgefallen ist.

Dass ich Klara zu meiner Old Lady ernenne, steht fest, es würde mein Leben nur unheimlich erleichtern, wenn Klara mit dem Club klarkäme.

Eine Old Lady, die den MC nicht mag ... so etwas darf es einfach nicht geben!

Nachdem ich das Tor passiert habe, parke ich mein Bike neben der Eingangstüre und warte, bis Klara absteigt.

„Was machen wir hier? Ich dachte, du bringst mich heim?“

„Ich muss noch etwas holen. Dauert nicht lang.“

Als sie immer noch keine Anstalten macht abzusteigen, klopfe ich ihr aufmunternd auf den Oberschenkel.

„Komm schon, Baby! Vielleicht ist ja eine der Ladys da.“

Tief durchatmend löst sie ihre Hände von meinem Bauch und steigt von der Harley.

Ich ziehe ihr den Helm vom Kopf, hänge ihn über den Lenker und ziehe sie mit einer besitzergreifenden Geste zu mir heran.

Meine Finger in ihren Haaren vergrabend presse ich meinen Mund auf den ihren. Ohne darauf zu warten, dass sie sich für mich öffnet, dringe ich mit meiner Zunge tief in ihren Mund ein und koste ihren Geschmack.

Klaras pralle Titten pressen sich gegen meinen Brustkorb, ihr süßer Geruch steigt mir in die Nase. *Holy Fuck!* Es kostet mich sämtliche Selbstbeherrschung, nicht wie ein wildes Tier über sie herzufallen. Mein Glied presst sich schmerzhaft gegen den unnachgiebigen Jeansstoff, leise fluchend gebe ich meine Lady wieder frei.

„Zur Hölle, Sweety, ich könnte den ganzen Tag damit verbringen, dich zu ficken.“

Ihre wundgeküssten Lippen verziehen sich zu einem zufriedenen Lächeln.

„Dann tu es, ich habe nichts dagegen, deinen Schwanz stundenlang in mir zu haben."

„Du bist unersättlich, Weib!"

Mit diesen Worten wende ich mich von ihr ab, packe ihre Hand und ziehe sie hinter mir her ins Clubhaus.

Kaum, dass wir drinnen sind, kommt uns auch schon Bär entgegen.

Als er den unnachgiebigen Griff sieht, mit dem ich sie festhalte, stößt er lachend einen lauten Pfiff aus.

„Na, Bro? Angst, dass dir deine Kleine wieder abhaut?"

„Halt's Maul, Bär. Ich kann mich noch gut an den ganzen Ärger erinnern, den Lisa dir gemacht hat. Dagegen ist Klara ja fast schon eine Heilige."

Bär ignoriert mich einfach und wendet sich Klara zu.

„Hey Zuckerpuppe. Na, wie geht es dir?"

Obwohl Bär einer der gefährlichsten Dark Devils ist – er hat fast so viele Menschen auf dem Gewissen wie ich – scheint Klara ihn zu mögen.

„Gut, danke. Nur die Immobiliensuche gestaltet sich schwieriger als gedacht. Ist Lisa auch hier?"

„Nein, die ist bei ihrer Schwester. Wegen deiner Patisserie, ich habe Rex heute von ein paar leer stehenden Räumen erzählt, die dir gefallen könnten. Das Haus, in dem sie sich befinden, gehört dem Club. Sieh sie doch mal an. Wenn sie dir gefallen, gehören sie dir."

Auf dem Gesicht meiner Süßen zeichnet sich Hoffnung ab.

„Das ist ja toll. Danke!"

Bär zuckt mit den Schultern und zündet sich eine Zigarette an.

„Kein Thema, Sugar. Als Rex' Lady gehörst du jetzt zum Club."

Er zwinkert Klara zu und macht sich auf den Weg raus in den Hof.

„Komm schon, Baby, wir holen den Schlüssel und schauen uns den Laden sofort an."

„Ist der Schlüssel das, was du noch holen wolltest?"

„Jep!"

In der einen Sekunde steht sie noch neben mir, in der nächsten hängt sie an meinem Hals und küsst mich stürmisch.

Ihre Hände gleiten unter meine Kutte, legen sich auf meinen Po.

Knurrend erwidere ich ihr wildes Zungenspiel und presse sie mit dem Rücken gegen die Wand. *Heilige Mutter Gottes ...* Wie soll es mir da gelingen, standhaft zu bleiben?

Ihren Unterleib an meinem Oberschenkel reibend, löst sich ein leises Seufzen von ihren Lippen.

„Fuck, Baby. Wenn du nicht sofort aufhörst, nehme ich dich hier und jetzt."
Sie leckt sich die Lippen und sieht unter halb geschlossenen Lidern zu mir auf.

„Das würdest du nicht tun."

„Oh doch!"

„Aber es könnte uns jeder sehen."

Meine Süße ist heute ein richtiger Blitzmerker. Alleine die Tatsache, dass ich nicht will, dass meine Brüder sie nackt sehen, hält mich davon ab, sie über einen der Billardtische zu beugen und mich bis zum Anschlag in ihre enge Pussy zu rammen.

Bei Luna war es mir egal, wer uns beobachtet hat, sie war mir scheißegal. Bei meiner kleinen Zicke hingegen sieht das anders aus. Alleine die Vorstellung, dass einer meiner Brüder dabei zuhört, wie sie kommt, lässt mich rotsehen. Die süßen Schreie, die sie von sich gibt, wenn ich sie mit aller Kraft vögle, sind nur für meine Ohren bestimmt.
„Wenn du mich noch mal so küsst und deine Muschi an mir reibst, wird mir das egal sein."

„Oh. Gut, dann werde ich das wohl lieber lassen."

Manchmal kann Klara so herrlich naiv sein.
Zusammen gehen wir zu Toms Büro, da er nicht da ist, nehme ich mir einfach den Schlüssel aus der Schublade.

„Auch wenn ich mit dem Club bis jetzt nicht wirklich viel anfangen kann, finde ich Bär echt nett."

Nett? Echt jetzt? Bei allen Dämonen ...

Ich würde Bär mit wirklich vielen Adjektiven beschreiben: tödlich, eiskalt, gnadenlos, loyal, blutrünstig, zuverlässig etc. Das Wort nett würde ich jedoch nie benutzen.

„Deine Menschenkenntnis scheint nicht besonders stark ausgebildet zu sein!"

Sie gibt ein Schnauben von sich, an dem streitlustigen Funkeln in ihren Augen erkenne ich, dass sie kurz davor ist, einen ihrer Zickanfälle zu bekommen.

„Was willst du denn damit sagen?"
Mit dem Schlüssel in der Hand bleibe ich vor ihr stehen und sehe ihr tief in die Augen.

„Du hast gerade einen Killer als nett betitelt."

„Auch ein Killer kann nett sein. Mir hat er bisher nichts getan. Also kann ich ihn ja wohl nett finden. Oder etwa nicht?"
Diese Frau und ihre ewigen Diskussionen ...

„Dir wird er auch nie etwas tun, Baby. Du bist meine Lady. Er würde dich, wenn es darauf ankommt, mit seinem Leben beschützen."

Ihre Lippen verziehen sich zu einem siegessicheren Lächeln.
„Eben, das ist doch sogar sehr nett."
„Wenn du es so nennen willst, deine Sache."
Für Klara scheint die Debatte noch nicht beendet zu sein. Anstatt mit mir mitzugehen, bleibt sie im Türrahmen stehen.
„Und was ist mit dir? Wenn meine Menschenkenntnis wirklich so schlecht wäre, wie kann es dann sein, dass ich mich ausgerechnet für dich entschieden habe?"
Kampflustig und fest entschlossen, aus diesem Wortwechsel als Siegerin hervorzugehen, verschränkt sie ihre Arme vor der Brust und sieht mich herausfordernd an.
„Oh Baby, dieses Beispiel spielt mir direkt in die Hände."
„Wie meinst du das?"
Den Schlüssel in die Hosentasche steckend, packe ich sie an den Schultern und hebe sie hoch. Automatisch schlingt sie mir ihre Beine um die Taille. Sie mit dem Rücken gegen eine der verschlossenen Türen drückend, mustere ich sie prüfend.
Jetzt ist der richtige Zeitpunkt gekommen, um Klara die Augen zu öffnen.
„Siehst du dieses Patch?"
Ich deute mit einem Finger auf das *SGT AT ARMS*-Rangabzeichen auf meiner rechten Brust.
„Ja."
„Gut, es bedeutet, dass ich für die Sicherheit des Clubs zuständig bin.
Es ist meine Aufgabe, den MC zu bewaffnen, den Präsidenten zu beschützen und unsere Feinde auszuschalten. Ich habe in den letzten Jahren so viele Männer getötet, dass ich dir keine genaue Zahl nennen kann. Ich bin ein Killer, Baby, ich habe kein Herz und meine Seele gehört dem Teufel. Wenn du also wirklich denkst, dass deine Menschenkenntnis gut ist, nur weil du mich in dein Leben und in deinen Körper gelassen hast, dann muss ich dich enttäuschen. Es scheint dich offensichtlich zu besonders gefährlichen Männern hinzuziehen."
Sie schluckt, der Blick, mit dem sie mich ansieht, wirkt ängstlich.
„Hör mir zu, Klara. Du bist der einzige Mensch auf diesem Planeten, der nichts von mir zu befürchten hat. Ich wollte dich nicht erschrecken, aber es kann auch nicht schaden, wenn du weißt, wessen Eigentum du bist."
Schweigend sehen wir uns an, sie streicht mit ihren Händen über meine Schultern, platziert ihre rechte Handfläche unter meiner Kutte direkt über meinem Herzen.
„Für mich spielt es keine Rolle, ob du ein Mörder bist. Ich vertraue dir, Rex. Ich vertraue dir mehr als je einem anderen Menschen zuvor. Es

mag sein, dass deine Seele dem Teufel gehört, aber mir gehört der Rest. Ich liebe dich, Rex, ich liebe dich mit jeder Faser meines Körpers ..."
Fassungslos starre ich sie an.

Mir war ja schon immer klar, dass ich verdammt gut auf dieses verrückte Mädchen aufpassen muss, aber jetzt wird mir erst bewusst, wie dringend sie meinen Schutz braucht. *Holy Fuck!* Ich erkläre ihr, dass ich ein Mörder bin, und sie gesteht mir daraufhin ihre Liebe – Klara muss völlig verrückt sein, verrückt oder lebensmüde.

Da ich wegen ihrer Liebeserklärung wie erstarrt bin, beugt sie sich zu mir vor und streicht federleicht mit ihren Lippen über die meinen. Sie küsst mich mit so viel Zärtlichkeit, dass mir die Knie weich werden.

Sie liebt mich ...

Womit zur Hölle habe ich diese außergewöhnliche Frau nur verdient?

Ein letztes Mal schlingt sie ihre Zunge um die meine, ehe sie sich von mir löst.

„Dass ich dich behalten werde, stand für mich die ganze Zeit schon fest, aber jetzt, Baby, nach diesem Geständnis, werde ich lieber sterben, als dich jemals wieder freizugeben. Du gehörst mir und ich werde alle und jeden töten, die dich mir wegnehmen wollen."

Eine Träne rinnt ihr aus dem Augenwinkel, ich küsse sie weg.

„Ist es total verrückt, wenn ich finde, dass das das Romantischste ist, was ich jemals gehört habe?"

Aus ihrer Kehle löst sich ein leises Schluchzen, sie knabbert auf ihrer Unterlippe herum.

„Nein, Baby, du bist nicht verrückt, du bist perfekt."

Für ein paar Sekunden bleiben wir noch so stehen, dann lasse ich sie an mir nach unten rutschen und stelle sie wieder auf die Füße.

„Komm, Sweety, lass uns sehen, ob Bär die richtigen Ladenräume für dich hat."

Sie zieht eine Grimasse und wischt sich mit den Fingern die Tränen aus dem Gesicht.

Bei Gott, sie hat noch nie so süß ausgesehen ...

15. Kapitel

Klara

Oh Gott, ich habe es getan, ich habe Rex gesagt, dass ich ihn liebe.

So viel zu meinem Plan, meine Gefühle für mich zu behalten. Und obwohl ich das L-Wort ausgesprochen habe, ergreift mein Rocker nicht die Flucht, im Gegenteil.

Er hat mir im Brustton der Überzeugung erklärt, dass er jeden Mann, der sich zwischen uns stellt, töten wird. *Verflixt!* Eigentlich sollte es mich nicht so scharfmachen, wenn er solche Dinge sagt.

Dass Rex kein Problem damit hat, ein Leben zu beenden, weiß ich, seit er sich um meinen Vermieter gekümmert hat, aber dass es quasi zu seinem Aufgabengebiet gehört, Menschen umzubringen, ist schon ziemlich krass.

Mein Überlebensinstinkt rät mir, das Weite zu suchen, mein Herz hingegen weiß ganz genau, dass Rex mir niemals etwas antun würde.

Während wir über die Straße rasen, herrscht in meinem Kopf das reinste Chaos. Die Tatsache, dass ich mich eng an ihn schmiege und mir sein unverkennbarer Geruch in die Nase steigt, macht es mir auch nicht gerade leichter, logisch zu denken.

Mit ein bisschen Glück hat Bär recht und die Ladenräume, die dem MC gehören und gerade frei stehen, eignen sich für eine Patisserie. Ich weiß zwar nicht, wie ich es finden soll, wenn die Dark Devils meine neuen Vermieter werden, aber so wie ich das sehe, gibt es für mich, wenn es um den Club geht, sowieso kein Entkommen. Rex ist ein festes und, so wie ich das verstanden habe, ein ranghohes Mitglied der Dark Devils. Wenn das zwischen uns wirklich klappen soll, dann muss ich lernen, mit seinem Motorcycle Club umzugehen.

Luna und ich werden nie Freundinnen werden, diese Tussi hasse ich wie die Pest. Aber die drei Old Ladys, die ich kennengelernt habe, finde ich alle klasse. Mit ihrer Unterstützung wird es mir bestimmt gelingen, mich in die Rolle einer Old Lady einzufügen. Zumindest hoffe ich das...

Ich war so in meine Gedanken versunken, dass ich überhaupt nicht mitbekommen habe, dass Rex von der Straße auf einen Parkplatz gebogen ist. Erst als der Motor verstummt und das Vibrieren zwischen meinen Beinen erlischt, realisiere ich, dass wir vor einem wunderschönen großen Haus stehen.

Es ist in einem Minzgrün gestrichen, die Fenster werden von weißem Stuck eingerahmt und die Haustüre erinnert mich an ein Märchen. Irgendwie rechne ich damit, dass gleich eine Prinzessin aus dem Fenster sieht und mir zuwinkt. Dieses Haus muss ein verdammtes Vermögen wert sein.

„Wie um alles in der Welt kommt ein Motorradclub an eine Immobilie wie diese hier?"

„Das soll nicht deine Sorge sein, Baby."

Aufgeregt steige ich von der Harley, reiche den Helm an Rex weiter und gehe auf die Märchentüre zu. Also wenn die Räumlichkeiten auch nur annähernd passen, dann ist das der perfekte Ort für das *Klara's*.

Rex holt mich mit großen Schritten ein und sperrt die Türe auf.

Ich betrete den großen Vorraum, der sich perfekt für den Verkauf eignen würde. Es riecht nach frischer Wandfarbe, Holz und nach noch etwas, das ich nicht benennen kann.

Die Deckenhöhe ist spektakulär, der alte Eichendielenboden knarzt leise unter meinen Schritten.

„Es ist wunderschön hier."

Rex' Blick klebt an mir, die Räume scheinen ihm scheißegal zu sein.

„Du bist wunderschön, Baby."

Unsere Blicke treffen sich, instinktiv ziehen sich meine Nippel zusammen, zwischen meinen Beinen sammelt sich eine verräterische Feuchtigkeit, meine Atmung beschleunigt sich. Dieser Mann muss mich nur anschauen und zack, wird mein Slip feucht.

„Komm her."

Beeindruckend, groß und kraftvoll steht er mitten im Raum und fordert mich auf, zu ihm zu kommen. Wie soll ich ihm da widerstehen?

Mit Schmetterlingen im Bauch gehe ich auf ihn zu, als uns nur noch wenige Zentimeter trennen, packt er mich und zieht mich so fest an sich, dass ich gegen seinen Brustkorb stolpere.

Mein Kinn umfassend sucht er meinen Blick.

„Du. Gehörst. Nur. Mir!"

Dann küsst er mich. Seine geschickte Zunge wühlt sich durch meinen Mund und stiehlt mir den Atem. Seine Hände schieben sich unter mein Top, umfassen meine Brüste. Mit seinen rauen Daumen streicht er über meine sensiblen Brustwarzen. Keuchend biege ich mich ihm entgegen, meine Augen fallen zu, der Druck, der sich in meinem Unterleib aufbaut, wird immer stärker.

„Ich will dich in mir spüren, Rex."

Animalisch knurrend erobert er erneut meinen Mund. Erst als meine Beine nachgeben, löst er seine Lippen von den meinen. Mit großen Schritten trägt er mich quer durch den Raum, zu dem weißen Holztisch mit den geschwungenen Beinen, der im Eck steht.

Er stellt mich ab, dreht mich um und drückt mich bestimmend mit dem Bauch auf die Holzplatte. Seine Finger öffnen geschickt den Verschluss meiner Hose.

Zitternd und zutiefst erregt liege ich vor ihm und warte auf das, was er mit mir anstellen wird. Vor den bodentiefen Fenstern wird es langsam dunkel.

Kaum dass er meine schwarze Jeans nach unten gestreift hat, spreizt er mit seinen Knien meine Beine und fährt mit den Fingern die Konturen meines Slips nach.

„Fuck, Baby, dein Arsch ist einfach anbetungswürdig!"

Er verpasst meiner linken Pobacke einen harten Klaps, ich seufze zufrieden auf.

Noch bevor ich kapiere, was er macht, hat er den Spitzenstoff meines Höschens seitlich zerrissen und wirft die Überreste achtlos auf den Boden. Gerade als ich ihm mitteilen will, dass er gerade knapp fünfzig Euro zerstört hat, streicht er mit seiner Hand durch meine Spalte und reibt kreisend über meinen Kitzler.

Mein Protest verpufft und meine Synapsen brennen durch. Mit geschlossenen Augen genieße ich jeden Zentimeter, den er seine langen Finger in mich schiebt.

Ich bin so verdammt feucht, dass jedes Mal, wenn er erneut in mich eindringt, ein schmatzendes Geräusch entsteht.

So toll ich seine ganzen Toys auch finden mag, sein Schwanz und seine Finger liebe ich am meisten.

Erst als mich ein heftiger Schauder erbeben lässt, stoppt er sein verführerisches Spiel.

Ich höre, wie er seinen Gürtel öffnet, dann das *Ratsch* seines Reißverschlusses.

„Halt dich am Tisch fest. Das wird jetzt hart, schnell und tief!"

Ich tue, was er sagt, strecke meine Arme aus und kralle mich an der Tischkante fest. Erneut verpasst er mir zwei kraftvolle Schläge auf mein Hinterteil, noch bevor mein Schrei verhallt ist, spüre ich seine dicke Eichel an meinem Eingang.

Der Schmerz, die Dehnung und das Gefühl, von ihm unterworfen zu werden, reichen aus, um mich beinahe kommen zu lassen.

Ahhhhh ...

Rex schiebt sich in mich, tiefer und tiefer, so tief, bis ein dekadenter Schmerz entsteht. Selbst nach den vielen Malen, die er mich jetzt schon genommen hat, braucht mein Körper ein paar Sekunden, um sich an seine Größe zu gewöhnen.

Von meinem Dark Devil ausgefüllt zu werden ist jedes Mal wieder ein Erlebnis.

Er schlingt sich meine Haare um die Faust, presst mich auf das unnachgiebige Holz und beginnt sich zu bewegen. Sein Rhythmus ist schnell und hart, genau so, wie er es angekündigt hat.

Die Wulst seiner Eichel massiert meine inneren Scheidenwände, das Klatschen unserer aufeinandertreffenden Körper vertreibt die Stille. Das Ziehen in meinen Beinen kündigt meinen nahenden Orgasmus an.

„Bitte ... Rex ... Jetzt ...“

Er versteht mein Gestammel, lässt meine Haare los und umfasst meine Hüften. Mit einem letzten finalen Stoß rammt er sich in mich – ich explodiere. Zuckend, schreiend und am ganzen Körper glühend, presse ich mich noch etwas fester auf sein Glied.

Und wie jedes Mal, nachdem er mich genommen hat, bin ich der festen Überzeugung, dass es noch nie so gut war wie dieses Mal.

Es dauert lange, bis ich endlich wieder zu Atem gekommen bin und bis sich die schwarzen Punkte, die vor meinen Augen tanzen und meinen Blick unscharf machen, auflösen.

„Das war einfach nur wow.“

Noch immer tief in mir vergraben, streicht er federleicht über meinen Rücken.

„Wow? Interessant ...“

Seine Stimme klingt belustigt.

„Allerdings. Du weißt immer genau, was ich brauche! Das ist fast schon unheimlich, Rex.“

„Das ist nicht unheimlich, Baby, das ist der beste Beweis dafür, dass du nur für mich geschaffen wurdest.“

Seine grenzenlose Arroganz und die Selbstsicherheit, mit der er spricht, lassen mich fast glauben, dass es wirklich so ist.

Er presst mir einen liebevollen Kuss in den Nacken und zieht sein erschlaffendes Glied aus meinem Körper.

„Bist du bereit, die restlichen Räume anzusehen?“

„Mhmm, also dieser hier gefällt mir schon mal ganz gut.“

Sein lautes Lachen hallt von den Wänden wider, Hand in Hand besichtigen wir den Rest der Immobilie.

Als wir im letzten Zimmer, das wohl ehemals als Küche gedient hat, angekommen sind, lehnt Rex sich gegen die Wand und sieht mich abwartend an.

Ich lehne mich an die Wand gegenüber und sehe ihn nachdenklich an.

Womit zum Teufel habe ich so einen Mann verdient?

Zwar war ich nie auf der Suche nach einem Bad Boy, aber jetzt, wo ich einen habe, will ich ihn nie wieder hergeben.

Rex’ Geduld ist nicht besonders ausgeprägt. Als ihm mein Schweigen zu lange dauert, zieht er eine Augenbraue nach oben.

„Komm schon, Baby, sag was."
„Die Räume sind nahezu perfekt. Alles, was mir hier fehlt, ist eine Backstube, aber die kann ich mir einrichten. Das bedeutet zwar mehr Ausgaben, aber das ist es mir in diesem Fall wert. Die Lage ist super, und auch wenn du es nicht hören willst, ich finde es prima, dass keine Kfz-Werkstatt in meiner Nähe ist ..."
Wie nicht anders zu erwarten, legt sich ein bedrohlicher Ausdruck auf seine Mimik.
„Du findest es super, dass du nicht mehr in meiner Nähe bist?"
Es war ja klar, dass er das wieder so auslegt.
„Nein, das nicht, aber du und deine Kumpels, ihr macht viel Lärm ..." Mein Versuch, ihn mit dieser Begründung wieder etwas milde zu stimmen, scheitert.
Rex braucht genau drei große Schritte, um den Raum zu durchqueren.
„Wenn du denkst, dass du mir entkommen kannst, irrst du dich gewaltig, Sweety. Dieses Haus gehört dem MC, du gehörst mir und ich beschütze, was mir gehört. Ich werde öfters hier sein, als dir lieb ist. Also sei ein braves Mädchen oder ich muss dir den Arsch versohlen."
Bei seiner Androhung breitet sich sofort ein angenehmes Pochen in meinem Unterleib aus. Nicht in der Lage, mich von ihm fernzuhalten, schlinge ich ihm meine Arme um den Hals, stelle mich auf die Zehenspitzen und küsse ihn gierig. Rex übernimmt nach ein paar Zungenschlägen die Kontrolle über den Kuss, es dauert nicht lange, bis ich ihn erneut tief und hart in mir spüren will. Mein verräterischer Körper kann von diesem Dark Devil einfach nicht genug bekommen.
Leise brummend löst Rex sich von mir, er zieht mich an sich, verpasst meinem Po einen Klaps und führt mich zur Eingangstüre.
„Lass uns zum Club fahren und Bär sagen, dass du den Laden nimmst."
„Zum Club? Muss das sein?"
Ich sehe, wie sich sein Rücken bei meiner Frage anspannt.
„Ja, das muss es, und wenn du mir endlich sagen würdest, was damals vorgefallen ist, könnte ich mich auch um dieses Problem kümmern."
Entschlossen presse ich die Lippen aufeinander.
Rex nickt grimmig.
„Deine Entscheidung, Baby." Mit diesen Worten sperrt er die Türe hinter uns zu und geht zu seinem Bike. Na klasse, jetzt ist er eingeschnappt.
„Richtig, es ist meine Entscheidung, und darum werde ich mir jetzt ein Taxi rufen und nach Hause fahren. Es war ein langer, echt anstrengender Tag. Die Besichtigung mit dem Makler hat mir den letzten Nerv geraubt. Und ich habe wirklich keinen Bock auf die dummen Tussis in deinem Club. Wenn du willst, kannst du ja später zu mir kommen ..."

In der einen Sekunde steht Rex noch mehr oder weniger entspannt vor mir, jetzt hingegen kocht er vor Wut.

„Einen Scheißdreck wirst du tun, Baby!“

„Ach ja? Das werden wir ja sehen.“

Ich mache meine Handtasche auf und hole mein Mobiltelefon heraus. Gerade als ich mir ein Taxi rufen will, packt Rex mich grob am Arm und nimmt mir mein Handy ab.

„Fuck, Klara! Was zum Teufel soll das jetzt?“

Aufgebracht fährt er sich mit der Hand durch die Haare.

„Das habe ich dir gesagt. Und jetzt gibt mir sofort mein Handy zurück!“

„Zieh den Helm auf und steig auf mein Bike.“

Ich schüttle vehement den Kopf.

„Nein!“

„Steig jetzt sofort auf das Motorrad!“

„Nein, Rex. Ich bin nicht eine deiner Clubhuren, die du herumkommandieren kannst.“

„Stimmt. Du bist verdammt noch mal meine Lady und du wirst bei mir bleiben.“

Ich spüre, wie mein Temperament mit mir durchgeht. Gott, ich hasse es, wenn er mir sagen will, was ich zu tun habe.

„Gib mir sofort mein Telefon.“

„Vergiss es, Weib.“

Arrgghhh ...

Im einen Moment ist noch alles okay zwischen uns und im nächsten würde ich ihm am liebsten sofort eine Ohrfeige verpassen.

Niemand schafft es, mich so schnell auf die Palme zu bringen wie dieser Rocker.

Ich strecke ihm meine Hand entgegen.

„Mein Handy, jetzt!“

Rex sieht mich mit vor Wut funkelnden Augen an. Er hebt den Arm nach oben und wirft mein wunderschönes rosagoldenes iPhone auf den harten Betonboden. Es zerspringt in tausend Teile.

„Oh, du blödes Arschloch. Du dämlicher Scheißkerl. Was soll das?“

Ich bin so außer mir vor Wut, dass ich nicht lange darüber nachdenke, sondern ihm einen kraftvollen Schlag auf die Schulter verpasse.

Mein Herzschlag dröhnt in meinen Ohren, am liebsten würde ich ihm die Augen auskratzen.

„Das wirst du mir ersetzen!“

Rex’ Körperhaltung wirkt bedrohlich, mit erschreckender Ruhe legt er den Helm ab, ehe er sich mit geballten Fäusten zu mir umdreht.

„Du hörst mir jetzt genau zu, Klara." Er zeigt mit dem Finger von mir zu sich. „Das hier ist kein Spiel. Du bist meine Frau, meine Old Lady, und du wirst verdammt noch mal tun, was ich dir sage. Und wenn ich will, dass du auf das Motorrad steigst, dann halt deine Klappe und steig auf das Motorrad. Wenn ich sage, wir fahren in den Club, dann fahren wir in den Club – hast du das verstanden?"

Bis jetzt fand ich seine Dominanz ja immer extrem sexy, aber eben nur bis jetzt. Vor Wut zitternd sehe ich ihn an.

„Seit wann bist du eigentlich so ein riesengroßes Arschloch, Rex?" Tränen steigen mir in die Augen, ich ertrage seine Nähe keine Sekunde länger. Ohne auf seine Antwort zu warten, drehe ich mich um und marschiere davon.

Ich habe zwar keine Ahnung, wohin ich eigentlich gerade gehe, aber das ist mir egal, ich will einfach nur weg von hier. Weg von Rex, weg von den Überresten meines zerstörten Handys und weg von der perfekten Immobilie, die ebenfalls seinem verschissenen Club gehört.

Hölle und Verdammnis. Wie konnte ich mich nur in so einen Macho verlieben?

Schluchzend beschleunige ich meinen Schritt. Ich komme genau zehn Meter weit, dann werde ich von hinten gepackt und über eine harte Schulter geworfen.

Erschrocken schreie ich auf und kassiere dafür einen Schlag auf meinen Po.

Nicht gewillt, ihn so einfach gewinnen zu lassen, strample ich, so fest ich kann, laut nach Hilfe schreiend schlage ich auf Rex' Rücken ein, doch ihn interessiert meine Gegenwehr nicht im Geringsten.

„Du verfluchter Scheißrocker, lass mich gefälligst runter!"

Rex flucht laut und schimpft ungehalten vor sich hin. Er murmelt irgendetwas über zickige, störrische Weiber, doch ich höre ihm überhaupt nicht zu. An seiner schwarzen Harley angekommen, stellt er mich auf den Boden, umfasst meine Oberarme und zieht mich so nah zu sich heran, dass das Leder seiner Kutte über meine Nasenspitze streicht.

„Du störrisches Miststück hörst mir jetzt gut zu. Du kannst mir nicht erst deine Liebe gestehen, dich dann von mir durchficken lassen und dann erwarten, dass ich dich einfach so davonlaufen lasse. Du gehörst mir, Klara. Mir. Und es wird Zeit, dass du endlich kapierst, was das bedeutet!"

Seine Worte lassen mich erschaudern, mittlerweile haben wir die Aufmerksamkeit aller Passanten auf uns gezogen. Aber das scheint meinem Rocker völlig egal zu sein.

„Ach, und was bedeutet das?"

„Das bedeutet, dass du ehrlich und aufrichtig zu mir sein musst. Wenn es einen Grund gibt, aus dem du nicht zum Club willst, dann musst du mir den sagen und ich werde mich darum kümmern. Kapiert? Ich bin mehr als bereit, mich um sämtliche deiner Probleme zu kümmern, aber du musst mit mir reden. Ich kann doch keine Gedanken lesen, Baby!"

So wütend ich gerade auch auf Rex sein mag, das mit dem Gedankenlesen leuchtet mir ein. Wenn es mir doch nur nicht so schrecklich peinlich wäre, ihm zu sagen, aus welchem Grund ich damals einfach abgehauen bin.

Rex wird niemals verstehen, wie ich mich in dem Moment auf der Toilette gefühlt habe. Sein Körper ist perfekt, geradezu göttlich. Wie soll er nachvollziehen können, wie ich mich fühle? Zu neunzig Prozent bin ich sehr zufrieden mit mir, aber dann gibt es eben doch noch diese Momente, in denen mich die zehn Prozent in die Knie zwingen.

Ja, ich habe mehr auf den Hüften als viele andere Frauen, aber damit kann ich leben – meistens jedenfalls. Wenn mich dann aber so eine blöde Kuh wie Rex' Ex eine fette Kuh nennt, dann fühle ich mich einfach nur scheiße.

Es ist allgemein bekannt, dass die meisten Männer auf Frauen stehen, die in Kleidergröße 36 passen und die sich fast nur von Salat ernähren. Aber so bin ich nun mal nicht. Es wäre leichter zu akzeptieren, dass Rex mich ganz genau so will, wie ich bin, wenn er auch nur ein Gramm Fett an seinem Körper hätte, aber dieser Mann besteht nur aus Muskeln ...

Unsicher sehe ich ihn an, starre auf die Überreste meines iPhones und überlege mir, wie ich ihm erklären soll, was los ist.

Meine Angst davor, dass er meine Reaktion absolut lächerlich finden wird, schnürt mir die Luft zum Atmen ab.

„Ich warte, Baby!"

„Bei der Party bin ich deiner Ex Luna begegnet. Wobei begegnet auch nicht das richtige Wort ist, ich habe sie mit ein paar Frauen über mich reden hören."

Rex' Augen ziehen sich bedrohlich zusammen.

„Was hat sie gesagt?"

Okay, jetzt wird es peinlich ...

„Dass ich eine fette Kuh bin und sie nicht verstehen kann, was du mit einer Frau wie mir willst, und dass sie sich sicher ist, dass ich nur ein Trostpflaster für dich bin, weil du in Wirklichkeit sie willst."

Ich habe so schnell gesprochen, dass ich mir nicht sicher bin, ob er überhaupt ein Wort verstanden hat.

„Fuck. Und du hast ihr das geglaubt?"

Erneut steigen mir Tränen in die Augen, während ich ihm ein stummes Ja zunicke.

„Verdammt, Zuckerpuppe. Luna ist nichts weiter als eine unbedeutende Schlampe, die ich gefickt habe, um etwas Druck abzubauen. Sie hat mir nie etwas bedeutet.“

„Nie?“

Da ich mich nicht traue, ihn anzusehen, starre ich weiterhin auf den Boden.

Rex legt mir zwei Finger unter mein Kinn und hebt meinen Kopf so weit an, dass sich unsere Blicke treffen.

„Nie!“

Jetzt fließen meine Tränen ungehindert. Rex’ gefluchtes *holy fuck* dringt nur gedämpft zu mir durch, weil er mich so fest in die Arme geschlossen hat, dass ich quasi unter seiner Kutte verschwinde.

„Du hast den schönsten, aufreizendsten und geilsten Körper, den ich jemals gesehen habe. Ich liebe jeden Zentimeter von dir. Shit! Egal, wo ich bin, und egal, was ich mache, ich muss nur an dich denken und schon werde ich hart.“

Sein Geständnis ist wie Balsam für meine Seele.

„Du willst also wirklich mich und nicht sie?“

„Wenn ich sie wollen würde, wärest du jetzt nicht hier. Oder?“

„Stimmt.“

Für eine Weile stehen wir so da. Keiner von uns sagt ein Wort.

Nach einer kleinen Ewigkeit versiegen meine Tränen und ich kann endlich wieder frei atmen.

„Ist Luna der einzige Grund, aus dem du nicht mit zum Club kommen willst?“

„Ja.“

„Den kann ich dir nicht durchgehen lassen, Baby.“

Das habe ich mir fast gedacht.

„Ich will dieser blöden Kuh aber nicht über den Weg laufen, ich hasse sie.“

Sein Brustkorb bebt vor Lachen.

„Wie schön, dass dich meine Probleme amüsieren, Devil.“

Er geht nicht auf meinen Vorwurf ein.

„Vertraust du mir, Klara?“

„Ja!“

Er nickt.

„Gut, dann komm mit mir zum Club. Wir reden kurz mit Bär, teilen Tom mit, dass der MC eine neue Mieterin hat, und trinken ein paar Bier, ehe wir zu mir fahren und ich dich erneut ficke.“

Da mir klar ist, dass ich gegen Rex sowieso keine Chance habe, gebe ich nach und lasse mir von ihm den Helm über den Kopf ziehen.

„Braves Mädchen."
Mit diesen Worten schlingt er sein Bein über die Harley und wartet darauf, dass ich hinter ihm Platz nehme. Kaum dass ich das getan habe und mich an ihm festkralle, startet er den Motor und gibt Gas.

Ich kann nur hoffen, dass diese Luna heute Abend nicht da ist, ich kann nicht garantieren, dass ich ihr nicht vor allen Anwesenden die Haare ausreiße.

16. Kapitel

Rex

Weiber? Werde ich sie jemals verstehen? Wahrscheinlich nicht!

Während ich mir die ganze Zeit Gedanken darüber gemacht habe, was Klara so Schlimmes im Club zugestoßen sein könnte, war es in Wirklichkeit nur das Gezicke von Luna. Jetzt, wo ich weiß, dass Klara sich in Lunas Nähe nicht wohlfühlt, werde ich dafür sorgen, dass Luna zukünftig nicht mehr bei den Dark Devils abhängt.

Kaum dass wir die Tore des Clubs passiert haben, sehe ich auch schon Lisa, Sarah und Alexa auf uns zukommen. Als Klara die drei Old Ladys entdeckt, entspannt sie sich merklich.

Ich parke mein Bike neben dem von Nick und steige ab.

Noch bevor Klara sich den Helm ausziehen konnte, hat Alexa sie schon in eine herzliche Umarmung gezogen.

„Hey Zuckerbäckerin, na, wie geht es dir?“

Mein Mädchen zieht sich den Helm aus und reicht ihn mir, ehe sie Alexas Frage beantwortet.

„Mir geht es gut. Und stell dir vor, ich habe gerade mit Rex den perfekten Laden für die Neueröffnung des *Klara's* gefunden.“

Bär erscheint in der Türe, als er seine Lady bei uns entdeckt, macht er sich auf den Weg zu uns. Bei seiner Lady angekommen, presst er ihr einen Kuss auf die Stirn und umfasst mit seinen Fingern ihren Nacken.

„Oh, das ist ja toll! Wenn du Hilfe brauchst, sag es.“

Lisas Angebot treibt Klara die Röte in die Wangen. Es macht immer wieder den Anschein, als wäre meine Süße es nicht gewöhnt, dass man ihr hilft. Als meine Lady hingegen wird sie sich daran gewöhnen müssen, dass sie das Leben nicht mehr alleine stemmen muss.

„Danke, das ist sehr nett von dir.“

Sarah, Timmys Lady, schüttelt lachend den Kopf.

„Vergiss es, Klara, ich kann deine Gedanken regelrecht hören, uns wirst du so schnell nicht mehr los. Wenn wir dir sagen, dass wir für dich da sind, dann meinen wir das auch so. Ganz davon abgesehen kann ich es kaum erwarten, endlich in den Genuss deiner selbst gemachten Pralinen zu kommen.“

Bär und ich begrüßen uns per Handschlag.

„Na, wie sieht's aus, Bro? Passen die Räume?“

„Aye, Bro, du kannst den Mietvertrag aufsetzen.“

Bär wirkt zufrieden, er sieht zu Klara und nickt zustimmend.

„Es ist eine gute Entscheidung von dir, die Hilfe des Clubs anzunehmen. Wir hätten dich so oder so keine Sekunde lang aus den Augen gelassen."
Lisa boxt ihrem Mann gegen die Schulter.
„Verdammt, Schatz, hör auf ihr Angst zu machen. Sie muss sich erst noch an ihre neue Rolle als Old Lady gewöhnen."
Bär umfasst das Handgelenk seiner Lady, zieht sie fest an sich heran und küsst sie wild.
„Hey Leute, sucht euch ein Zimmer!"
Bärs einzige Reaktion auf Alexas Kommentar ist sein Mittelfinger.
Sarah seufzt laut, ehe sie sich bei Klara einhängt, mir zuzwinkert und sie mit sich zieht.
„Mach du mal dein Männerding, Rex, Alexa und ich kümmern uns so lange um dein Mädchen."
Ich erkenne an Klaras Gesichtsausdruck, dass sie nicht sicher ist, was sie davon halten soll, von mir getrennt zu werden. Erst als ich ihr mit einem Nicken zu verstehen gebe, dass alles okay ist, lässt sie sich von Alexa und Sarah abführen.

Laute Rockmusik dröhnt aus den Boxen. In abgeschnittenen Ölfässern lodern grelle Flammen. Zwei meiner Brüder messen im Boxring ihre Kräfte, während unzählige Bitches sich darum kümmern, dass sich kein Dark Devil heute Nacht einsam fühlen muss.
Auf der Suche nach meinem Präsidenten entdecke ich Nick, wie er eine kleine Blondine inmitten der feiernden Menge hart von hinten rannimmt. Der zierliche Körper der Bitch ist über eine der vielen Bänke gelehnt, während er sich in einem schnellen Rhythmus immer wieder in ihren zitternden Körper rammt.
Ihre spitzen Schreie werden fast vollständig von dem lauten Stimmengewirr verschluckt.
Ich entdecke Tom auf einer der Bänke sitzend, in seiner linken Hand hält er eine Flasche Bier, während er mit der rechten den Kopf einer Frau umfasst und so den Takt bestimmt, mit dem er seinen Schwanz tief in ihre Kehle rammt.
Als er mich sieht, winkt er mich zu sich rüber.
Das schmatzende Geräusch ihrer Lippen und das Stöhnen, das sie immer wieder von sich gibt, sorgen dafür, dass sich meine Eier erregt zusammenziehen.
„Hat sich deine Lady für die Räume entschieden?"
„Ja, das hat sie."
„Sehr gut. Dann wäre das schon mal erledigt."
Erneut presst er ihren Kopf bis zum Anschlag auf sein Glied.

„Morgen um 16.00 Uhr findet die Übergabe der Waffen statt. Die Albaner haben das Treffen vorverlegt. Eine Tatsache, die mich skeptisch macht. Ich will, dass du eine Handvoll unserer Männer zu dem Steinbruch schickst. Sie sollen ein paar Stunden früher da sein und das Gelände sichern. Ich habe kein gutes Gefühl bei der Sache."

Die Bitch, die vor ihm kniet, gibt ein würgendes Geräusch von sich. Tom hebt seine Hüften an, drückt sie noch etwas fester gegen seinen Bauch.

„Fuck, Bro. Die Nutten sind auch nicht mehr das, was sie einmal waren. Nicht mehr leidensfähig – nur am Jammern."

Ich schüttle lachend den Kopf und verpasse der kleinen Schlampe einen harten Schlag auf den Arsch. Sie ruckt erschrocken nach vorne, aus Toms Kehle löst sich ein zufriedenes Stöhnen.

„Endlich sitzt er so tief, wie ich es brauche."

„Ein paar harte Schläge haben noch keiner Frau geschadet."

Mein Präsident lacht laut auf.

„Du sagst es, Bro, du sagst es."

Er nippt an seinem Bier, ich zünde mir eine Kippe an.

„Ich werde mich morgen um alles kümmern. Diese Drecksäcke werden uns nicht verarschen, dafür sorge ich."

„Das weiß ich, Rex. Auf dich ist Verlass."

Entspannt lasse ich meinen Blick über das Gelände schweifen. Auch wenn ich Klara nirgends entdecke, mache ich mir keine Sorgen um sie. Alexa und Sarah passen mit Sicherheit gut auf mein Mädchen auf.

Ich überlasse Tom ganz den Lippenbekenntnissen der vor ihm knienden Blondine und bahne mir einen Weg durch die Menge. Ich komme nicht weit, ehe ich Bär entdecke.

„Wo hast du deine Lady gelassen?"

„Lisa und die anderen Ladys haben sich in der Küche verschanzt – Mädchenparty. Du verstehst?"

„Oh ja."

Seite an Seite machen wir uns auf den Weg zur Bar. Aus Erfahrung weiß ich, dass es eine Ewigkeit dauern kann, wenn sich die Ladys in der Küche vergnügen. Auch wenn ich eigentlich andere Pläne für die heutige Nacht hatte, gönne ich Klara ihren Spaß.

Nach der ganzen Scheiße, die sie in den vergangenen Wochen erlebt hat, schadet ihr ein bisschen Spaß mit Sicherheit nicht.

17. Kapitel

Klara

Halleluja ...

„Oh Gott, hab Erbarmen mit mir, Alexa. Ich weiß wirklich nicht, wie ich diesen Shot noch trinken soll.“

Mit ihrer Welt völlig zufrieden legt sie den Kopf schief und grinst mich frech an.

„Das ist ganz einfach. Du machst es wie bei den vier Shots davor. Streue eine kleine Prise Salz auf eine feuchte Stelle auf deinem Handrücken. Halte eine Zitronenscheibe mit Daumen und Zeigefinger derselben Hand, auf der auch das Salz ist, fest. Atme aus, lecke das Salz auf, stürze den Tequila hinunter und beiße in die Zitrone. Fertig!“

Ich weiß ja nicht, wie viele Tequilas sie schon intus hat, aber es macht ihr eindeutig zu viel Spaß, mich abzufüllen.

„Danke für diese überaus idiotensichere Erklärung.“

„Gern geschehen und jetzt nicht so viel schnacken, sondern schlucken.“

Kaum dass Alexa ausgesprochen hat, bricht Lisa in lautes Gelächter aus. Sie wird so durchgeschüttelt, dass sie beinahe von dem Barhocker fällt, auf dem sie sitzt.

„Scheiße, Alexa. Der Satz hätte durchaus von Bär kommen können.“

Aufgrund des Alkohols, der bereits einige meiner Gehirnzellen lahmgelegt hat, dauert es eine gewisse Zeit, bis ich die Zweideutigkeit verstanden habe – ich lache also mit etwas Verzögerung.

Lisa leckt sich die Salzkristalle vom Handrücken und leert, ohne mit der Wimper zu zucken, das Schnapsglas, ehe sie in die Zitrone beißt.

„Fuck! Ich liebe dieses Zeug einfach.“

Sarah, die ihr Glas ebenfalls leer hat, macht sich sogleich daran, unsere Gläser wieder zu füllen. Also eines steht schon mal fest, die Ladys sind um einiges trinkfester als ich. „Ich habe keine Ahnung, wann ich das letzte Mal etwas Härteres als Weißwein getrunken habe.“

Alexa starrt mich fassungslos an.

„Echt jetzt, Klara? Oh verdammt. Keine Sorge, wir werden dein Defizit innerhalb kürzester Zeit beheben. Halt dich nur an uns und du wirst die perfekte Old Lady.“

Sarah und Lisa nicken zustimmend.

„Okay, jetzt wo wir schon mal beim Thema sind, welche Qualifikationen muss ich mir denn aneignen, um als Old Lady eines Dark Devils durchzugehen?“

Während sich Sarah eine Zigarette anzündet, setzt sich Alexa aufrecht hin und atmet tief durch, ehe sie mich ernst ansieht.

„Also, als Erstes musst du saufen können wie ein Matrose und fluchen wie eine Puffmutter. Du musst deinen Rocker reiten wie ein verdammtes Rodeo-Girl und besser schießen als Lucky Luke. Ah, und ganz wichtig: Tu niemals, was dein Mann von dir will ...“

Lisa hebt den Zeigefinger und schöpft tief Atem. Gerade als ich denke, dass sie noch etwas hinzufügen will, zieht sie die Augenbrauen zusammen und schließt den Mund wieder.

Sarah klatscht begeistert in die Hände.

„Sehr gut, Süße. Das war eine absolut vortreffliche Zusammenfassung.“

Da ich keine Ahnung habe, wie ich ein Matrose, eine Puffmutter, ein Rodeo-Girl und eine Zeichentrickfigur sein soll, verzichte ich auf Lecken und Beißen und kippe einfach einen weiteren Tequila in meine Kehle.

„Scheiße, Mädels. Das werde ich nie hinbekommen. Nie.“

Sarah tätschelt mir die Schulter.

„Oh doch, glaube mir, wir lassen dir eh keine andere Wahl.“

Lisa füllt mein Glas erneut, die Flasche mit dem roten Hutdeckel leert sich in einer erschreckenden Geschwindigkeit.

Drei komplette Zitronen und einen halben Salzstreuer später beginnt sich alles um mich herum zu drehen. Zu meinem Erschrecken klappt das mit dem Fluchen wie eine Puffmutti schon ganz gut. Mein Gleichgewichtssinn scheint sich verabschiedet zu haben, denn ich muss mich immer wieder an der Kante der Küchenplatte festhalten, um nicht einfach rückwärts umzufallen.

„Okay, jede von euch weiß, wie ich Rex kennengelernt habe, aber was ist mit euch? Wie seid ihr zu euren Dark Devils gekommen?“

Noch bevor eine von ihnen antworten kann, öffnet sich die Türe und keine Geringere als Rex’ Ex betritt die Küche.

„Was willst du hier, Bitch?“

Alexas Stimme klingt kalt und abweisend, Luna scheint das nicht zu stören.

„Ich soll Bier holen.“

Lisa steht auf und baut sich drohend vor Luna auf.

„Verpiss dich, Schlampe.“

Anstatt zu gehen, verzieht Luna keine Miene und schlängelt sich an Lisa vorbei.

Als sie mich entdeckt, bleibt sie stehen und mustert mich vom Scheitel bis zur Sohle. Der abfällige Ausdruck in ihren Augen verunsichert mich.

Sie betrachtet mich, als wäre ich ein widerliches Insekt, das schnellstens zertreten gehört.

Fest entschlossen, dieser Bitch nie wieder genug Macht zu geben, um mich wirklich zu verletzen, atme ich tief durch und sehe zu Alexa.

„Und zu was muss ich werden, damit ich mit den widerlichen Clubschlampen auskomme?“

Sie versteht sofort.

„Ganz einfach, verwandle dich in eine blutrünstige Bestie und zögere nicht lange, wenn es darum geht, Kehlen aufzuschneiden. Unsere Männer haben genug Erfahrung darin, Leichen zu beseitigen. Da wird ihnen ein Fünfzig-Kilo-Knochengerüst ganz bestimmt keine Schwierigkeiten bereiten.“

Ich lasse mir ihren Vorschlag durch den Kopf gehen.

„Das schaffe ich. Mein neues Lebensmotto lautet ab heute: ‚KEEP CALM AND KILL THE BITCH‘.“

Lisa prustet lachend los.

„Oh, das klingt gut, Klara.“

Alexa sieht mich schelmisch grinsend an.

„Na, dann zeig mal, wie das genau aussieht, vielleicht können wir ja noch was von dir lernen.“

Sarah schnappt sich die Tequila-Flasche und gönnt sich einen großen Schluck der klaren Flüssigkeit.

Fest entschlossen, mir meine Unsicherheit nicht anmerken zu lassen, rutsche ich von dem Barhocker, schlendere durch die Küche und entdecke im hinteren Eck einen hölzernen Messerblock. Bis auf das Messer, das wir zum Zitronenschneiden verwendet haben, ist er vollzählig. Ich entscheide mich für das größte Exemplar, ziehe es aus dem Schlitz, in dem es steckt, und streiche mit meinem Finger vorsichtig über die scharfe Klinge, betont ruhig sehe ich zu Luna und sehe ihr tief in die Augen.

„Komm her, Schlampe, es wird Zeit, die Sache zwischen uns ein für alle Mal zu klären.“

Ihre Arroganz rutscht ihr vom Gesicht. Plötzlich wirkt sie nicht mehr so selbstsicher.

Als ich ein paar Schritte auf sie zugehe, versucht sie rückwärts auszuweichen, doch Alexa versperrt ihr den Weg.

Erst als ich mich direkt vor ihr befinde, bleibe ich stehen, hebe das Messer und drehe es leicht in meinen Fingern. Entschlossen, dieser blöden Kuh ein für alle Mal klarzumachen, dass Rex ab jetzt mir gehört, umfasse ich ihr Kinn und schmunzle zufrieden, als sie vor Angst erschaudert.

„Hör mir gut zu, Bitch. Rex gehört jetzt zu mir, er ist mein Mann und ich bin seine Lady. Sollte ich jemals wieder mitbekommen, dass du ihn anbaggerst oder versuchst, ihn zwischen deine Beine zu locken, werde ich nicht zögern und dir die Kehle aufschlitzen. Verstanden?“

Anstatt wie erhofft zu nicken, erwidert sie trotz ihrer offensichtlichen Angst nur meinen Blick. Nicht bereit, ihr ihre Selbstsicherheit zu lassen, streiche ich mit der Spitze des Messers über ihren Kiefer bis hinab zu ihrem Hals.

Auch wenn ich so tue, als wäre ich völlig cool, rauscht mir in Wirklichkeit das Blut durch die Adern, mein Herz pocht wie wild, ich stehe unter Strom.

Ich ritze ihre Haut ein, ein dünnes Rinnsal Blut rinnt ihr über das Dekolleté.

Die ausgelassene Stimmung, die bis gerade eben noch in der Küche geherrscht hat, wird ernst. Luna bemerkt, dass ich es mittlerweile absolut ernst meine. Keine Ahnung, woher meine Kaltblütigkeit kommt, vielleicht vom vielen Alkohol, aber es stört mich nicht im Geringsten, dass ich diese Bitch verletzt habe. Verdammt, im Moment kenne ich mich selbst nicht.

„Wenn dir dein Leben lieb ist, solltest du deine sieben Sachen packen und das Gelände der Dark Devils ein für alle Mal verlassen. Vergiss, dass es Rex gibt, denk nur an das, was ich mit dir machen werde, solltest du jemals wieder versuchen, dir meinen Mann zu angeln.“

Erneut ritze ich einen Schnitt in ihre Haut, in Lunas blauen Augen schwimmen Tränen. „Verstanden?“

Sie nickt vorsichtig, ganz offensichtlich hat sie Angst, dass ich ihr aus Versehen die Kehle aufschneide.

„Wenn du jetzt zu dieser Türe rausgehst, um von hier auf Nimmerwiedersehen zu verschwinden, solltest du mein neues Lebensmotto nicht vergessen.“

Noch bevor ich es aussprechen kann, rufen Lisa, Alexa und Sarah im Einklang:

„KEEP CALM AND KILL THE BITCH!“

Ihr lautes Gekichere und Gegackere erfüllt die Küche. Mit einem Kopfnicken gebe ich Alexa zu verstehen, dass sie Luna gehen lassen soll. Ich senke das Messer und grinse Luna zufrieden an.

„War schön, dass wir uns mal in Ruhe unterhalten konnten. Und jetzt verpiss dich, bevor ich es mir anders überlege und dein Blut doch gleich vergieße.“

Zitternd schnappt sie nach Luft, mittlerweile hat sie zu heulen angefangen. Ihr verschmierter Mascara sorgt dafür, dass sie aussieht wie ein Waschbär auf Drogen – Miststück!

Auf wackeligen Beinen rennt sie aus der Küche. Ich bin mir verdammt sicher, dass mir diese Nutte keine Probleme mehr bereiten wird.

„Heilige Scheiße, Klara! Du bist eine verdammte Killerbraut. Vergiss alles, was wir dir gesagt haben, du bist die geborene Old Lady."

Alexa hebt ihre rechte Hand, wir geben uns einen High Five. Lisa stößt einen lauten Pfiff aus, ehe sie uns allen einen neuen Tequila einschenkt.

„Darauf müssen wir anstoßen, Mädels."

Während die drei meinen Sieg feiern, atme ich tief durch und versuche das Adrenalin, das durch meinen Venen pumpt, abzubauen. Meine Finger zittern und meine Knie haben sich in rohe Eier verwandelt. Aber verdammt noch mal – ich fühle mich so gut wie noch nie zuvor.

„Ich habe eine Frau mit einem Messer bedroht!"

„Aye, das hast du, Klara. Und wir sind alle stolz auf dich. Diese Luna hat verdient, dass du sie auf ihren Platz verwiesen hast."

Für einen Moment bin ich noch von mir selber überrascht, aber dann löst sich die Anspannung und ich fange zu lachen an. Atemlos halte ich mir den Bauch, ich bekomme keine Luft mehr. Vor lauter Lachen kippe ich rückwärts um und plumpse auf meinen Po, was mich noch viel lauter lachen lässt. Japsend schnappe ich nach Luft, wische mir die Freudentränen aus dem Augenwinkel und schüttle den Kopf.

„Oh Gott. Ich glaube, es gefällt mir gut, eine Old Lady zu sein!"

Lisa stellt sich vor mich, reicht mir die Hand und hilft mir auf die Beine.

„Das müssen wir feiern."

Da kann ich ihr nur zustimmen.

Nachdem wir uns alle etwas Salz auf die Handrücken gestreut haben, räuspert sich Sarah leise.

„Lecken – schlucken – saugen!"

Das war unser Kommando. Keine drei Sekunden später knallen wir die leeren Schnapsgläser auf den Tresen und saugen unsere Zitronen leer.

Gerade als uns Lisa erneut die Gläser füllen will, legt sich auf das meinige eine große braun gebrannte Hand.

Meine Augen folgen dem Arm hinauf bis zur Schulter. Als ich in Rex' Gesicht blicke, beginnen Hunderte von Schmetterlingen durch meinen Bauch zu fliegen.

Ich strecke meine rechte Hand nach ihm aus und streiche mit meinem Daumen über seine vollen Lippen.

„Du gehörst mir, nur mir. Das ist dir hoffentlich klar, du böser Biker!"

Verwundert zieht er seine Augenbrauen nach oben. Ich spüre, wie sich ein dämliches Grinsen auf meinem Gesicht ausbreitet, aus meinem Mund löst sich ein lauter Hicks – na klasse, Schluckauf.

Rex schüttelt fast unmerklich den Kopf, ehe er Alexa fragend ansieht.

„Hätte eine von euch Ladys bitte den Anstand, mir zu erklären, warum mir gerade eine völlig aufgelöste, am Hals blutende Luna entgegengekommen ist?“

Ich kichere leise. Lisa zündet sich eine Zigarette an und Alexa beginnt zu pfeifen.

Sarah stemmt die Hände in die Hüften und sieht meinen Rocker herausfordernd an.

„Deine Süße hat dieser Bitch gerade eine Lektion erteilt.“

Rex’ Augen gleiten zu dem circa dreißig Zentimeter langen Messer, das neben mir auf der Küchenplatte liegt.

„Eine Lektion? Mit einem Messer?“

„Ja, mit einem Messer! Hast du ein Problem damit, Rex?“

Seine Mundwinkel zucken amüsiert.

„Nein, Baby. Nicht im Geringsten.“

„Gut, dann nimm jetzt deine Hand von meinem Glas, ich bin nämlich ein großes Mädchen und kann durchaus selber entscheiden, wie viel ich trinke.“

Wieder gebe ich einen Hicks von mir, Rex gibt mein Glas frei.

Er beobachtet mich mit zusammengekniffenen Augen, während ich mir etwas Salz auf meine Hand streue. Wieder muss ich laut hicksen. Als endlich unsere Gläser gut gefüllt sind, stoßen wir an.

„Auf uns und all die Bitches, die wir noch vertreiben werden ...“

Lisas Trinkspruch gefällt mir.

Ich komme gerade noch dazu, das Salz abzulecken, ehe ich den Tequila trinke und in die Zitrone beiße.

Gerade als ich mich zu Rex umdrehen will, beginnt sich alles um mich herum zu drehen.

„Hoooollaaaa ...“

Rex schlingt mir seinen Arm um die Taille und rettet mich vor einem schmerzhaften Sturz.

„Okay, Baby. Das war’s. Du hast genug für heute!“

Als ich ihm widersprechen will, kommt nur ein lauter Hicks aus meinem Mund.

„Ich will aber noch nicht gehen, Rex. Wir haben gerade so viel Spaß!“

„Spaß? Fuck, Zuckerpuppe! Ich glaube, Tequila und Küchenmesser sind keine gute Kombination für dich.“

Bär betritt die Küche. Er geht zu Lisa und zieht sie in seine Arme.

„Na, wie ist eure Küchenparty, Ladys?“

Bevor Lisa ihrem Mann antworten kann, fällt Rex ihr ins Wort.

„Blutig!“

Bär sieht fragend zu Rex, doch der schüttelt nur lachend den Kopf.

„Wenn du mehr wissen willst, Bro, musst du deine Lady fragen, ich bringe mein Mädchen jetzt nach Hause."

Lisa zwinkert mir verschwörerisch zu.

„Denk an das Rodeo-Girl, Klara."

„Werde ich, versprochen."

Meine Stimme klingt irgendwie merkwürdig, das muss an dem vielen Salz oder an dem ganzen Vitamin C der Zitronen liegen. Der Alkohol kann es nicht sein. Oder?

Rex führt mich aus der Küche, meine Beine geben nach ein paar Schritten nach.

„Oh Baby, da lasse ich dich ein Mal aus den Augen ..."

Er hebt mich hoch und trägt mich durch den Club.

„Du wolltest doch, dass ich mich dem Clubleben anpasse. Gehören da Messer, Körperverletzungen, Morddrohungen und jede Menge Alkohol nicht zum guten Ton?"

Ich sehe ihn betont unschuldig an. Seine Augen funkeln belustigt, er presst mir einen Kuss auf die Stirn. An seinem Motorrad angekommen, mustert er mich prüfend.

„Scheiße! In deinem Zustand kann ich dich unmöglich auf mein Bike setzen, du fällst mir ja noch rückwärts runter."

Er trägt mich zu einem der weißen Plastikstühle, die an der Wand stehen, und setzt mich auf einem ab.

„Warte hier. Ich besorge uns ein Auto."

Er dreht sich um und entfernt sich ein paar Schritte von mir, ehe er sich wieder zu mir umdreht.

„Du bewegst dich nicht vom Fleck, verstanden?"

„Ja, ich bin ja nicht blöd."

Rex versucht mich mit seinem Ich-bin-der-gefährliche-Dark-Devil-und-du-nur-eine-harmlose-Frau-Blick einzuschüchtern. Was soll ich sagen? Es funktioniert.

Wenn er den bösen Rocker rauskehrt, wird zwar jedes Mal mein Schlüpfer feucht, aber ich verspüre auch eine große Portion Respekt.

Rex ist kein Mann, den man unterschätzen sollte!

Ein paar Bitches gehen an mir vorbei, ob es einen Grund hat, dass die immer in Scharen durch die Gegend stolzieren?

Bilde ich mir das nur ein oder sehen sie mich jetzt, nachdem ich Luna klargemacht habe, wer hier das Sagen hat, mit etwas mehr Respekt an?

Erschöpft lasse ich meinen Kopf in den Nacken sinken und schließe meine Augen.

Oh, oh ...

Plötzlich fühle ich mich, als würde ich in einem verdammten Karussell sitzen, alles dreht sich. Als ich das nächste Mal meine Augen öffne, sehe

ich Rex auf mich zukommen.
„Na, wer hätte das gedacht, du hast ja tatsächlich mal auf mich gehört."
Ich öffne mein rechtes Auge und sehe ihn an.
„Aber auch nur, weil sich alles um mich herum dreht."
„Das dachte ich mir schon, Baby. Dass du nicht gerade zu der fügsamen Frauengruppe gehörst, ist mir auch schon aufgefallen."
So ein Arschloch.
„Was soll das denn bitte heißen?"
Ohne mir zu antworten, hebt er mich aus dem Stuhl und trägt mich zu einem schneeweißen Audi SUV.
„Schick, schick, wem gehört der Q7?"
„Bär."
„Nicht schlecht. Ich hätte ihn nicht gerade für einen Mann gehalten, der sich so ein Auto kauft."
Als wir dem SUV näher kommen, entriegelt der sich automatisch.
Rex verlagert mein Gewicht und öffnet die Beifahrertüre, setzt mich auf den beigefarbenen Ledersitz und schnallt mich fürsorglich, wie er ist, an.
„Er hat das Auto für Lisa gekauft. Angeblich ist er einer der sichersten Wagen seiner Klasse. Und wenn es um Lisa geht, versteht Bär keinen Spaß."
Irgendwie süß, wobei man sich so einen Sicherheitstick auch erst mal leisten können muss. Dieser Audi kostet ein kleines Vermögen, vor allem mit der Ausstattung.
„Braucht Lisa ihn heute Abend nicht?"
„Nein, die beiden schlafen im Club."
Rex fährt den SUV genauso selbstsicher und aggressiv wie seine Harley.
Wir brauchen keine zehn Minuten bis zu ihm nach Hause.
Emanzipiert, wie ich bin, warte ich nicht, bis Rex mir aus dem Auto hilft. Mit Schwung öffne ich die Türe, schnalle mich ab und steige aus.
Wups ... Dank meines nicht mehr vorhandenen Gleichgewichtssinns stolpere ich ziemlich unelegant aus dem Wagen, knicke um und stürze Richtung Boden. Noch bevor ich hart aufschlagen kann, schlingt Rex mir seinen Arm um die Mitte und bewahrt mich so vor einer schmerzhaften Landung.
„Langsam, Sweety, die einzigen blauen Flecken, die ich auf deinem Körper sehen will, sind die von meinen Fingern, weil ich dich zu fest gehalten habe während dem Ficken!"
Da haben wir sie wieder, Rex' Rockerromantik.
Er presst mich fest an seine Seite und führt mich zu der Eingangstüre des Gebäudes, in dem sich seine Wohnung befindet.

Für gewöhnlich nimmt Rex lieber die Treppen, auch wenn er nie etwas gesagt hat, glaube ich, dass er Aufzugfahren hasst. Doch jetzt bleibt er vor den silbernen Türen stehen und drückt auf den Knopf.

„Wie geht es dir, Zuckerpuppe? Oder sollte ich dich lieber Tequilabraut nennen?“

„Wirklich sehr witzig. Danke der Nachfrage, mir geht es ausgezeichnet.“

„Mhm ... das habe ich gesehen.“

Mit einem leisen *Ping* gleiten die Türen auseinander. Rex führt mich in die Kabine und drückt die Zwei.

Mein Dark Devil sieht einfach unglaublich gut aus. Seine markanten Gesichtszüge, die schwarze Lederkutte, die ihm etwas Unnahbares verleiht, und das Wissen, das sich unter seinen Klamotten nichts als pure Männlichkeit in Kombination mit perfekt trainierten Muskeln befindet, lassen meine Libido erwachen.

Unsicher, ob ich meinem Kerl sagen soll, was mir gerade durch den Kopf geht, lehne ich mich an die Wand und sehe ihm direkt in die Augen.

Vielleicht sollte ich auf die Ladys hören und mich heute Nacht in ein Rodeo-Girl verwandeln. Alleine bei der Vorstellung, mich auf ihn zu setzen und seinen dicken Schwanz bis zum Anschlag in mich aufzunehmen, beginnt es in meinem Unterleib wie verrückt zu prickeln.

Wie heißt es so schön?

Save a Horse and ride a Cowboy ...

In meinem Fall würde es dann wohl eher so heißen müssen:

Save a Harley and ride a Biker ...

„Schau mich nicht so an, Baby.“

Rex’ Stimme klingt rau und heiser.

„Und warum soll ich das nicht tun?“

Ich klimper ein paar Mal mit meinen Wimpern und lecke mir die Lippen.

„Weil ich dich sonst packen, spanken und so hart ficken werde, bis du das Bewusstsein verlierst!“

„Und was, wenn ich ganz genau das will?“

„Fuck, Baby! Dann wirst du es bekommen!“

Er ballt seine Hände zu Fäusten, der Lift stoppt, die Türen gleiten mit einem leisen *Ping* auseinander.

Ungeduldig knurrend wirft er mich kurzerhand über seine Schulter und schleppt mich, wie ein Höhlenmensch seine Beute, direkt in sein Schlafzimmer.

Dank des Alkohols, der durch meine Blutbahnen rauscht, und des nicht gerade sanften Wurfes auf die Matratze tanzen vor meinen Augen viele kleine Sternchen.

Rex verliert keine Zeit, er zieht seine Kutte aus und legt sie auf die Kommode, schlüpft aus dem Waffenhalfter und legt dieses samt Pistole auf seine Weste, ehe er seine restlichen Klamotten achtlos auf den Boden fallen lässt. Vor nicht allzu langer Zeit hätte mir der Anblick der Pistole noch Bauchschmerzen verursacht, mittlerweile habe ich akzeptiert, dass Rex immer und überall bewaffnet ist. Ich habe gelernt, es aus einem anderen Blickwinkel zu sehen. Früher dachte ich, dass diese Waffe eine Gefahr darstellt, in Wirklichkeit ist es anders herum. Mein Dark Devil trägt diese Waffe, damit er mich beschützen kann – sie bedeutet Sicherheit. Breitbeinig stellt er sich vor das Bett, umfasst mit seinen langen Fingern sein hartes Glied und pumpt mehrmals auf und ab. Erst als seine Eichel dick, geschwollen und rot ist, kniet er sich mit einem Bein auf das Bett.

„Baby, jetzt bist du fällig."

Rex' Pupillen sind geweitet, sein Brustkorb dehnt sich, als er einen besonders tiefen Atemzug macht.

„Zieh dich aus, Sugar."

Ich strecke meine Hand nach ihm aus und streiche mit meinen Fingerspitzen über das Superman-Tattoo auf seiner rechten Brust.

„Ich will, dass du mich ausziehst."

„Sicher? Dann werden es einige deiner Kleidungsstücke nicht überleben."

„Das Risiko gehe ich ein."

Aus seiner Kehle löst sich ein vielversprechendes Knurren.

Rex bewegt sich so schnell, dass ich erst kapiere, was los ist, als er bereits auf mir liegt und mich mit seinem Gewicht in die Matratze drückt.

Mit erschreckender Leichtigkeit reißt er mir mein Shirt vom Körper. Mein BH hält keine zwei Sekunden länger.

Züngelnd verwöhnt er meine Brustwarze, saugt sie in seinen Mund und lässt mich seine Zähne spüren. Stöhnend biege ich den Rücken durch, biete mich ihm an und bettle seufzend um mehr.

Mit seinen großen Händen umfasst er meine Brüste, massiert sie und zwirbelt an den Knospen.

Ich bin so aufgeheizt, dass ich schon fast davon komme.

„Du. Gehörst. Nur. Mir!"

Sein Besitzanspruch ist so urtümlich und animalisch, dass ich erschaudere.

„Dein. Körper. Gehört. Nur. Mir!"

Meine Pussy reagiert prompt und wird noch feuchter.
„Dein. Herz. Gehört. Nur. Mir!“
Wie um ihm zu beweisen, dass er recht hat, gerät mein Herzschlag aus dem Takt.
Dieser Mann hat eine solche Macht über mich, dass es mich beinahe schon ängstigt.
Mein Rocker sieht mir tief in die Augen und streicht mit seiner rauen Daumenkuppe über meine Unterlippe. Süchtig nach seinem Geschmack öffne ich meinen Mund und sauge sie zwischen meine Zähne. Verspielt verwöhne ich sie mit meiner Zunge, knabbere an ihr und demonstriere ihm auf weiblichste Art, was ich später alles mit seinem Schwanz anstellen werde.
Rex' Augen werden vor Lust dunkler, an seinem Kiefer beginnt ein Muskel zu zucken.
Mit einem Ruck entzieht er mir seinen Finger.
Seine Hände streichen über meine Hüfte, spreizen meine Schenkel und umfassen meinen Po. Die dunklen Stoppeln seines Bartes kratzen über die empfindliche Haut an meinem Schlüsselbein, seine Zähne schaben über meine Brustwarze.
Unfähig, mein hilfloses Keuchen zu unterdrücken, umfasse ich seine Schultern und kralle mich an ihm fest. Mit meinen Fingern kratze ich Spuren auf seinen Rücken, das ist meine Art, ihn zu zeichnen, auf diese Weise markiere ich ihn als mein Eigentum.
„Du bist wunderschön, Baby.“
Ein leichtes Zittern lässt mich erschaudern, meine Brustwarzen ziehen sich so fest zusammen, dass es fast schon wehtut.
„Ich liebe dich, Rex.“
Seine Nasenflügel blähen sich, aus seiner Kehle löst sich ein dunkles Knurren.
„Oh Baby, du bist das Kostbarste, was ich jemals besessen habe.“
Seufzend fahre ich mit meiner Nase an seinem Hals entlang, inhaliere seinen unverkennbaren Geruch. So unvernünftig es auch sein mag – aber ich will diesen Mann immer und immer wieder. Ich will ihn mehr als mein Leben. Selbst jetzt, wo mein Leben völlig aus den Fugen geraten ist, kann ich in seiner Nähe an nichts anderes denken als daran, ihn tief und hart in mir zu spüren.
Ich wünsche mir dieses trügerische Gefühl der Geborgenheit, das ich immer dann verspüre, wenn dieser Dark Devil mich in die Arme nimmt und seine Lippen auf die meinen presst.
Rex' raue Hände streichen über meine Schultern, hinab zu meinen Armen, bis zu der empfindlichen Haut an der Innenseite meiner Oberschenkel.

Federleicht lässt er seine Fingerspitzen über meinen Venushügel gleiten. Automatisch spreize ich meine Beine etwas weiter, gewähre ihm so einen besseren Zugang zu meinen weichen Falten.
Viel zu leicht streicht er über meinen Kitzler, teilt mit seinen gespreizten Fingern meine Schamlippen und dringt mit seinem Mittelfinger tief in mich ein.
Ohhhh mein Goootttt ...
Mein lautes Stöhnen durchbricht die Stille, ich suche seinen Blick, genieße die Vertrautheit, die sich zwischen uns gebildet hat.
Jetzt in diesem Augenblick existieren nur noch wir beide, alles andere ist nicht wichtig.
Ich schließe meine Augen, unsere Lippen finden sich.
Immer wieder umkreist er geschickt meine Klitoris, heiße Blitze zucken durch meinen Unterleib.
Erst als ich atemlos unser Zungenspiel beende, richtet er sich zwischen meinen Beinen zu seiner vollen Größe auf und sieht gebannt zu mir herab.
Das faszinierende Spiel seiner Muskeln, die sich unter seiner braunen Haut abzeichnen, sorgt dafür, dass es zwischen meinen Schenkeln noch etwas feuchter wird.
Was für ein Anblick!
Ich will spüren, wie mich dieser Körper überwältigt, tief in die Matratze drückt und die ganze Nacht vögelt.
Sehnsüchtig strecke ich meine Hände nach ihm aus und streiche über sein Sixpack. Ein paar Atemzüge lang lässt er mich gewähren, ehe er meine Hände einfängt und über mir in das Kopfkissen presst.
„Nicht. Wenn du so weitermachst, verliere ich die Kontrolle. Und dieses Mal will ich das nicht, dieses Mal soll etwas ganz Besonderes werden."
Gierig saugt er meine Brustwarze zwischen seine Zähne, liebkost sie mit seiner Zungenspitze, ehe er fest zubeißt.
Bittersüßer Lustschmerz rast wie flüssige Lava durch meine Adern.
Dick und schwer drückt sich sein Penis gegen meine Pussy.
Rex leckt über meinen Hals, sein heißer Atem streift mein Ohr, ich erschaudere.
„Du und ich – für den Rest unseres Lebens."
Seine geraunten Worte bringen mein Herz vor Glück und Liebe beinahe zum Platzen.
Rex packt mich an der Hüfte und zieht mich fester zu sich heran.
Unsere Lippen treffen sich erneut, von meinen Küssen scheint er nie genug zu bekommen. Feucht und wild duellieren sich unsere Zungen, saugen und fordern immer mehr des anderen.

Da er endlich meine Hände wieder freigegeben hat, umfasse ich besitzergreifend seinen harten Schwanz und massiere pumpend über die eindrucksvolle Länge.
Seine Lippen bringen mich um den Verstand.

Schwer atmend presst er sein Glied gegen meine geschwollene Mitte.

Seine angespannten Oberarme und das deutliche Zucken seiner Wangenmuskulatur verraten mir, dass sich seine Selbstbeherrschung gerade in Luft auflöst.

Verspielt lecke ich über die empfindliche Haut an seiner Kehle, knabbere an seinem Ohrläppchen und lasse meine Zungen über seine Brustwarze gleiten.

„Fuck, Baby ..."

Jede Faser meines Körpers ist schmerzhaft angespannt, mein Puls donnert durch meine Nervenbahnen und mein Verstand hat sich schon längst verabschiedet.

Wenn er mich nicht bald fickt, schreie ich.

Endlich gleitet seine Hand wieder zwischen meine Beine, quälend langsam reibt er durch meinen Spalt. Gekonnt umkreist er meinen geschwollenen Kitzler, zupft leicht an ihm und bringt mich zum Schreien.

Erregt presse ich mich seiner Hand entgegen. Mein Schoß beginnt zu pulsieren und meine Muschi wird immer nasser.

Mich windend kralle ich mich an ihm fest, hinterlasse rote Striemen auf seinem Oberkörper.

Plötzlich entzieht er mir seine Hand und verpasst meiner empfindlichen Mitte einen harten Klaps. Erschrocken zucke ich zusammen, doch das Gefühl, das dieser Schlag auf meine Schamlippen auslöst, ist unglaublich erregend.

Erneut verpasst er meiner Pussy einen Klaps, dieses Mal noch fester.

Meine Zehenspitzen krümmen sich, ich schnappe nach Luft.

Bei allen Heiligen, das ist der Wahnsinn.

Immer wieder lässt er seine Handfläche auf meine Scheide klatschen, jeder Schlag bringt mich meinem Höhepunkt ein Stückchen näher.

Wieder und wieder schlägt er zu, ich spreize meine Beine, soweit ich kann, ich will mehr.

„Oh Gott, Rex!"

„Ja, Baby?"

„Fester!"

Seine Lippen verziehen sich zu einem wölfischen Grinsen, er weiß genau, was er mir antut.

Nach einem weiteren harten Klaps bedeckt er mit seiner großen Hand meine zuckende Pussy.

„Die hier gehört für den Rest meines Lebens nur mir!"
„Ja, aber nur, wenn du jetzt weitermachst."
Das klatschende Geräusch, als seine Hand auf meine Schamlippen trifft, vermischt sich mit meinem lauten Stöhnen.
KEEP CALM AND SPANK MY PUSSY ...
Nach Halt suchend vergrabe ich meine Finger in seinem vollen Haar und ziehe ihn zu mir herunter, stürmisch tackere ich meine Lippen auf die seinen.
Mit jedem Atemzug, mit jedem Herzschlag und jedem geteilten Kuss verfalle ich diesem Dark Devil mehr ...
Nach drei weiteren Schlägen bringt er sich endlich vor mir in Position. Sein animalischer Blick legt sich auf meine Scheide.
Ihm völlig ausgeliefert, genieße ich seine in mich eindringenden Finger.
Schweißperlen bilden sich in meinem Nacken. Keuchend winde ich mich unter ihm, nehme alles und fordere immer mehr.
Brummend beugt er sich über mich, seine Zunge umkreist meine Nippel, ehe er sie langsam zwischen seine Zähne zieht.
Rex umschließt mit seiner Hand meine Kehle, er drückt leicht zu, demonstriert mir, wie wehrlos ich bin.
„Sieh mich an, Baby. Ich will, dass du siehst, wem du gehörst!"
Atemlos befolge ich seinen Befehl.
Rhythmisch dringt er mit zwei Fingern in mich ein, massiert meine inneren Scheidenwände, krümmt tief in mir seine Finger und schickt mich beinahe über die Klippe des Erträglichen.
Seine Hand an meiner Kehle und mein immer flacher kommender Atem verleihen der Situation etwas Dunkles und Gefährliches.
Mein Unterleib zieht sich zuckend zusammen – ich bin verloren.
Der immer stärker werdende Druck, der sich in meinem Unterleib ausbreitet, entlockt mir ein leises Wimmern.
Ich sehe ihm ein letztes Mal tief in die Augen, ehe ich von einem gigantischen Orgasmus hinfortgerissen werde.
Ohhhhh jaaaaaa ...
Meine Nervenbahnen stehen in Flammen, mein Inneres verglüht.
Funken zerstieben hinter meinen geschlossenen Lidern, während ich immer höher fliege.
Ich sterbe einen kleinen Tod ...
Dieser Mann lässt meine Synapsen durchbrennen und bringt das Blut in meinen Adern zum Kochen.
„Fuck, Baby, ich liebe es, dir dabei zuzusehen, wie du dich in deiner Lust verlierst."

Das dunkle Timbre seiner Stimme dringt wie durch einen dichten Nebel zu mir.

Kraftlos versuche ich meinen Arm zu bewegen, ich will ihn berühren, doch mein Körper gehorcht mir nicht. Er gehört nicht mehr mir, er gehört diesem Dark Devil, dem ich mein Herz geschenkt habe.

Anstatt endlich mit seinem Glied in mich einzudringen, kniet er sich zwischen meine Beine, stöhnt laut und leckt mit seiner rauen Zunge über meine geschwollenen und sehr sensiblen Schamlippen.

Er verwöhnt mich mit einem unbändigen Hunger, beißt sachte in meinen Kitzler und pustet über mein empfindliches Fleisch.

„Gnade, Rex ..."

Wenn er so weitermacht, komme ich sofort noch mal.

Anstatt auf mich zu hören, leckt er mich quälend langsam, saugt sich immer wieder an meiner Klitoris fest, bevor er mit seiner Zunge tief in mich eindringt.

„Deine süße kleine Pussy schmeckt absolut göttlich!"

Rex verpasst meiner Scheide einen Zungenkuss nach dem anderen, und das so lange, bis ich erneut an der Schwelle des Erträglichen stehe.

„Bitte schieb endlich deinen Schwanz in mich! Bitte, Rex!"

„Du bettelst also?"

Er klingt amüsiert.

„Ja, ich tue alles, was du willst, aber fick mich endlich, verdammt noch mal."

Der Ausdruck auf seinem Gesicht zeugt von absoluter Zufriedenheit.

Endlich legt er sich auf mich, das Gefühl seiner Haut, die über die meine streicht, ist unbeschreiblich. Diese unglaubliche Nähe habe ich zuvor bei noch keinem Mann gespürt.

Seine dicke Eichel reibt über meine Öffnung, teilt meine feuchten Falten und dringt wenige Zentimeter in mich ein.

Stöhnend halte ich mich an ihm fest und presse meinen Unterleib seinem harten Schwanz entgegen ...

Wenn er mich nicht bald ausfüllt und die Leere in mir vertreibt, drehe ich durch.

Sein dicker Phallus dringt endlich tiefer in mich ein, dehnt meine Scheide und nimmt mich vollständig in Besitz.

Unsere Körper verschmelzen miteinander, werden zu einem und verbinden sich auf ewig.

„Du. Bist. Nur. Mein. Mädchen!"

Um seinen Besitzanspruch zu verdeutlichen, rammt er sich mit einem kraftvollen Stoß bis zur Wurzel in mich.

Meine Lust und die intensiven Emotionen, die durch meine Adern rauschen, sind zu stark. Das schmerzhafte Ziehen in meinen Schenkeln erreicht einen neuen Höhepunkt.

Rex' Stöße werden immer härter, er vergräbt sich so tief in mir, dass ein leichter, jedoch angenehmer Schmerz entsteht.

„Ja, das ist es, Baby. Das ist perfekt."

Er nimmt mich immer härter und härter.

Mein Rocker verändert den Winkel, mit dem er in mich eindringt, und trifft so bei jedem harten Vorstoß den ganz besonderen Punkt tief in meinem Inneren.

Laut stöhnend presse ich meinen Kopf in das Kissen. Erst versuche ich ihm etwas auszuweichen, nur um mich dann doch wieder seinen Stößen entgegenzupressen.

Unter halb gesenkten Lidern sieht er auf mich herab, er beobachtet jede meiner Regungen.

Erneut legen sich seine Finger um meinen Hals, drücken leicht zu.

Hart – tief – schnell – langsam. Rex fickt mich fast bis zur Bewusstlosigkeit.

Eine dünne Schweißschicht legt sich auf seinen Brustkorb. Bebend spannt sich sein Oberkörper an. Sein Bauch wird steinhart und sein Knurren verwandelt sich in ein wildes Brüllen.

Der über ihm hereinbrechende Orgasmus reißt mich mit sich.

Meine Lippen öffnen sich zu einem lauten Schrei, doch heraus kommt nur ein leises Wimmern. Das Letzte, was ich mitbekomme, bevor ich in eine angenehme Dunkelheit sinke, ist, wie Rex sein Sperma in mir verströmt.

18. Kapitel

Rex

Der Steinbruch, in dem die Übergabe der Waffen an die Albaner stattfinden soll, ist gut gesichert. Ein Dutzend meiner Brüder haben mit geladenen Waffen Posten bezogen und sichern uns so den Rücken, falls etwas schiefgeht.

Nervös werfe ich zum zehnten Mal seit fünf Minuten einen Blick auf die Uhr an meinem Handgelenk.

Bullshit!

Es ist nichts Neues für mich, mit dem Finger am Abzug darauf zu warten, dass es endlich losgeht. Es ist jedoch sehr wohl etwas Neues, dass ich dabei so unkonzentriert bin. Nick, der links neben mir steht, sieht mich fragend an, ich schüttle nur genervt den Kopf. Er würde mir einen Vogel zeigen, wenn ich ihm erklären würde, dass ich unaufmerksam bin und unser aller Leben riskiere, weil ich mir um meine Old Lady Sorgen mache.

Der rationale Teil meines Ichs weiß, dass sie im Club bei den anderen Ladys in Sicherheit ist, aber verdammt noch mal, nach letzter Nacht hat mein Beschützerinstinkt neue Dimensionen angenommen.

Was zur Hölle denkt sich dieses Weib nur dabei, mir beim Sex so einen Schrecken einzujagen und einfach ohnmächtig zu werden?

Im ersten Moment dachte ich, dass sie einfach nur erschöpft ist, aber als sie sich nicht mal geregt hat, als ich mich aus ihr herausgezogen und ihr meine Liebe gestanden habe, ist mir klar geworden, dass meine Süße bewusstlos ist.

Was für eine verfickte Scheiße! Da sage ich zum ersten Mal in meinem Leben einer Frau, dass ich sie liebe, und dann hört sie es nicht, weil ich sie im wahrsten Sinne des Wortes um die Besinnung gefickt habe.

Scheiße! Scheiße! Scheiße!

So ein Mist passiert auch nur mir ...

„Fuck, Bro, was ist denn heute mit dir los? Du machst mich noch ganz nervös mit deinem Gezappel."

Tom, der zu meiner Rechten steht, sieht mich genervt an.

Mein Präsident hat recht, ich benehme mich wie ein verdammter Idiot.

Erst der Club und dann die Pussys, so war es schon immer und so wird es auch immer sein. Ich darf echt nicht zulassen, dass Klara meine Konzentration schwächt.

Die Albaner sind Drecksäcke. Es wäre nicht das erste Mal, dass sie bei einer Waffenübergabe irgendwelche Tricks versuchen. Den Gerüchten nach ist es nichts Ungewöhnliches, dass sie ihre Geschäftspartner eiskalt abknallen.

Am Anfang war ich nicht begeistert, dass wir ausgerechnet mit ihnen ins Geschäft gekommen sind. Doch nachdem Tom mir die Summe genannt hat, die sie für diese Lieferung zahlen, habe ich es verstanden.

Tom hat den Preis für diese Wichser verdreifacht.

Wenn es uns gelingt, diesen Steinbruch lebend zu verlassen, haben wir für die nächste Zeit erst mal genug Geld auf der Seite.

Ein lauter Pfiff ertönt und hallt durch den Steinbruch. Instinktiv umfasse ich die Waffe, die ich in meiner rechten Hand halte, etwas fester.

„Jetzt geht's los, Brüder."

Tom wirkt angespannt, und das will was heißen, unser Präsident hat bekannterweise Nerven aus Stahl.

Nick checkt ein letztes Mal seine Glock, ehe er, genau wie ich, seinen Blick Richtung Westen richtet. Acht tiefergelegte schwarze BMWs mit getönten Scheiben kommen auf uns zu. Lauter Bass dröhnt aus den geöffneten Scheiben des ersten Wagens der Kolonne.

„Fuck, diese Hühnchenfresser haben nicht mal einen anständigen Musikgeschmack."

Tom spuckt vor sich auf den Boden und verdreht die Augen. Nick versucht wie so oft die Stimmung mit nutzlosen Kommentaren etwas aufzulockern. Meistens gelingt es ihm, heute jedoch steht zu viel auf dem Spiel.

Humor können wir uns erst wieder leisten, wenn diese Scheiße hier geregelt ist.

„Erzähl, Rex, was wirst du tun, wenn wir hier lebend wieder rauskommen?"

Für die Antwort auf Toms Frage muss ich nicht eine Sekunde lang nachdenken.

„Ich ziehe Klara mein Leder an."

„Scheiße, Bro, du ziehst das echt knallhart durch?"

Nick schüttelt ungläubig den Kopf.

„Ja, Mann."

„Na, eines muss man deiner Zuckerpuppe ja lassen, sie hat Megatitten und ihre Pralinen und Macarons sind fucking fantastisch."

Ohne zu zögern, ramme ich Nick meinen Ellenbogen in die Rippen, keuchend sinkt er auf die Knie.

„Erwähne noch ein Mal die Titten meiner Lady und ich schneide dir die Eier ab!"

„Okay, okay."

Abwehrend hebt er seine Hände und richtet sich keuchend wieder auf.

„Scheiße, Bro. Wenn es um diese Frau geht, verstehst du echt keinen Spaß."

Ich wende meinen Blick von den BMWs ab und sehe Nick direkt an.

„So sieht es aus. Vergiss nicht, wem diese Frau gehört, und wir sind beste Kumpels. Aber noch ein falsches Wort und die Albaner sind dein kleinstes Problem."

Nick flucht laut, ehe er seine Aufmerksamkeit wieder den sich nähernden Autos widmet.

„Reg dich ab, Bruder. Ich habe es verstanden!"

Das will ich hoffen. *Zur Hölle!* Allein die Möglichkeit, dass Nick auch nur an Klaras Brüste denkt, lässt mich verdammt wütend werden.

„Konzentriert euch gefälligst oder wollt ihr draufgehen?"

Tom sieht uns wütend an.

Der erste BMW hält direkt vor uns, der zweite hinter uns – scheiße!

Diese Drecksäcke kreisen uns ein. Reines Adrenalin pumpt durch meine Venen. Ich kann nur hoffen, dass unsere Männer, die sich oben an den Abbruchkanten des Steinbruchs positioniert haben, besser konzentrieren als Nick und ich.

„Bei der geringsten Provokation zögert nicht, sondern feuert alles, was eure Magazine hergeben! Verstanden?"

Toms Befehl verrät mir, dass ich nicht der Einzige mit einem schlechten Gefühl bin.

Die Türen des Autos vor uns öffnen sich. Aus der Fahrer- und der Beifahrertüre steigen zwei Typen, die jeweils ein Maschinengewehr in der Hand halten. Sie legen die Gewehre an und zielen auf uns. Auf Höflichkeitsfloskeln wird heute keinen Wert gelegt. Aus dem BMW daneben steigen zwei Idioten in schlecht sitzenden Anzügen aus. Einer von ihnen geht zu dem Wagen direkt vor uns und öffnet die Türe hinter dem Beifahrer. Die Musik wird abgestellt, eine unheilvolle Stille breitet sich aus.

Tarek, der Kopf der Albaner, steigt aus dem Wagen. Er streicht sich mit der rechten Hand über die weiße Krawatte, ehe er sich eine Sonnenbrille aufsetzt. An seinem Hals baumeln dicke Goldketten, er ist behängt wie ein verfluchter Christbaum.

An jedem seiner Finger sitzt ein dicker Goldring, sein Handgelenk ziert eine protzige Rolex. *Oh Shit!* Es kostet mich sämtliche Selbstbeherrschung, dass ich nicht laut zu lachen anfange. Was für eine Witzfigur.

Nick gibt ein amüsiertes Schnalzen von sich, ihm geht es genau wie mir.

Wieso zur Hölle glauben diese Trottel, dass man sie ernst nimmt oder gar respektiert, weil sie einen Anzug tragen und bewaffnet sind? In

meinen Augen sind diese Kerle nichts weiter als Zuhälter, die mit den großen Jungs mitspielen wollen, es aber einfach nicht draufhaben.
Tareks rechte Hand Shkodran verlässt ebenfalls den BMW, er sieht genauso scheiße aus wie sein Boss.
Wenn man diese zwei Idioten so sieht, würde man nie auf die Idee kommen, dass sie so verdammt tödlich sind.
Die übrigen Albaner steigen aus den restlichen Fahrzeugen und positionieren sich hinter den offen stehenden Autotüren.
Tarek und Shkodran kommen auf uns zu und bleiben mit gut einem Meter Abstand zu uns stehen.
„Mirëmbrëma."
Auch wenn ich kein Albanisch spreche, weiß ich, dass er uns gerade einen guten Abend gewünscht hat.
Tom nickt ihm begrüßend zu und überwindet die restliche Distanz, um ihm die Hand zu reichen. Tarek ergreift sie, ohne zu zögern.
Die Anspannung, die mich fest im Griff hat, erreicht ein neues Level.
Am liebsten würde ich jedem von Tareks Männern eine Kugel verpassen – sicherheitshalber, versteht sich.
Der Boss der Albaner kommt sofort auf den Punkt.
„Hast du die Waffen dabei?"
Tom nickt.
„Selbstverständlich. Wo ist das Geld?"
Shkodran hebt die rechte Hand und schnipst einmal, sofort kommt einer der vielen Anzugträger mit einer schwarzen Tasche in der Hand auf uns zu.
Der Typ sieht Tarek fragend an, als dieser nickt, öffnet er den Reißverschluss und zum Vorschein kommen dicke Geldbündel, die mit schwarzen Gummis zusammengehalten werden.
„750.000 Euro in nicht nummerierten Scheinen. Wie vereinbart."
Nick löst sich von meiner Seite, geht auf den Albaner zu und kontrolliert den Inhalt der Tasche, nach wenigen Minuten gibt er Tom das zuvor vereinbarte Signal, dass alles okay ist. Ein gutes Zeichen, mit ein bisschen Glück wird heute kein Blut vergossen.
Tom holt sein Handy aus der Tasche und ruft Bär an.
„Bring die Lieferung."
Keine zwei Minuten später fährt Bär mit dem Van in den Steinbruch.
Nicks Hand gleitet unter seine Kutte, mir ist klar, dass er den Griff seines geliebten Messers umfasst.
Bär bleibt direkt vor dem BMW, aus dem Tarek ausgestiegen ist, stehen. Zusammen mit Sven und Dog steigt er aus. Genau wie die Albaner sind sie schwer bewaffnet.

Die drei umrunden den Van und öffnen die seitliche Schiebetüre. Während Sven und Dog sich die Holzkiste mit den Waffen teilen, behält Bär die Umgebung im Blick.

Erst als drei der insgesamt zehn Waffenkisten vor Tom stehen, kommt Bär auf uns zu. Der Blick, den er mir zuwirft, verrät mir, dass ihm die Anzahl der Albaner nicht gefällt. Mir geht es genauso, diese Hühnchenfresser sind uns zahlenmäßig überlegen.

Tom nimmt den Deckel von der Holzkiste und zum Vorschein kommen ein Dutzend frisch gereinigter und auf Hochglanz polierter Kalaschnikows.

„Sind das Lizenzbauten oder Originale?“

Als Lizenzbauten werden Kalaschnikows bezeichnet, die nicht in den Waffenwerken in Ischewsk und Tulski Oruscheiny Sawod produziert wurden.

„Das sind Originale.“

Der Albaner stößt einen anerkennenden Pfiff aus. Es ist allgemein bekannt, wie schwer es aufgrund der hohen Nachfrage mittlerweile geworden ist, an dieses sowjetisch-russische Sturm- und Maschinengewehr zu kommen. Nur wenige sprechen den vollständigen Namen des Gewehrs aus, für gewöhnlich wird nur die Abkürzung AK verwendet. Benannt wurde es einst nach dessen Entwickler, Michail Timofejewitsch Kalaschnikow. Das Urmodell wurde im Jahre 1947 in die Bewaffnung der Roten Armee übernommen. Neue Schätzungen haben ergeben, dass dieses Gewehr bisher etwa 80 bis 100 Millionen Mal gebaut wurde. Wenn wir uns also unseren Lieferanten warmhalten, steht weiteren gewinnbringenden Geschäften nichts im Weg.

Tarek prüft die AK und wiegt sie in seiner Hand. Als er sie probehalber anlegt und auf unseren Van zielt, schnellt mein Puls in die Höhe.

Eine ungute Vorahnung breitet sich in mir aus – jetzt wird es ernst.

Das laute Knallen mehrerer Schüsse zerreißt die Stille. Der weiße Van ist innerhalb von Sekunden mit Einschusslöchern durchsiebt. Nach gut sechzig Sekunden stellt Tarek das Feuer wieder ein. Vor Wut kochend atme ich ein paar Mal tief ein.

„Was zur Hölle sollte das, du blödes Arschloch?“

Tarek grinst breit, drei Goldzähne kommen zum Vorschein.

„Nur ein Qualitätstest!“

Wenn dieser Wichser wirklich denkt, dass er damit durchkommt, hat er sich geschnitten. Ich stecke mir meine Waffe hinten in den Hosenbund, schnappe mir eine der AKs und sehe Tarek gespielt freundlich an.

„Wie wäre es mit einer kleinen Vorführung?“

Ohne zu zögern, entsichere ich sie und verpasse einem der acht BMWs einen neuen Look.

Um ehrlich zu sein, rechne ich damit, gleich eine Kugel einzufangen, doch das passiert nicht. Stattdessen sieht mich der Albaner nur ungerührt an.

Ich nehme die Kalaschnikow wieder runter, sodass die Mündung auf den Boden zeigt.

„Leg dich niemals mit uns an. Oder ich werde dir und all deinen Männern die Kehle aufschlitzen!"

Wir starren uns eine gefühlte Ewigkeit an, ehe Tarek den Blick senkt.

Er gibt seiner rechten Hand ein Zeichen, Shkodran senkt seine Waffe und öffnet die restlichen Kisten. Nachdem er die AKs gezählt hat, nickt er zufrieden.

Tarek zündet sich eine Zigarette an und lässt den Rauch durch die Nasenlöcher wieder entweichen.

„Offensichtlich habt ihr euch an euren Teil der Abmachung gehalten."

Tom geht auf seine Worte nicht ein, sondern stellt Tarek eine Frage.

„Und du bist dir sicher, dass du kein Futter für deine neuen Babys brauchst?"

Mich hat es auch schon verwundert, dass diese Idioten keine Munition dazubestellt haben. Aber scheiße! Mir soll das gerade recht sein. Ich habe eh kein gutes Gefühl dabei, diesen schießwütigen Wichsern solche Waffen zu verkaufen.

„Ja, ich bin mir sicher. Falls sich etwas ändert, werde ich mich bei dir melden."

Shkodran gibt zwei der Typen, die sich noch immer hinter den offenen Autotüren befinden, zu verstehen, dass sie die Kisten einladen sollen.

Der gefährlichste Teil, die Übergabe, ist somit geschafft.

Bis jetzt ist kein Blut geflossen – wer hätte das gedacht?!

Tarek und Tom reichen sich die Hände.

„Es war mir eine Freude, mit euch Geschäfte zu machen."

Dank des Ausdrucks in den Augen unseres Präsidenten erkenne ich, dass die Freude einseitig war.

Shkodran stößt einen lauten Pfiff aus, wie ein Haufen abgerichteter Hunde steigen die Männer in ihre tiefergelegten Autos. Nachdem Tarek und Shkodran ebenfalls eingestiegen sind, fahren sie der Reihe nach los. Der völlig durchlöcherte BMW bleibt zurück.

Geräuschvoll lasse ich meinen Atem entweichen und stecke meine Waffe weg.

„Ich wüsste ja schon gerne, wie oft diese Drecksäcke dieses geordnete Abfahren geübt haben ..."

Nicks Kommentar entlockt Tom ein lautes Lachen.

„So dämlich, wie die sind, schätze ich mal oft."

Die Anspannung, die uns alle fest im Griff hatte, löst sich langsam.

„Heilige Scheiße!“
„Aye, Präs, du sagst es.“
Bär holt eine Schachtel Marlboro hervor.
„Sosehr ich die Albaner auch hasse, aber wenn es immer so abläuft, können wir gerne wieder mit ihnen Geschäfte machen.“
Nick spuckt auf den Boden und schnorrt sich von Bär eine Zigarette.
„Keine Chance, Bro. Wir sollten den Teufel nicht zu oft am Schwanz ziehen. Dieses Risiko brauche ich nicht noch mal. Das nächste Mal sind es vielleicht nicht nur die Autos, die sich ein paar Kugeln einfangen.“
Dog und Sven räumen die wichtigsten Dinge aus dem Van, ehe sie das Nummernschild entfernen und ihn in Flammen aufgehen lassen. Da wir vorgesorgt und die Fahrzeugnummer längst abgeschliffen haben, wird es den Bullen nicht möglich sein, das verkohlte Wrack, das sie finden werden, mit dem MC in Verbindung zu bringen.
Tom zieht sein Handy aus der Innentasche seiner Kutte und gibt unseren Männern, die oben am Steinbruch Posten bezogen haben, den Befehl, zu uns runterzukommen.
Bär, Sven und Dog steigen zu Timmy, der mit Wache gehalten hat, in den Pick-up. Endlich verpissen wir uns von hier.

19. Kapitel

Klara

„Wenn mir jetzt noch einer von euch sagt, dass ich ruhig bleiben soll, schreie ich."
Lisa sieht mich mit einer aufgesetzten Unschuldsmiene an.
„Stell dich nicht so an, Klara. Unsere Männer machen das schon."
Mir ist klar, dass Lisa, Alexa und Sarah viel mehr Übung darin haben, sich an das Leben als Old Lady zu gewöhnen, dennoch bin ich mir sicher, dass meine Nerven das auf Dauer nicht aushalten werden.
Wie können die drei so ruhig sein?
Nachdem Rex mich zu meiner eigenen Sicherheit in den Club gebracht hat, hat er mir einen Kuss gegeben, der sich sehr nach *‚Vielleicht sehen wir uns nie wieder‘* angefühlt hat.
Alexa setzt sich zu mir und stellt ein Schnapsglas randvoll mit Tequila vor mir ab.
Sie zwinkert mir verschwörerisch zu.
„Für deine Nerven."
„Keine Chance, nach letzter Nacht brauche ich eine Alkoholpause. Außerdem gibt es nur eine Sache, die meine Nerven beruhigen kann, und das ist Schokolade."
Sarah steht auf, zieht mich durch den Hauptraum des Clubs in die Küche.
Sie öffnet den Schrank über der Spüle und zieht einen schwarzen Plastikkorb hervor.
„Hier, die müsste erst mal reichen. Oder?"
Der Korb ist voller Schokoladentafeln, egal ob Milka, Lindt, Rittersport oder Kinderschokolade.
„Wow, ja, das müsste reichen. Warum habt ihr so viel Schoki?"
Sie zuckt mit den Schultern. „Nicht jede von uns schwört auf Tequila."
Nachdem ich mir die Auswahl angesehen habe, entscheide ich mich für weiße Crispschokolade, die liebe ich.
Noch bevor ich dazu komme, mir ein Stückchen in den Mund zu schieben, öffnet sich die Küchentüre erneut und Timmy und Rex kommen auf uns zu.
Schlagartig ist die Nervennahrung vergessen, eine unglaubliche Erleichterung breitet sich in mir aus.
Auch wenn Rex mir nicht viel erzählt hat, konnte ich ihm deutlich ansehen, dass er wegen des Treffens mit den Albanern nervös war.
Ich renne auf ihn zu und werfe mich ihm in die Arme. Rex fängt mich auf und presst mich fest an seine Brust. Der Geruch von Leder,

Schießpulver und Schweiß steigt mir in die Nase, ich atme tief ein und inhaliere meinen Mann.

„Oh verdammt, ich habe mir wirklich Sorgen um dich gemacht."

Rex umfasst mein Kinn und sieht mir tief in die Augen.

Gerade als ich denke, dass er etwas sagen will, schüttelt er nur den Kopf und presst seine Lippen auf die meinen. Sein herber Geschmack durchflutet meine Sinne. Ich vergrabe meine Finger in seinen Haaren und ziehe ihn noch etwas weiter zu mir herab.

Wimmernd erwidere ich sein Zungenspiel, knabbere an seiner Unterlippe und wühle mich durch seinen Mund.

Sosehr ich Schokolade auch liebe – mein Dark Devil schmeckt besser.

Erst als es zwischen meinen Beinen sehnsüchtig zu pochen beginnt, beende ich unseren Kuss und lecke mir über die Lippen.

Rex streicht mir sachte über die Schulter.

„Hast du dich mit den Ladys gut amüsiert?"

Amüsiert? Wie kann er nur denken, dass ich hier Party feiere, während er sein Leben für den Club riskiert? Typisch Mann!

„Na ja, wir haben geratscht und eine Runde Billard gespielt."

„Du kannst spielen?"

Mein Dark Devil sieht mich erstaunt an.

„Natürlich. Was denkst du denn?"

„Du überraschst mich immer wieder, Sweety."

Erneut küsst er mich, dieses Mal aber nur kurz.

„Willst du noch bleiben oder sollen wir gehen?"

Ich denke einen Moment über seine Frage nach.

„Lass uns fahren, du siehst echt fertig aus. Ich könnte uns zu Hause was kochen."

Er gibt ein dunkles Brummen von sich.

„Kochen? Das klingt gut."

„Ich muss noch kurz zu Tom. Geh schon mal zu meinem Bike. In zwei Minuten können wir fahren."

Nachdem wir uns von den anderen verabschiedet haben, warte ich wie besprochen neben seiner Harley. Jetzt, wo ich die Sache mit Luna geklärt habe, fühlt es sich eigentlich ganz gut an, hier im Club zu sein.

Was ein bisschen Tequila und ein Küchenmesser doch so alles bewirken können.

Wie versprochen taucht Rex nach zwei Minuten auf. Er schiebt ein in braunes Papier gehülltes Päckchen hinten in seinen Hosenbund und grinst mich frech an.

„Bist du bereit, Baby?"

Seine Stimme klingt rau und dunkel – Verführung pur. Ich habe keine Ahnung, ob er damit die Motorradfahrt, das Kochen oder vielleicht doch etwas ganz anderes meint.

„Für dich bin ich immer bereit, mein Dark Devil."

Rex zieht eine Augenbraue nach oben, legt den Kopf leicht schief.

„Freut mich zu hören, Zuckerpuppe."

Er verpasst meinem Po einen Klaps, drückt mir einen Kuss auf die Stirn und reicht mir seinen Helm.

In meiner Wohnung angekommen, schmeißt er das ominöse Päckchen auf das Sideboard in meinem Flur, hebt mich hoch und trägt mich ins Wohnzimmer.

„Hey, wie soll ich uns denn da was zu essen machen?"

„Scheiß aufs Essen!"

Genau das wollte ich hören ...

Er legt seine Finger auf meinen Mund und schiebt seinen Daumen zwischen meine Lippen.

„Ich will in deinem Mund kommen."

Ich steige von ihm herab, er packt meine Haare und drückt mich zwischen seine gespreizten Beine auf den Boden.

Ergeben knie ich mich auf den roten Teppich, der vor meiner Couch liegt, und sehe zu ihm auf.

„Öffne meine Hose."

Ich tue nur allzu gerne, was er von mir will.

Nachdem ich die silberne Schnalle seines Gürtels geöffnet habe, drücke ich den Knopf durch das Loch und ziehe den Reißverschluss nach unten. Rex hebt sein Becken an, sodass ich ihm die Jeans nach unten ziehen kann.

Dick und groß reckt sich mir sein Glied entgegen. Ich hebe meine Hand, streiche über die komplette Länge und umfasse die Wurzel seines Penis.

Rex' eindringlicher Blick ruht auf meinem Gesicht, er saugt jede meiner Regungen tief in sich auf.

Erwartungsvoll lecke ich mir über die Lippen, züngle über die wulstigen Konturen seiner Eichel und verwöhne den kleinen Schlitz an der Spitze.

Eigentlich wollte ich mir Zeit lassen, ihn in den Wahnsinn treiben und so lange verwöhnen, bis er mich anfleht, Gnade walten zu lassen, aber mein Rocker scheint andere Pläne zu haben. Ungeduldig umfasst er meinen Hinterkopf und presst meinen Mund zu sich, sodass sein Glied immer tiefer in mich eindringt.

Dick und schwer liegt sein Schwanz auf meiner Zunge. Rex lässt mir keine Zeit, um mich an seine Länge zu gewöhnen, sondern rammt sich mit einem gnadenlosen Stoß tief in meine Kehle.
Mit aller Mühe unterdrücke ich meinen Würgereflex und entspanne meine Kiefermuskulatur.
„Braves Mädchen."
Es gelingt mir noch ein letztes Mal, tief einzuatmen, ehe er sich noch einen Zentimeter tiefer in meinen Hals schiebt.
„Oh Sugar ... Konzentriere dich nur auf mich und sperr deinen süßen Mund ganz weit auf, damit ich ihn so richtig ficken kann."
Rex' Dominanz in Kombination mit seinem herben Geschmack sorgt dafür, dass mein Slip feucht wird.
Die Hand, die er in meinen Haaren vergraben hat, bestimmt den Rhythmus. Das schmatzende Geräusch, als er sich zwischen meinen Lippen zu bewegen beginnt, erfüllt das Wohnzimmer.
Saugend und leckend verwöhne ich jeden harten Zentimeter. An seiner Eichel wie an einem Lolli lutschend, kralle ich meine Finger in seinen Oberschenkeln fest.
Wieder und wieder schiebt er sich bis zum Anschlag in meinen Mund, während er genussvoll stöhnt.
Er zieht sich etwas aus mir zurück, seine Eichel liegt schwer auf meiner Unterlippe. Kaum dass ich frischen Atem in meine Lunge gesaugt habe, schiebt er sich wieder in mich. Ich sauge so fest an ihm, dass sich meine Wangen nach innen wölben, und werde mit einem salzigen Lusttropfen verwöhnt.
Es sollte sich wirklich nicht so verdammt gut anfühlen, vor diesem Rocker zu knien ...
Immer wieder sauge ich ihn tief in meinen Hals. Um ihm noch mehr Lust zu verschaffen, umfasse ich mit meiner rechten Hand seine Hoden und beginne damit, sie zu massieren.
Zufrieden spüre ich, wie sie sich zusammenziehen und ganz prall werden.
„Fuck, Baby ... mach so weiter ... oh verdammt ... jaaa ..."
Erneut stößt er sich tief in meine Kehle, ich schlucke, sauge und züngle über seine Unterseite. Er ist so unfassbar tief in mir, dass ich mit meinem Würgereiz kämpfen muss. Tränen steigen mir in die Augen, rinnen aus den Augenwinkeln.
Schneller und schneller sauge ich ihn in mich, ehe ich meinen Kopf wieder zurückziehe. Rex' Stöhnen wird immer lauter. Wenige Herzschläge später spüre ich, wie sich sein kompletter Körper anspannt. Seine Beine werden steinhart, er zieht noch etwas fester an meinen

Haaren. Zwischen meinen Beinen pocht es wie verrückt, es erregt mich ungemein, ihn mit meinem Mund zu befriedigen. „Jetzt, Baby!"

Erneut schiebt er mich so tief auf sein Glied, dass meine Nasenspitze gegen seine Kutte stößt. Er hält mich in dieser Position und pumpt sein Sperma Schub für Schub in meine Kehle. Ich schlucke alles, was er mir gibt. Als sich sein Griff etwas lockert, ziehe ich mich zurück und lecke ihm genüsslich und träge über die Eichel.

Also eines steht schon mal fest, ich liebe seinen Geschmack.

Es mag sein, dass Frauen nicht gerne schlucken, ich hingegen nehme nur zu gerne alles, was Rex mir schenkt.

Unter halb gesenkten Lidern sieht er mich an. Ich grinse zufrieden und lecke mir die Lippen.

„Du bist eine Naschkatze."

„Von dir nasche ich immer gerne, Rex."

Er gibt ein raues Lachen von sich.

„Ja, das habe ich bemerkt. Fuck, Baby. Du hast mich fast ausgesaugt."

Ich stehe auf und setze mich auf seinen Schoß.

„Willst du dich etwa beschweren?"

Mein Rocker schüttelt den Kopf.

„Ganz bestimmt nicht. Scheiße, es ist verdammt geil, wie du nur zu willig meinen Saft trinkst."

Da sein Penis schlaff und ausgelaugt unter meinem Po liegt, werde ich wohl noch etwas warten müssen, bis er mich fickt.

„Hunger?"

„Aye, Baby. Bärenhunger."

Ich steige von seinem Schoß und mache mich auf den Weg in die Küche.

Es mag zwar sein, dass ich in Gefahrensituationen nicht so cool bleiben kann wie Alexa, Lisa und Sarah, aber jetzt im Moment fühle ich mich wie eine richtig gute Old Lady.

20. Kapitel

Rex

Seite an Seite sitzen wir an ihrem Esstisch, Klara, meine kleine Romantikerin, hat sogar eine Kerze angezündet. Ihre *Spaghetti aglio e olio* schmecken köstlich.

Zur Abwechslung trinke ich auch mal kein Bier aus der Flasche, sondern einen angenehm temperierten Weißwein aus einem dünnstieligen, perfekt geschwungenen Weinglas. Neben unseren Tellern liegen bordeauxfarbene Servietten, während im Hintergrund eine Frau mit rauchiger Stimme über die Liebe singt.

Zum Teufel noch eins!

Ich habe keine Ahnung, wann ich das letzte Mal so kultiviert gegessen habe.

Wenn das so weitergeht, domestiziert mich meine kleine Zuckerzicke noch völlig.

„Nächste Woche will ich zu dem Gastronomieeinrichter in der Innenstadt. Ich will mir die Möbel und die Theke für den Verkaufsraum aussuchen, außerdem brauche ich auch neue Außenmöbel. Die letzten haben zwar das Feuer, jedoch nicht die Feuerwehrmänner überlebt."

Wie immer, wenn sie von dem Brand, bei dem sie fast gestorben wäre, spricht, wird ihre Stimme leiser und es steigen ihr Tränen in die Augen.

Ich lege das Besteck auf die Seite und gönne mir einen Schluck Wein. Auch wenn es ungewohnt ist, aber an so ein entspanntes Essen zusammen mit meiner Süßen könnte ich mich wirklich gewöhnen. Bevor ich zureden anfange, ergreife ich ihre Hand und drücke diese tröstend.

„Was hältst du davon, wenn ich dich begleite? Wir könnten uns einen Transporter vom Club ausleihen und, falls du was Schönes findest, es sofort zu deinen neuen Ladenräumen bringen."

Die Traurigkeit weicht aus ihren Gesichtszügen, ein strahlendes Lächeln lässt sie erstrahlen.

„Ehrlich? Das würdest du für mich machen?"

Das und noch so viel mehr ...

„Ja, natürlich. Und wenn du brav *bitte, bitte* sagst, baue ich dir die Sachen auch sofort auf."

Quietschend springt sie von ihrem Stuhl und schmeißt sich mir an den Hals. Während sie mich stürmisch küsst, schiebe ich meinen Stuhl nach hinten und ziehe sie auf meinen Schoß.

Süchtig nach ihrem Geschmack wühle ich mich durch ihren Mund, vergrabe meine Finger in ihren Haaren und sauge ihr Aroma tief in mich ein.

Bei Gott, ich habe wirklich versucht, mich gegen die Gefühle, die ich für diese Frau empfinde, zu wehren, aber ich hatte verdammt noch mal keine Chance. Ich liebe diese sture, komplizierte und starrsinnige Frau mehr als alles andere auf der Welt.

Als sie ihren Mund wieder von dem meinen löst, atmen wir beide schwer.

„Du machst mich sehr glücklich, Rex."

Das ist der Plan ...

„Ich habe eine Überraschung für dich, Baby."

„Was für eine?"

Sie reibt mit ihrem Hinterteil über meinen Schritt, augenblicklich wird mein Schwanz hart.

„Hast du dich wieder durch irgendwelche Sexshops geklickt?"

„Nein, Sugar, ich habe etwas viel Besseres für dich."

Ich stehe mit ihr im Arm auf und trage sie zurück ins Wohnzimmer.

„Bleib hier sitzen."

Nachdem ich sie auf das Sofa gesetzt habe, gehe ich in den Flur, ich verzichte darauf, das Licht einzuschalten, und bleibe einen Augenblick in der Dunkelheit stehen.

Holy Shit!

Vor wenigen Wochen war ich mir zu hundert Prozent sicher, dass es niemals zu dem Moment kommen wird. Fuck! Ich habe nie verstehen können, warum sich manche meiner Brüder eine Old Lady genommen haben. Doch dann stand plötzlich Klara vor mir. Mit vor Wut hochrotem Kopf, geballten Fäusten und der vorlautesten Klappe.

Diese Frau hat mir nicht nur den letzten Nerv gekostet, sondern auch mein Leben verändert.

Ich kann mir eine Zukunft ohne sie einfach nicht mehr vorstellen. Doch das ist nicht der Grund, aus dem ich ihr mein Leder anziehe, der wahre Grund ist, dass ich sie besitzen will. Ich will ihr Herz, ihre Seele und ihren Körper.

Wenn sie erst mal meine Kutte trägt, wird jeder auf den ersten Blick erkennen, dass dieses Mädchen mir gehört. Tief durchatmend lege ich den Kopf in den Nacken.

Ich kann mir gar nicht vorstellen, wie ich reagiere, wenn sie Nein sagt.

Fuck! Ich werde ein Nein nicht akzeptieren. Klara gehört mir und damit basta.

Ohne länger zu zögern, packe ich mir die in braunes Papier eingewickelte Kutte.

Mein Herz wummert viel zu schnell gegen meinen Brustkorb.

Wenn ich die Wahl hätte, würde ich mich lieber allein gegen ein Dutzend Albaner behaupten, als Klara mein Herz auszuschütten.

Verdammt!

Tom würde sich wegschmeißen vor Lachen, wenn er mich jetzt sehen könnte.

Fest entschlossen, das jetzt durchzuziehen, marschiere ich großen Schrittes zurück zu meiner Old Lady.

Klara sitzt mit angewinkelten Knien auf ihrer Couch.

Als sie das braune Päckchen in meiner rechten Hand entdeckt, weiten sich ihre Augen neugierig.

Gerade als ich denke, dass sie mir etwas sagen will, sieht sie mir in die Augen und verstummt.

Bei ihr angekommen, bleibe ich vor ihr stehen und sauge geräuschvoll frischen Sauerstoff in meine Lungenflügel.

Fuck, bin ich nervös ...

„Du weißt, wie sehr ich dich besitzen will – du weißt, wie viel du mir bedeutest! Ich habe dir unzählige Male gesagt, dass du zu mir gehörst, und jetzt ist der richtige Zeitpunkt gekommen, um Nägel mit Köpfen zu machen."

Ich wickle die Kutte aus dem Papier und gehe vor Klara in die Hocke, sodass wir uns auf Augenhöhe befinden.

„Verdammt, Baby, ich kann mir ein Leben ohne dich nicht mehr vorstellen. Für dich benutze ich auch Servietten und Weingläser ..."

Ihre vollen Lippen verziehen sich zu einem glücklichen Grinsen.

„... Ich habe Tom gebeten, mir eine Kutte für dich anfertigen zu lassen. Und ich wäre der glücklichste Devil auf dieser Welt, wenn du sie tragen würdest. Ich will, dass du endlich ganz offiziell meine Old Lady bist, Klara!"

Mit diesen Worten drehe ich die Kutte so, dass sie den großen Patch mit der Aufschrift *Property of Rex* auf der Rückseite erkennen kann.

Klara sieht erst zu mir und dann wieder zu der Kutte. Langsam streckt sie ihre Hand nach dem Leder aus und streicht vorsichtig über den Aufnäher.

Sie lässt mich eine Ewigkeit auf ihre Antwort warten. Gerade als ich es nicht mehr aushalte, nimmt sie mir die Kutte ab, hält sie sich ans Gesicht und inhaliert den intensiven Geruch des neuen Leders.

Meine Süße ist nicht dumm, sie weiß genauso gut wie ich, dass die Bitte, meine Old Lady zu werden, einem Heiratsantrag gleicht.

Unsicher beißt sie sich auf die Unterlippe und sieht mich eindringlich an.

„Du und ich für den Rest unseres Lebens?"

„Aye, Baby, genau darum geht es!“
Ihre Pupillen weiten sich, sie beugt sich vor und küsst mich zärtlich auf die Lippen.
„Ja, Rex. Ich will unglaublich gerne deine Old Lady werden.“
Kaum dass sie die Worte ausgesprochen hat, packe ich sie mir und ziehe sie in meine Arme. Erneut finden sich unsere Münder, doch dieses Mal ist unser Kuss alles andere als zärtlich. Er ist wild, gnadenlos und besitzergreifend.
Unsere Zähne schlagen krachend aufeinander, während sich unsere Zungen umschlingen.
Jetzt ist es beschlossen, endlich steht es fest – diese Frau gehört nur mir!
Endlich besitze ich das offizielle Recht, sie zu beschützen, zu ernähren und für mich zu beanspruchen. Bei allem, was ich in meinem bisherigen Leben schon erlebt habe, nichts hat sich so gut angefühlt wie dieser Moment.
Ich beginne damit, sie auszuziehen, jetzt, wo sie endlich die meine ist, kann ich es kaum erwarten, meinen Besitzanspruch auf die primitivste Art und Weise erneut geltend zu machen. Ungeduldig beende ich unseren Kuss, reiße ihr die weiße Bluse vom Leib und schenke den schimmernden Perlmuttknöpfen, die in alle Richtungen davonfliegen, keine Beachtung. Der Anblick ihrer vollen Titten, die sich aufreizend gegen den weißen Spitzen-BH drücken, lässt mir das Wasser im Mund zusammenlaufen.
Zufrieden brummend vergrabe ich mein Gesicht zwischen den weichen, festen Hügeln und schnuppere an ihr. Ihr süßer, weiblicher Geruch steigt mir in die Nase und benebelt meine Sinne. Durch den dünnen Stoff ihres BHs sauge ich ihre Nippel in meinen Mund und beiße sachte zu. Klara gibt ein lustvolles Stöhnen von sich.
„Baby, ich will dich. Ich will, dass du deine Kutte trägst, während ich es dir besorge.“
Sie steht auf und beginnt damit, sich auszuziehen. Ich tue es ihr nach, keine zwei Minuten später sind wir endlich nackt. Als sie sich auf mich setzen will, schüttle ich den Kopf.
„Keine Chance, Baby. Jetzt will ich dich von hinten.“
Bestimmend schnappe ich sie mir, ziehe ihr das Leder an und beuge sie bäuchlings über die Sofalehne. Ihr prachtvoller Arsch reckt sich mir ungeschützt entgegen – was für ein geiler Anblick.
Klaras Schamlippen sind nass und geschwollen, ihre enge Pussy kann es kaum erwarten, von mir ausgefüllt zu werden.
Voller Besitzerstolz streiche ich über das Property-of-Rex-Patch und umfasse anschließend ihren Nacken.

Zum Glück ist meine Lady keine von den Frauen, die ein endlos langes Vorspiel benötigen, um feucht zu werden. Denn für irgendwelche Spielereien habe ich jetzt keine Geduld.

Mein Glied umfassend massiere ich es pumpend, meine Eier ziehen sich puckernd zusammen, ein heftiger Schauder lässt mich erbeben. Mein Körper hat sämtliches Blut von meinem Kopf in mein Glied gepumpt, ich bin mehr als bereit, mich mit meiner Old Lady zu paaren.

Ich lasse ihren Nacken los, umfasse mit jeder Hand eine Arschbacke und ziehe sie so weit auseinander, dass ich einen perfekten Blick auf ihre enge Rosette und ihre nassen Falten habe. Unschlüssig, in welches Loch ich sie dieses Mal ficken soll, hole ich mit der rechten Hand aus und verpasse ihrem Po einen harten Klaps.

Stöhnend wirft sie ihren Kopf in den Nacken und regt sich mir auffordernd entgegen.

Oh ja, meine Zicke will mehr ...

So emanzipiert und selbstständig Klara auch sein mag, beim Sex liebt sie es, unterworfen zu werden.

Mehr als bereit, ihr das zu geben, wonach sie sich so sehnt, verpasse ich ihrer milchweißen Haut mit meiner Hand eine rote Tönung. Schlag für Schlag wird ihr Stöhnen lauter, erst als sie zitternd, verschwitzt und vor Pein schreiend unter mir legt, lasse ich Gnade walten.

Das angenehme Brennen meiner Hand steigert meine Erregung ins Unermessliche.

Erneut umfasse ich ihren Nacken, halte sie fest und ramme mich mit einem harten Stoß tief in ihre Muschi. Mit aller Kraft treibe ich mich in sie, fülle sie aus und bringe sie an ihre Grenzen. Ihre inneren Scheidenwände zucken, sie ist so eng wie eine Faust.

Wieder und wieder entziehe ich mich ihr, nur um sie erneut auszufüllen.

Vor meinen Augen bilden sich schwarze Punkte, meine Muskeln spannen sich an, mein Griff festigt sich.

Der Rhythmus, in den wir fallen, ist absolut perfekt. In dem Augenblick, in dem sich Klara aufbäumt, fixiere ich den Schriftzug auf ihrem Rücken und verströme laut brüllend meinen Samen in ihrer zuckenden Pussy.

Bei allen Heiligen, das war der Fick meines Lebens!

21. Kapitel

Klara

Ich stehe nackt, mit völlig zerzausten Haaren und rot glühendem Arsch vor dem bodentiefen Spiegel in meinem Schlafzimmer und betrachte die Lederkutte, die Rex mir geschenkt hat, wobei das Wort geschenkt eigentlich nicht richtig passt. Überreicht trifft es eher.

Sie reicht mir bis knapp über den Po, riecht herrlich nach Leder und ist absolut perfekt.

Wer hätte gedacht, dass ich mich eines Tages so darüber freue, die Old Lady eines verdammten Dark Devils zu sein?!

Glücklich streiche ich über das Revers, fühle die weiche Maserung und genieße das Gefühl, das sich in mir ausbreitet.

Zum ersten Mal seit einer Ewigkeit bin ich absolut glücklich.

Das Einzige, was mein Glück eventuell etwas trüben könnte, sind die Cops, die in den vergangenen drei Tagen vier Mal angerufen haben.

Drei Mal habe ich den Anruf ignoriert, beim vierten Mal war ich so dumm und habe das Telefonat angenommen.

Auch wenn der Polizist das nicht wörtlich gesagt hat, scheint er ermittlungstechnisch nicht voranzukommen. Dass mein ehemaliger Vermieter spurlos verschwunden ist, hilft den Beamten auch nicht gerade dabei, die Brandstiftung aufzuklären.

So langsam habe ich wirklich Angst, dass sie Rex und den MC mit Brunners Unauffindbarkeit in Verbindung bringen.

Wobei ich auch irgendwie Angst davor habe, dass wir mit diesem Mord durchkommen.

Oh Gott, die dämliche Frage *‚Was wäre, wenn?‘* habe ich mir in der letzten Zeit so oft gestellt, dass ich sie fast nicht mehr aus dem Kopf bekomme.

Brunner war ein Arschloch, er hat mich geschlagen und wollte mich lebendig verbrennen lassen. Was auch immer Rex und seine Brüder mit ihm angestellt haben, er hat es verdient.

Wie heißt es so schön:

Karma ist kein Menü. Du bekommst das serviert, was du verdienst.

Brunner hat definitiv bekommen, was er sich selbst eingebrockt hat.

Rex hat mir versichert, dass ihm nichts nachgewiesen werden kann und dass die Polizisten nie herausfinden werden, was passiert ist, wenn ich einfach schweige.

Wenn man genauer darüber nachdenkt, hat es schon etwas Gruseliges, mit einem Profikiller zusammen zu sein.

Fest entschlossen, mir wegen dieser Sache nicht den Abend ruinieren zu lassen, drehe ich mich ein letztes Mal vor dem Spiegel hin und her und freue mich darüber, meinen motorradfahrenden Traumprinzen gefunden zu haben.

„Baby?"

Rex kommt zu mir ins Schlafzimmer und betrachtet mich mit vor Lust dunklen Augen.

Obwohl er mir gerade die Seele aus dem Leib gebumst hat, sieht er mich schon wieder an wie ein Löwe eine Gazelle – dieser Mann ist unersättlich.

„Ja."

Rex fährt sich mit der Zunge über die Lippen, seine Nasenflügel blähen sich.

„Scheiße, ich bin ein echter Glückspilz."

Mit diesen Worten schlingt er mir die Arme um den Rücken und dreht uns so zum Spiegel, dass sich unsere Blicke in der Scheibe treffen. Wir sind beide bis auf die Kutte, die ich trage, nackt.

Rex' markante Gesichtszüge, sein knapp zwei Meter großer, durchtrainierter Körper und der gierige Ausdruck in seinen Augen bilden ein perfektes Gesamtbild von einem Bad Boy. So vor ihm stehend wirke ich klein und weiblich. Seine starken Arme halten mich beschützend fest, während mich sein breiter Rücken von der Außenwelt abschirmt.

Meine weichen Rundungen und Rex' unerschütterliche Kraft – das perfekte Paar.

Auch wenn ich das Schicksal vor einem halben Jahr dafür verflucht habe, weil es mir diesen Rocker so nachdrücklich in den Weg gestellt hat. Jetzt bin ich ihm unendlich dankbar dafür.

Zu meiner Singlezeit habe ich mich immer gefragt, wie sich Glück anfühlen muss.

Jetzt weiß ich es. Dank Rex habe ich verstanden, dass nicht immer der leichtere Weg zum Ziel führt.

„Hast du Lust, mit mir eine Tour durch die Stadt zu machen?"

Ich sehe ihn fragend an.

„Eine Tour?"

Er nickt.

„Ja, Bär hat mir gerade eine SMS geschrieben. Er, Kurt und Timmy wollen mit ihren Ladys die Stadt unsicher machen. Ich dachte mir, dass du daran vielleicht auch Spaß haben könntest."

Auch wenn ich hier am liebsten noch eine Ewigkeit stehen bleiben würde, klingt ein gemeinsamer Abend einfach zu verlockend. Es ist mir egal, was Rex über Bär sagt, ich mag ihn. Und die Ladys? Tja, die sind einfach klasse.

„Ja, ich denke, das könnte echt lustig werden.“

Rex verdreht gequält stöhnend seine Augen.

„Was ist?“

„Wenn Frauen behaupten, dass es lustig wird, bedeutet das immer Arbeit und Ärger.“

Das verstehe ich nicht. Wie kommt er darauf?

„Warum sagst du das?“

Er zuckt mit den Schultern.

„An dem letzten Abend, den du lustig gefunden hast, hast du dich mit Tequila besoffen und eine Clubbitch mit einem Messer bedroht. Wenn ich mich recht erinnere, hat sie sogar geblutet ...“

Dieses Mal zucke ich mit den Schultern.

„Na, das war doch auch lustig. Du hättest das Gesicht von Luna sehen sollen, als sie dachte, dass ich ihr tatsächlich die Kehle aufschneide. Einfach göttlich.“

„Tzzz, tzzzz, tzzzz ... Eigentlich dachte ich, dass ich mir eine Zuckerbäckerin geangelt habe. Aber wer weiß, vielleicht steckt tief in dir eine eiskalte Killerbraut.“

Entschieden den Kopf schüttelnd fange ich zu lachen an.

„Nein, glaube mir. Ich wäre keine gute Auftragskillerin. Ich kann eigentlich gar kein Blut sehen.“

„Na und? Es gibt dutzende Möglichkeiten, einen Menschen zu töten, ohne auch nur einen Tropfen Blut zu vergießen. Es ist eh ratsam, das so zu machen, dass möglichst wen...“

An dieser Stelle unterbreche ich ihn mit seinen gut gemeinten Ratschlägen, indem ich mich aus seiner Umarmung löse und ihm meine Hand auf den Mund lege.

„Kein Wort mehr. Sprich ja nicht weiter. Das ist ja echt gruselig, was du da redest. Für mich bist du ein Rocker und ein Kfz-Mechaniker. Nicht mehr und nicht weniger. Okay?“

Er presst mir einen Kuss auf die Stirn.

„Okay, Baby. Aber du sollst eines wissen. Für dich bin ich alles, was du brauchst.“

„Gut zu wissen.“

Ich zwinkere ihm frech zu und mache mich auf den Weg zum Kleiderschrank.

Plötzlich kann ich es kaum erwarten, die anderen zu treffen ...

„Zieh dir was an, Dark Devil, ich dachte, wir gehen die Stadt unsicher machen.“

Für eine Sekunde erwidert er noch meinen Blick, ehe er den Raum verlässt und mich mit einem Schwarm Schmetterlinge im Bauch und einem Herzen voller Liebe zurücklässt.

Klara

Müde strecke ich meine Arme über den Kopf und zwinge mich dazu aufzuwachen. In Rex' Schlafzimmer ist es bereits taghell. Auch ohne mich auf die Seite zu drehen, weiß ich, dass mein Dark Devil nicht mehr neben mir liegt.

Seit gut einer Woche steht er jeden Tag vor Sonnenaufgang auf.

Zwei Mal habe ich ihn bisher gefragt, was denn eigentlich los ist, aber bis auf einen wilden Kuss und die nicht wirklich befriedigende Antwort, dass er nicht mit mir drüber reden kann, weil es Clubangelegenheiten sind, hat er mir nichts gesagt.

Fest entschlossen, ebenfalls endlich in den Tag zu starten, strample ich mir die Decke von den Beinen, öffne meine Augen und steige mit Schwung aus dem Bett.

Kaum dass meine Füße den Boden berühren, wird mir schrecklich schwindelig.

Ich habe keine Ahnung, was los ist. Vor ein paar Tagen hat sich in meinem Unterleib ein unangenehmes Ziehen ausgebreitet, mein Kreislauf fährt Achterbahn und ich bin ununterbrochen müde.

Bis jetzt habe ich mir den Weg zum Arzt gespart. Bei den heißen Temperaturen dieses Jahr ist es kein Wunder, dass mein Körper verrücktspielt.

Heute wartet eine Menge Arbeit auf mich. Die Neueröffnung des ‚Klara's' steht kurz bevor. Einrichtungstechnisch bin ich dank meinem Mann und seinen Clubbrüdern der Zeit weit voraus. Nick, Bär und einige Prospects haben Rex dabei geholfen, die Küche/ Backstube aufzubauen. Die Old Ladys haben mir beim Shoppen und bei leichteren Renovierungsarbeiten sowie beim Weißeln geholfen. Jetzt liegt es an mir, die Verkaufstheke mit Pralinen, Macarons, kleinen Kuchen und Torten zu füllen. Wobei das schwieriger werden dürfte als gedacht. Denn irgendein Devil hat immer Zeit, um mal kurz bei mir vorbeizuschauen und sich zu bedienen. Diese Rocker werden von zuckersüßem Naschkram wie magisch angezogen. Die gestrige Ladung Macarons, und das waren zehn Bleche voll, haben sich Bär, Rex und Tom unter den Nagel gerissen. Und die wenigen, die die drei freundlicherweise übrig gelassen haben, haben sich Lisa und Alexa geschnappt, als sie mir wie versprochen die neuen Stühle für die Terrasse vorbeigebracht haben.

Auch wenn es mehr Arbeit bedeutet, aber ich liebe den Trubel und die Geschäftigkeit, die in meinem Leben Einzug gehalten haben. Früher hat mich das laute Geboller der Motorräder gestört, heute freue ich mich, wenn ich das dunkle Brummen eines Harley-Motors höre.

Auch wenn ich Rex am Anfang nicht glauben wollte, als er mir prophezeit hat, dass der Dark Devil Motorcycle Club zu meiner Familie werden wird, er hat recht behalten.

Müde tapse ich ins Badezimmer, stelle mich unter die Dusche und mache mich für einen langen Tag im *‚Klara's'* fertig.

Heute muss ich wirklich einiges schaffen. Es ist Freitag und am Montag soll die Eröffnung stattfinden. Vielleicht sollte ich sämtliche Türen absperren, damit nicht wieder eine Horde hungriger Rocker über meine fertigen Sachen herfällt.

In der Backstube angekommen wiege ich alle Zutaten ab, heize den Ofen vor und hole die Pralinenrohlinge aus dem Kühlschrank.

Als Erstes werde ich mich um die Nougatpralinen kümmern, dann sind die Marzipanecken dran und anschließend werde ich mich erneut an die Macarons ranmachen.

Mein Ziel ist es, bis heute Abend mindestens eine Verkaufstheke aufgefüllt zu haben.

Aus dem Radio, das in der Ecke steht, ertönt Adeles volle Stimme. Sie singt über das Schicksal, die wahre Liebe und das unglaublich schöne Gefühl, von ganzem Herzen geliebt zu werden.

Nachdem ich das Nougat verarbeitet und jede Praline mit einer dünnen Schicht zartbitterer Schokolade versehen habe, öffne ich die Marzipanverpackung.

Das unverkennbar süße Aroma steigt mir in die Nase und lässt mich würgen.

Da ich den Geruch bis jetzt immer geliebt habe, weiche ich erschrocken zurück. Prüfend werfe ich einen Blick auf das Mindesthaltbarkeitsdatum, aber das ist völlig in Ordnung.

Äußerst komisch ...

Entschlossen schneide ich vier dünne Scheiben von dem Zwei-Kilo-Block ab und beginne damit, es zu verarbeiten.

Erneut spüre ich, wie mir bittere Magensäure in den Hals steigt.

Das leichte Mandelaroma ist heute unerträglich.

Um der Übelkeit entgegenzuwirken, atme ich durch den Mund, doch es hilft auch nicht. Noch bevor ich etwas von der roten Lebensmittelfarbe auf das Marzipan träufeln kann, um es für die Rosenblüten, die ich für die Torten brauche, einzufärben, kommt mir mein Frühstück hoch.

Erschrocken lasse ich das kleine Glasfläschchen mit der Lebensmittelfarbe fallen und wirble um meine eigene Achse. Ich spüre, wie ich mit dem Ellenbogen eines der Messer von der Arbeitsplatte auf den Boden stoße, doch es ist mir egal. So schnell ich kann, renne ich aus der Küche, den Flur entlang bis zur Toilette. Es gelingt mir gerade noch, den Klodeckel hochzuklappen und mich am Spülkasten abzustützen, ehe ich mich übergeben muss. Wieder und wieder zieht sich mein Magen zusammen, erst als nur noch Galle kommt, hört der Würgereiz endlich auf.

Kraftlos und mit Tränen in den Augen sinke ich auf die Knie und sauge frischen Sauerstoff in meine Lungenflügel.

Verdammt, was war das denn?

Das Letzte, was ich jetzt gebrauchen kann, ist ein Magendarmvirus.

Aber es fühlt sich gar nicht an wie einer.

Vielleicht habe ich ja was Falsches gegessen?

Mein Verstand läuft auf Hochtouren, wie von selbst legen sich meine Hände auf meinen Bauch. Ich bin immer müde, mir ist dauernd schlecht und jetzt habe ich mich auch noch übergeben.

Ach du heilige Scheiße!

Ich bin nicht naiv, mir war durchaus klar, dass ich früher oder später schwanger werden würde. Rex und ich haben noch nie ein Kondom benutzt und als ich das letzte Mal zu meiner Frauenärztin wollte, um mir ein neues Rezept für die Pille verschreiben zu lassen, hat er mich besitzergreifend in seine Arme gezogen, mich atemlos geküsst und mir im Brustton der Überzeugung mitgeteilt, dass ich das schön bleiben lassen soll.

Mein Rocker hat mir damals mit wenigen Worten klargemacht, dass er es kaum erwarten kann, mich zu schwängern, und da ich mir zu hundert Prozent sicher bin, dass er die Liebe meines Lebens ist, war ich durchaus bereit, mich auf seinen Plan, ein Kind zu bekommen, einzulassen.

„Klara?"

Ich höre Rex nach mir rufen. Dieser Rocker hat einfach ein ganz beschissenes Timing.

Mit zitternden Knien stehe ich auf, alles um mich herum beginnt sich zu drehen.

Mein Kreislauf ist völlig im Arsch.

Ich höre, wie die Dielen des alten Holzbodens unter seinen schweren Bikerstiefeln knarzend nachgeben.

Sein lautes „Holy Fuck!" dröhnt durch meine Patisserie.

Gerade als ich aus der Toilette gehe, werde ich von einer muskulösen Wand umgerannt.

Noch bevor ich zu Boden gehen kann, fängt er mich auf und zieht mich an seine Brust.

„Scheiße, Sweety, geht es dir gut? Was ist passiert?"

Der wütende Klang seiner Stimme lässt mich erschrocken zusammenzucken.

Prüfend hebe ich meinen Kopf und sehe ihm in die Augen. Der harte Knauf der Waffe, die er in seiner rechten Hand hält, drückt sich mir in den Rücken.

Plötzlich stößt er mich eine Armeslänge von sich und mustert mich mit einem eindringlichen Blick.

„Wo bist du verletzt, Baby? Rede mit mir!“

Verletzt? Wie kommt er darauf?

„Ich bin nicht verletzt. Mir ist nur etwas schlecht.“

„Und woher kommt dann all das Blut auf dem Boden?“

Blut? Alleine bei dem Wort dreht sich mir der Magen erneut um.

„Welches Blut? Wovon zum Teufel redest du, Rex?“

Fluchend hebt er mich hoch und trägt mich in die Küche. Als mein Blick auf das große Messer fällt, das in einer Lache aus roter Lebensmittelfarbe liegt, wird mir klar, was los ist.

Rex’ Körper zittert bereits vor Anspannung, noch immer hält er seine Waffe in der Hand.

„Fuck, Klara, sag mir jetzt sofort, was passiert ist!“

Es war ja klar, dass mein Dark Devil sofort vom Schlimmsten ausgeht. Da mir noch immer ziemlich schwindelig ist, lehne ich mich nach Halt suchend an ihn.

„Reg dich ab und steck deine Pistole weg. Es ist nicht so, wie es aussieht.“

Als er meiner Aufforderung nicht nachkommt, streiche ich ihm liebevoll über den Brustkorb und sehe ihm tief in die Augen.

„Bitte, Rex. Ich muss dir unbedingt etwas sagen, aber ich will nicht, dass du dabei schuss- und kampfbereit bist.“

Knurrend tut er endlich, was ich will.

Ich dirigiere ihn zu dem kleinen Tisch in der Ecke und gebe ihm zu verstehen, dass er sich setzen soll.

Typisch Rocker ignoriert er die Stühle einfach und setzt sich auf die Tischplatte.

Süchtig nach seiner Nähe setze ich mich auf seinen Schoß und schlinge ihm die Arme um den Hals.

„Verdammt, Weib! Wenn du mir jetzt nicht sofort sagst, was los ist, drehe ich noch durch.“

Durchdrehen wird er sowieso, wenn ich ihm erzählt habe, dass ich schwanger bin.

Rex ist ein äußerst besitzergreifender, sehr um meine Sicherheit besorgter Mann. Ich kann mir durchaus vorstellen, wie anstrengend er sein wird, wenn er erst mal weiß, dass ich sein Kind unter dem Herzen trage.

Da ich keine Ahnung habe, wie ich es ihm sagen soll, greife ich nach seiner großen Hand, drücke ihm einen Kuss auf die raue Handfläche und lege sie anschließend auf meinen Bauch.

Für eine Sekunde sieht er mich verwirrt an, dann weiten sich plötzlich seine Pupillen und sein Blick bohrt sich regelrecht in den meinen.

„Oh Gott, Zuckerpuppe. Sag mir, dass es das ist, was ich meine. Wenn du schwanger bist, bin ich der glücklichste Mann auf Erden."

Tränen der Freude steigen mir in die Augen.

„Ja, ich bin schwanger."

Rex flucht laut, stößt sich vom Tisch ab, hebt mich hoch und wirbelt mich laut lachend durch die Luft.

„Oh Baby, das ist fantastisch!"

Als er mich endlich wieder abstellt, beginne ich zu wanken, mein Magen spielt verrückt und ich brauche all meine Kraft, um gegen die erneut aufsteigende Übelkeit anzukämpfen.

„Wenn du nicht willst, dass ich dich ankotze, dann tu das bitte nie wieder."

Er sieht mich zerknirscht an.

„Sorry, Kleines."

Fürsorglich hebt er mich hoch, zieht mich in seine Arme und setzt sich mit mir auf seinem Schoß auf den Tisch.

„Geht es wieder?"

Da mir immer noch verdammt schlecht ist, nicke ich nur.

Ich presse meinen Kopf gegen seinen Brustkorb, lausche dem kraftvollen Klopfen seines Herzens und schließe zufrieden meine Augen.

Rex legt seine Hand auf meinen Bauch und presst mir einen liebevollen Kuss auf die Stirn.

„Ich liebe euch beide mehr, als du es dir vorstellen kannst."

Seine Worte wärmen mich von innen, heute ist der beste Tag meines Lebens.

Langsam hebe ich meinen Kopf, unsere Blicke treffen sich.

„Und wir lieben dich – für immer."

Tief in meinem Herzen wünsche ich mir, dass wir einen Sohn bekommen. Alleine die Vorstellung, einen Minirex in meinen Armen zu halten, lässt mein Herz vor Zufriedenheit einen Hüpfer machen.

Bis jetzt habe ich immer gehofft, dass wir eines Tages eine Familie gründen – heute ist mein Traum wahr geworden.

Buchempfehlung
Erotische Romane von Bärbel Muschiol

Kennt Ihr schon alle Rocker Romane von Bärbel Muschiol?

Die Rocker Serie besteht aus:

1. Rocker Dämon – Ace und Amy
2. Rocker Devil – Slide und Ellen
3. Rocker Bastard – Razzor und Nicki
4. Rocker Heart – Spider und Abigail

Ihr könnt die Rocker Romane als Taschenbücher und eBooks lesen!

„Rocker Dämon – Ace und Amy“

Klappentext:
Es ist ein Deal, um ihren Vater zu retten. Amy liefert sich Ace, dem dämonischen Präsidenten der Dead Riders aus. Doch schon bald genießt sie diese neue und gefährliche Welt des gefürchteten Rockerclubs. Das vollkommene Ausgeliefertsein, Aces Gier und der harte, bedingungslose Sex führen sie in immer neue Höhen. Aber die Schatten der Vergangenheit drohen das neue Glück zu zerstören. Gewalt bricht über die Familie der Riders herein und führt in ein tödliches Blutbad. Prickelnde Erotik, gnadenlose Härte und Dominanz und wahre Freundschaft zeichnen diese spannende Geschichte aus, die mehr als eine Lovestory ist: furchteinflößend, dabei sexy, verdammt heiß und voller Gefühl!

Taschenbuch ISBN: 978-3-95573-549-4
eBook ISBN: 978-3-95573-550-0